弁慶役者
七代目幸四郎

小谷野敦

青土社

弁慶役者　七代目幸四郎

目次

弁慶役者　七代目幸四郎

第一章　東京育ち

現在の歌舞伎座の向うに、川があり、その先に東京劇場があった。今は東劇ビルという映画館になっている。

昭和二十年五月の東京空襲で、歌舞伎座は鉄骨だけ残して全焼した。戦争が終わって、歌舞伎座が再建されるまで、歌舞伎はもっぱら、この東京劇場で上演されていた。十一月に「寺子屋」を上演していたところ、GHQが、封建道徳を肯定するものだとして差し止め、二十日までで上演は打ち切られた。歌舞伎俳優らは衝撃を受けたが、問題にならない演目を選んで上演することになった。

昭和二十一年五月の東京劇場では、六代目尾上菊五郎《おのえきくごろう》、初代中村吉右衛門《きちえもん》、七代目松本幸四郎《こうしろう》という、当時の歌舞伎界の三大実力者が大一座を組んだ。一番の見物は夜の部の「助六由縁江戸桜《すけろくゆかりのえどざくら》」で、助六を幸四郎、意休《いきゅう》を吉右衛門、三浦屋揚巻とくわんぺら門兵衛を菊五郎が演じた。「助六」は、市川團十郎《だんじゅうろう》家の「歌舞伎十八番」の一つで、吉原でのもて男・花川戸助六《はなかわどのすけろく》が、敵役の髭の意休を相手にもて自慢をする話である。

ほかに「弁天小僧《べんてんこぞう》」で、弁天を菊五郎、日本駄右衛門《にっぽんだえもん》を幸四郎、南郷力丸《なんごうりきまる》を吉右衛門である。この時、菊五郎と吉右衛門は六十四歳、幸四郎は七十七歳になっていた。明治末から敗戦直後までの歌舞伎界は「菊吉」の時代だった。六代目と呼ばれる菊五郎と、初代吉右衛門の時代であり、この時代に、義太夫狂言を中心とし、新作や松羽目《まつばめ》もの、歌舞伎狂言の古いものから新しいものまで、現在もよく上演される演目が固まっていったのである。

ほかに、実の父はアメリカ人のル・ジャンドルである市村羽左衛門もスターで、戦時中に死去するまで歌舞伎座に君臨したのが、五代中村歌右衛門であった。羽左衛門は昭和二十年の敗戦前に、疎開中の信州湯田中《ゆだなか》で死去した。あるいは二代目市川猿之助と、七代目松本幸四郎である。二人とも九代目市川團十郎の門弟で、「勧進帳」の弁慶を得意とし、幸四郎は生涯に千六百回上演したという。

猿之助は年少でもあり、戦後昭和三十七年まで生きて、孫に三代目を継がせ、猿翁《えんおう》を名のって死んだ。だが、幸四郎と猿之助は、菊吉、羽歌のようなスターにはなれなかったのである。米英蘭との戦争が始まってから、政府は歌舞伎俳優らを、各地への慰問興行に駆り出したが、その際、菊五郎一門、吉右衛門一門、幸四郎一門、猿之助一門といった分割が確定し、それが戦後の「菊五郎劇団」といった、正体不明な「劇団」制度のもととなった。

幸四郎は、この後昭和二十二年に、菊五郎とともに帝国藝術院会員に選ばれている。これが、歌舞伎俳優が藝術院会員になった始めである。しかし、幸四郎は、猿之助に比べてさえ、不遇であったといえる。それを裏づけるデータが、歌舞伎座の香盤で、中年を過ぎてから、幸四郎が出演する時は「止め」の位置にあった。「止め」は、出演俳優の名前が並ぶ中で、一番最後である。座頭、重鎮の居場所ではある。一方、幸四郎が「書き出し」つまり一番最初、スター俳優の位置に座ったのは、一度だけである。

その幸四郎の長男が、市川海老蔵である。九代目團十郎の娘婿となった市川三升《さんしょう》は、会社員を辞めて歌舞伎俳優になり、十代目襲名を願ったがかなわなかった。海老蔵はその養子になり、将来は團十郎を継ぐべき役者である。しかし、「大根」であった。三十八歳になるが、実父の「助六」では、「福山のかつぎ富吉」であって、端役である。重鎮が大勢控えている中、歌舞伎座での主役などは、若手歌舞伎の時でもなければ巡ってはこないが、それにしても海老蔵は注目株ではなかった。

その海老蔵を、六代目が呼んで、来月も助六を出すが、お前さん、やってくれないかと言った。抜擢である。だがこれは、すでに七十七になる父がいるからだ、ということは海老蔵にも分かった。

実際、翌六月の演目は、五月とほぼ同じ、「助六」「六歌仙」「弁天小僧」「良寛と子守」で、それに「夕霧《ゆうぎり》伊左衛門《いざえもん》」と、父の「勧進帳」が加わっており、父はこれが最後となった弁慶を勤めていた。富樫は吉右衛門、義経は菊五郎である。なお歌舞伎では役を演じることを「勤める」という。

「助六」では、揚巻を芝翫《しかん》（のち歌右衛門）と菊之助（のち梅幸）が一日替り、意休を養父の三升でかため、菊五郎がくわんぺら、吉右衛門が朝顔仙平《あさがおせんぺい》でつきあってくれた。ふたを開けてみると、好評だった。だが、ここで海老蔵が実力を発揮したのは、初役だから判断は難しい。門閥でない俳優や若い俳優は、いい役をつけられないから、後者は年齢をくって役がつくまで分からないし、前者にいたっては実力者と見られながらついに大舞台を踏むことなく生涯を終えたりする。

五日ほどして、これは成功したな、とそれなりに嬉しくもあり、幸四郎は早めに劇場へ行き、海老蔵の楽屋を訪ねようとした。幸四郎の渋谷の邸宅は昭和二十年五月の空襲で焼け、今は桜上水《さくらじょうすい》の三井《みつい》家の別荘に間借りしており、海老蔵は祐天寺《ゆうてんじ》の三升家の二階に住んでいた。

楽屋へ近づくと、話し声が聞こえ、二人とも笑っていた。幸四郎はふと脚を止めて聞き耳を立てた。

（辰野隆《たつのゆたか》……）

東京帝国大学教授のフランス文学者・辰野隆であった。十三年前、まだ高麗蔵《こまぞう》といった海老蔵が、東宝劇団へ走って幸四郎に勘当され、戻ってきて最初にやったのが、幸四郎の「助六」の「口上」だった。「朝日新聞」の劇評「歌舞伎談語」で辰野がこれをとりあげ、口上をやった若者は誰だか知らないが口跡《こうせき》も悪く、大根の徴が見えたと書いたのである。血気にはやった高麗蔵は、辰野を訪ね、どこが悪いのか教えてくれと迫った。辰野は、フランスの俳優の発声術の話などをして、友人の今日出《こんひで》海《み》を、高麗蔵にフランス語の教師としてあっせんした。それ以来のつきあいである。

幸四郎が入っていくと、二人とも立って迎えた。

「治雄《はるお》さんはいい役者になりましたよ、高麗屋さん」

辰野が言った。辰野は江戸っ子で、洒脱な随筆を多く書く文人肌の学者だった。来年で満六十になり、東大を定年になるという話だった。

海老蔵が、呼ばれて席を外した。ちょっと沈黙が落ちた。

幸四郎は、

「先生、あの時『大根のしるし』と書かれましたね」

と言った。辰野は笑って手を振り、いやいや、私のメガネ違いで、と言った。

「先生はあの時、どこの若者か知らないが、と書かれました。私の息子だと知らないはずはないでしょう。先生は、『大根のしるし』と書かれた。それは、親父と同じように、という意味ではなかったのですか」

辰野の顔から、笑顔が消えた。

「……治雄は、先生を訪ねて、それで済みましたが、私は済まなかったのですよ」

辰野は、うつむいてしまった。

「いえ、お気になさらず……。小宮（豊隆）先生からは、もっと厳しいことを言われました。私は、菊吉や橘屋（羽左衛門）、成駒屋《なりこまや》（歌右衛門）のような名優ではなかった。それは分かっています」

海老蔵が戻ってきて、妙な雰囲気を感じ、父と辰野の顔を見た。

＊

「助六」は「花川戸の助六」という。花川戸は、浅草の東側の隅田川沿いの地名である。幸四郎は、ここで育った。踊りの師匠の藤間勘右衛門《ふじまかんえもん》を実の父と信じて育ったのだが、三歳くらいで養子になったのだということを、のちに知ることになる。

もともとは、伊勢国員弁《いなべ》郡大長村字長深《おおながむらあざながふけ》というところで、明治三年五月十二日に生まれた。ここはもともと桑名松平家の領分だったが、将軍家斉《いえなり》の時代に藩主が武蔵国忍《おし》へ領地替えになった際、一部を飛び地として残したため、長深の周辺だけは忍藩領であった。

実父は秦専治《はたせんじ》といい、福田屋という土木事業と人夫の伯楽《ばくろう》、つまり斡旋業を営んでいた。大きな屋敷に住んでいて、三里先から見えて目印になったケヤキの木があり、柿の大木もあって、庭には村人が音頭をとりながら牛車で運び入れたという大きな石があり、三十七尋《ひろ》もある深い井戸があったという。幸四郎の生まれた時の名は豊吉で、八人きょうだいだった。幸四郎より前に生まれて二歳で死んだ子が豊吉という名で、その死後母親がひどく嘆いて神経衰弱のようになったので、両親は善光寺《ぜんこうじ》詣りをし、お籠りをした。すると阿弥陀《あみだ》如来が母親の夢枕に立ち、

「お前は子供を失って執着心がとれないので、この子供を授けてやる」

と言い、赤ん坊を手渡された。その赤ん坊を抱き取るとたんに手に小便をかけられ、あ、冷たいと思ったとたんに目が覚めた。その後ほどなく授かったのが幸四郎で、同じ豊吉という名をつけた。さらに長兄の子も豊吉になったが、これがのち東大を出て東宝に行った秦豊吉である。もっとも、幸四郎は「小四郎」と呼ばれていたという。

またその実家にいたころ、茂十《もじゅう》という作男《さくおとこ》が五月幟《さつきのぼり》に飾った槍で野良犬を突いて、犬がはらわたを垂らしながら鳴いて逃げたのを、幸四郎は覚えている。

父は家をよそに各地で商売をしており、ほかに女もいて、子供もいた。そういうところは、幸四郎は実父に似たのだろう。幸四郎の生まれた翌年の明治四年が廃藩置県である。時勢は刻々と移り変わり、明治七年（一九七四）十月、実母りょう（龍）は子供たちを連れて東京に出た。豊吉を膝に乗せて駕籠で箱根の坂を越えたが、途中で花を見つけた豊吉は、あれを取ってくれとせがんだので、りょうは困ったという。

東京では虎屋饅頭の株を買い、京橋区南伝馬町《てんまちょう》三丁目東側に店を出した。これは、母の実家に資産があったか、あるいは後援者がいたのか。真ん中に金箔で「虎」と捺《お》した盆を使った。

母は、父の専治がよそに子供を二人も作ったので、あとで喰いこまれては困ると言い、自分は子供

がたくさんいるので何人かよそにやるから、そちらの子も養子に出せと夫に迫り、実際そうさせたという。

父・専治は四日市に寿福座《じゅふくざ》という芝居小屋を作り、いずれ團十郎を呼びたいと言っていた。専治は東京へも出てきたのだろう、どこかの役所の控室で藤間勘右衛門と一緒になり、子供の話をしているうち、話がまとまって、勘右衛門の妻のおみつが虎屋饅頭へ行き、饅頭の皮を剥いていた五、六歳の幸四郎を、ちょっと貸してくれと言って連れ出し、おもちゃ屋へ連れて行ってたくさんおもちゃを買い与えて機嫌をとり、そのまま連れて行ってしまった。

幸四郎は「家に帰りたい」と言ったが、そのまま、藤間家の子にされてしまったのだ。だがのちに幸四郎は秦家のことをすっかり忘れていたというから、東京へ出てきてほどない、四歳くらいの時の話であろう。昔の藝道では、稽古は六歳の六月六日から始めると言われている。

藤間勘右衛門は、初代の子で、舞踊藤間流は、勘兵衛から出て、ほかに勘十郎派があった。勘右衛門は天保十一年（一八四〇）の生まれだから、幸四郎を養子にしたのは三十五歳くらい、妻はみつといい、これも藤間兼吉《かねきち》を名のる舞踊家で、幸四郎の養母となった。幸四郎は、戸籍上の本名を金太郎と変えた。これは、勘右衛門が七代目團十郎の弟子だった時代に市川金太郎を名のっていたからである。七代目團十郎の門下に西川鯉吉《こいきち》がおり、こちらはのち花柳寿輔《はなやぎじゅすけ》を名のって花柳流を始め、九代團十郎の振付師をしていた。幸四郎は、以後、本名はずっと藤間金太郎である。

養父母のもとで踊りを習い始めたが、六歳になった時、浅草雷門のあたりの材木町にあった馨雲《けいうん》学校という小学校に入っている。そしてその翌年、九代目市川團十郎の門弟となり、市川金太郎を名のったのである。

九代目團十郎といえば、「劇聖」と呼ばれ、明治歌舞伎の中心にいた人物である。團十郎の名は、元禄期に荒事を確立したとされる初代から始まり、代々多様な逸話を残している。しかるに、その「荒事」なるものは、必ずしも歌舞伎の中心的なレパートリーではない。「勧進帳」や「助六」は時おり出るが、そのほかの「矢の根」「暫《しばらく》」「鳴神《なるかみ》」などは、筋が単純であったりして、儀礼的に出される気味があり、「忠臣蔵」「菅原」「千本桜」といった、浄瑠璃から歌舞伎に移し替えたもののほうが、よほど固定した人気がある。一方、九代目は、演劇改良運動に身を入れ、鎌倉時代や古代の人物が徳川時代の人間のような扮装をしているのを改め、卑猥なせりふをカットしたりしたが、九代目の「活歴」は、それほど後世に残らなかった。

それに、團十郎には男子がなかった。これより先、あかん平という子供を養子にして、勘右衛門に預けていたのだが幼くして死んでしまったため、勘右衛門は申し訳なく思って、金太郎を團十郎に預けたのだ、という。

幸四郎の初舞台は、明治十四年（一八九一）四月十四日から開かれた春木座《はるき》の子供芝居「暁駆嫩軍記《あさがけふたばぐんき》」であった。今では、初舞台というのは正式なもので、それ以前に藝名なしで舞台に立っても初舞台とは言わない。春木座は、今の本郷三丁目の交差点の南東にあり、のち本郷座と名を変える。当時の劇場は江戸の名残をとどめてはいたが、かつては江戸三座と呼ばれた中村座、市村座、森田座があり、それらが火事で焼失した場合に代わりを務める控櫓《ひかえやぐら》として都座、桐座、河原崎座があった。本《ほん》櫓《やぐら》と呼ばれる三座の座元の名が、今も残る中村勘三郎、市村羽左衛門、森田《もりた》（守田）勘彌《かんや》で、座元は

だった。九代目團十郎は、もとは河原崎権十郎《かわらさきごんじゅうろう》を名のっており、河原崎座の座元だった。天保の改革の時に、歌舞伎芝居は風紀を乱すものとして浅草に移転させられ、猿若《さるわか》町の三座とされた。

明治政府も演劇を取り締まろうとし、東京では劇場を十座と定めた。守田勘彌は守田座を新富《しんとみ》町へ移して新富座と改称、ここで演劇改良運動に乗り出すことになる。ほかに明治の新しい劇場として、久松町の千歳座、蠣殻《かきがら》町の中島座などがあった。

團十郎はまだ四十代で、その盟友ともいうべき五代尾上菊五郎もほぼ同年配、団菊左と称された初代市川左團次は年少で、新富座を握る守田勘彌、作者の河竹默阿弥とともに、新時代に即した劇をつぎつぎ上演していた。

明治十四年八月、團十郎には長女・実子《たねこ》が生まれた。のち市川翠扇《いちかわすいせん》を名のって踊りに活躍した人である。團十郎はその頃、築地に豪邸を建ててここへ越した。政界では明治十四年の政変が起きて大隈重信が政府から追放され、伊藤博文が実権を握っていた。その十月、幸四郎は春木座で、大人に混じっての初舞台を踏んでいる。『近江源氏先陣館・盛綱陣屋』で團十郎が盛綱をやったのに対して小四郎を演じた。この時、のちの市村羽左衛門は坂東竹松《たけまつ》といい、「湯殿の長兵衛」で伜長松《せがれちょうまつ》を演じている。

幸四郎が、小学校を卒業したのかどうか分からないが、おそらくしていないだろう。まだ学制が確立していない時期である。あるいは、どういう生徒だったのか。のちに幸四郎は、台詞覚えが悪いと言われるのが、特段に頭が悪かったわけではないはずだ。

＊

昔の人はよく歩いた。当時はまだ市電もないし、金太郎の幸四郎は、花川戸から雷門、蔵前、浅草橋、日本橋、八丁堀を抜けて築地の團十郎宅へ通った。当時團十郎の門下には、市川海老蔵という役者がいた。團十郎の弟で、大阪にいたのが海老蔵襲名のために上京したのである。團十郎の七歳下だが、四十二歳で早世している。長命を保っていれば十代目團十郎になったかもしれない。

藤間の家に、時おり訪ねてくる中年婦人があった。目の大きな、恰幅のいい、けれど太ったというのではない、ちょっと綺麗な人だったが、

「まあ金太郎ちゃん、大きくおなりだね」

などと言う。

幸四郎は忘れていたが、これが実母だったのである。

のちに「女を初めて知ったのはいつか」と訊かれた幸四郎は、

「遅かったですよ、十四歳くらいかな」

と答えている。

これは「遅かった」のが「十四歳」というところが笑い話になるわけだが、歌舞伎の世界の人間としては標準的だろう。森鷗外の『青年』で、小泉純一が坂井れい子に誘惑されて関係してしまうところで、純一は「愛情にわたる言葉がなかった」と書いている。鷗外は幕末の生まれで幸四郎より年上だが、この小説は明治四十年代に書かれており、鷗外は知識人だからこのように書くのである。明治

二十年に、男女が交わりに際して愛情にわたる言葉が必要だという思想は希薄だった。相手は、中産階級以上の子弟であれば、女中というのが一般的だが、幸四郎のように役者の家にいると、藝妓ということもありそうだ。

歌舞伎の世界は、花柳界と深い関係にあり、藝妓と結婚する俳優も多かった。歌舞伎俳優であれば、十四歳くらいで藝妓と関係をつけることもできたであろう。

その頃、今戸の伊達家屋敷へ、勘右衛門に連れられて行ったことがある。これは宇和島伊達家で、侯爵になっている。そこのおやす様というお姫様が琴のほうで許可を得た祝いの席だった。勘右衛門が「浦島」を踊るというので、金太郎が、

「私は後見《こうけん》をするのですか」

と訊くと、

「お前も踊るのだ、乙姫を踊るのだ」

と言われてびっくりした。金太郎は乙姫の踊りなど見たこともない。山木千賀子という盲人の三味線弾きが控えていて、幕が上がると勘右衛門は踊りだし、踊りながら金太郎に教え、金太郎はおっかなびっくり踊った。殿様のほうも、別に踊りに興味が深いわけでも何でもない。当時はこんな風に乱暴なものだったのである。

二度目にまた伊達様に呼ばれて向島の料亭・植半《うえはん》へ行き、今度はわりあい手慣れてきて踊り終えると、老女が、

「勘右衛門さんありがとうございました。お坊ちゃまも上達いたしました。けれど、お坊ちゃまの

踊りは見ていて面白くありません。それは見せよう見せようという気持ちが強いからです」

と言ったという。

幸四郎の孫にあたる当代幸四郎は『ラ・マンチャの男』でも知られるが、母の看病でぼろぼろになって演じた時に、一番良かったという話をよくするが、それに近いものがあるといえようか。

十五歳になって、幸四郎は團十郎の家に居候し、兵隊部屋と呼ばれる書生部屋に寝泊まりすることになった。もう子役ではなく、一本調子の台詞を言うこともないので、この時期の歌舞伎役者はあまり出番がない。女形もやったりするが、もともと将来女形になるとは本人も周囲も思っていない幸四郎だから、自然、なおざりである。これを「合の子時代」と言う。

そうなると、暇だから、遊びに出る。当時、男が遊ぶといったら、遊里か藝妓である。ただし歌舞伎の世界には、男色家も多いから、そういうのは遊びには行かなくなる。幸四郎は美男だから、それはもてる。世間も当時は寛大である。コンドームはまだ普及していないが、子供ができれば世話して里子に出すといったことは普通なので、幸四郎には正妻以外にできた子供がいくらもいた。

役者仲間と交わっていて、何となく、そのことは知っていた。親方（團十郎）なんかも、知っていて知らぬふりをしているらしい。

市川蝦之丞《えびのじょう》という、二十三歳くらいの大部屋俳優が元締らしいとは気づいていた。その蝦之丞が、金太郎を連れ出した。

「新橋のねえさんで梅香《うめか》ってえ人が、お前さんを所望なんだ」

と言う。金太郎のマラがびくん、とした。

蝦之丞は、指を三本出して、

「これで」

と言う。

「役者買い」といって、室町時代の能楽師のころからあるものだ。能楽師は男色の相手になることが多く、歌舞伎役者も当初は「色子」という男色の売春をしていた者が女形になることが多かった。徳川中期から男色の風はすたれ、残ったのが若い役者を、藝妓が買うというもので、中には中産階級の人妻に買われる例もあった。

買うのと買われるのとでは、同じようで違うようで、不思議なものだ。連れ込み宿とも言うべき待合へ案内され、そこへ梅香なる妓女が来て、一夜の情けである。

気持ちいいといえばいい。だが、女が自分の顔と体を欲してそれにカネを出して、自分が売っているのだと思えば、役者が売るのは藝だろう、と思うし、それはそれで気分が悪い。

そのうち、新しい客も現れて、中には金太郎の写真をねだるのも出てくる。大方は二十三、四の年上の女で、自分もまた客がついて、それは五十がらみの政治家か実業家で、その空虚を埋めるために金太郎を抱いているのだ、と思えば、あぁ嫌だ嫌だ、の思いもにじみ出る。

だいたいが、そういうことも含めての「演劇改良」なんだが、役者買いのことまで表に出せば、それがあることを認めることになるし、実際新聞記者なんぞは、富貴人士と藝妓、役者の乱れた生活ぶりを取材して回ったりしている。女と情を交わして、ふいと外へ出たとたん、さっと蔭へ隠れるやつがいたりする。

そんなことを裏の稼業にして、役者としてはうだつが上がらず、ついには悪い病気に罹《かか》っていくやつも目にするし、話にも聞く。

それでいて、女に会えば、金太郎のマラは生き生きと頭をもたげだすのが何ともいまいましい。若い盛りだ無理もねえ、とは思うが、薄汚ねえ、これじゃ獣だよと思いもする。親方にも父母にももちろん黙っているが、何とはなし、知られている気がする。どっちも藝の家だから、知らねえはずはない。それがまた嫌だ。

東京の町には、近代化へ向かう動きがあれこれと目に立つようになった。女子参政権運動で演説をしている女がいて、金太郎は目をむいて驚いた。新聞を見ると、群馬県あたりを中心に廃娼運動というのをやっている。「醜業婦《しゅうぎょうふ》」と、彼らは娼婦を呼ぶ。金太郎にはそれが「醜業夫」と聞こえる。耳をふさいで足早に通り過ぎる。

花川戸の家へ帰ると、夕方、空を蝙蝠《こうもり》が飛んでいるのが見える。遊び友達にそれを捕まえるのがうまいのがいたので、一匹五銭でそれを買い取った。蝙蝠は縁の下に隠しておいて、蝙蝠を研究して飛行機を設計しようなどと考え、人にあれこれ尋ねたりしていた。

それで、役者が嫌なので、海軍学校へ行って軍人になるか、実業家になるか、発明家になるかなどと考えて、もう役者はやめる、と養父母に伝えた。すると叱りもせず、勝手にしろ、と言う。

明治は暗い時代だった、と言ったのは久保田万太郎だったか。歌舞伎にしても、かろうじて二十一世紀まで延命した今日から見れば、明治は歌舞伎近代化の時代だが、旧時代の遺物として消え去っていてもおかしくはなかったのである。團菊左なきあと、菊吉らの俳優ががんばったから残ったのである。

今でこそ「梨園」などとあたかも皇室に準ずるかのように言われているが、当時は「河原乞食」と呼ばれた残滓《ざんし》を引きずり、茶屋制度は残って、役者買いのほか、幕内《まくうち》は陰湿・陰惨であった。俳優同士のいじめは甚だしく、のち五代目菊五郎を失ったあとの六代目などはひどい目に遭った。演目もまた旧時代の陰惨さを残していた。時代から取り残された藝能が歌舞伎であった。時代は近代へ、軍国主義へと向かっていた。今日から見れば、軍国主義は近代の負の面だが、当時の青年はそうは考えなかった。

市村座の裏手に、「生稲《いくいね》」という弁当屋があった。業界では「セリ」と言うのだが、そこの主人が、金太郎に、

「お前さんは、役者をやめて軍人になるそうで、そりゃあ男らしくって立派なこってすが、五、六歳から手塩にかけて稽古をしてくださった親御さんに申し訳ねえと思いませんかい」

と、叱言《こごと》を言われた。

金太郎は、これを奇貨として、俳優廃業をやめることにした。実際、軍人になるとか、本気で考えていたわけではないのである。あとで金太郎は、自分は学校というものへ行ってみたかったのだな、と気づいた。この数年、大学はともかく、専修学校とか女学校といったものが増えて、その学生らが町を闊歩《かっぽ》しているのを目にすると、自分も学校というものに行ってみたい、と思ったりもしたのであった。

團十郎は、本名を堀越秀《しゅう》という。まさという妻がおり、堅い男だったから、女児二人のほかに、男子の継承者がなかった。六代目菊五郎などは、五代目がよそに生ませた子である。團十郎の趣味は釣りで、歌舞伎についても研究を怠らない勉強家だった。演目に茶道《ちゃどう》が出るなら茶道について徹底的に調べるのである。團十郎が尊敬されたのは、藝のみならず、この生き方ゆえであったかもしれない。幸四郎も、師匠を見習い、相弟子の八百蔵《やおぞう》とともに「研究博士」とあだ名されるほどによく読書をした。

團十郎の「活歴」に対して、五代目菊五郎は「散切物《ざんぎりもの》」をよく上演した。散切頭の人物が出てくる現代劇である。中には、西洋人スペンサーというのが来日して、熱気球に乗ってみせるという見世物があったのを、黙阿弥に『風船乗評判高閣《ふうせんのりうわさのたかどの》』という芝居に仕組ませて、昭和の猿之助ばりの「宙乗り」などを見せたのもあった。

團十郎も菊五郎も、かなり長い顔で、当時は、いい男の顔の基準は「長い顔」だったか、あるいは歌舞伎の立役《たちやく》は長い顔とされていたか。六代目菊五郎が生まれた時、五代目は、丸顔なのでがっかりしたという。

團十郎は、顔が長くて目が大きく、それで女形も勤めたから凄いのである。後ろから見ても女に見えるのは團十郎だけだと言われた。もっとも能では、女を演じても女に見えてはいけないと言われたりする。

團菊と併称されたが、二人は必ずしも仲良しではなかった。團十郎は「活歴」と言われた史実に忠実な芝居を、依田学海《よだがっかい》のような学者の協力を得て作ったが、歌舞伎好きからはよく思われなかった。

明治十八年には、坪内逍遙が『小説神髄』を著して、近代的な小説の創設を訴えたが、演劇においても演劇改良会ができ、末松謙澄《すえまつのりずみ》と守田勘彌が中心となって歌舞伎の高尚化に乗り出した。

しかし小難しい歴史劇にあきたりなかった観客は、團十郎に「かっぽれでも踊れ」と言ったため、聞いた團十郎は、明治十九年、黙阿弥に「初霞《はつがすみ》空住吉《そらもすみよし》」として台本を書かせ、かっぽれを踊った、という話もある。

初代内閣総理大臣となった伊藤博文は、一時不和になっていた團菊を和解させ、明治二十年（一八八七）、四月二十六日から二十九日まで四日間、井上馨邸で、天皇皇后皇太后貴顕紳士らの天覧芝居が行われた。初日の天皇観覧の演目は、「勧進帳」が最初で、團十郎の弁慶、左団次の富樫、福助（五代歌右衛門）の義経である。ついで黙阿弥の史劇「高時」で團十郎が天狗舞を見せ、「操三番叟《あやつりさんばそう》」、「漁師の月見」、「元禄踊」まで演じて、これで晩餐になるはずだったが、天皇が、夕飯のあとでもっと観たいと言ったため、急遽アンコールとして「山姥《やまんば》」と「夜討曽我《ようちそが》」を演じたのだが、この「山姥」で團十郎の山姥に対して、金太郎が怪童丸を演じた。これはいわゆる足柄山の金太郎なので、金太郎が金太郎を演じたわけである。突然のアンコールで、準備もないので、守田勘彌と相談し、「夜討曽我」をしている間に「山姥」の衣装を取り寄せるという騒ぎだった。

「勧進帳」は、七代目團十郎が能の「安宅《あたか》」を歌舞伎に移したものである。能や狂言から歌舞伎に移されたものを「松羽目物《まつばめもの》」といい、しばしば後ろに能舞台風の鏡板が置かれる。

能楽は室町時代に確立したが、徳川幕府が式楽《しきがく》として重んじたため、能役者は武士身分であり、「制外者」とされた歌舞伎役者とは身分に大きなへだたりがあった。だから「勧進帳」の初演の際も、能役者はバカにしたし、今でも能の関係者は「勧進帳」が歌舞伎の代表演目のように言われるのをせせら笑う。

だが、徳川幕府が崩壊すると、各藩に抱えられていた能役者らは路頭に迷い、素人に謡や仕舞を教えることで生計を立てるようになって今日に至っている。歌舞伎は、一ヶ月弱、また当時は好評なら続演もしたが、能の上演は一回こっきりだから、生計が成り立つはずがない。能はそれだけ集中力を要するからだともされるが、観に来るのは少なくとも現在では自ら能を学んでいる者がほとんどなので、数日間やっても客が来ないだろう。

團十郎は明治二十年、やはり能の「紅葉狩《もみじがり》」を歌舞伎舞踊に移して初演した。この時、それまで團十郎の振り付けをしていた花柳寿輔が、團十郎が自ら振り付けをしたこともあって衝突し、振り付けを降りた。團十郎には二人の娘がいたが、あかん平と同じく藤間流で舞踊を学んでいたから、藤間と花柳では弟子のおさらいで会場や囃子方をとりあっており、遂に團十郎は寿輔と手を切って、藤間勘右衛門に振り付けを頼むことになった。

そうなると、金太郎は藤間の子だから、おのずと團十郎の身内に近くなり、團十郎の後継者、つまり十代目を継ぐという目も出てくる。

だがその場合、團十郎の娘・実子と結婚する、という選択肢が出てくる。十歳年下の実子を見ていて、さすがにその実感はわかないのみならず、

（子供のころから知っている女と結婚……）

というのは難しいな、と金太郎は思うのである。

天覧芝居の時に、子役と四天王をやったことで分かるように、いよいよ金太郎は、役がなくなってきた。女形ならこれくらいの年齢でも使えるのだが、金太郎は体も大きく顔も男男していて立派だ。

徳川時代の歌舞伎劇場は、昼間公演して、外部の明りを取り入れての上演だったが、明治十年代になると、客席の上にガス灯のシャンデリアをつり下げて、その明りで興行するようになった。

團十郎・菊五郎・左団次の三名優を使って、新富座の守田勘彌は一時代を築いたが、内証は火の車で、高利貸しから借りた金がかさみ、連帯保証人になっていた團十郎や菊五郎も苦しめられた。

そこへ持ち上がったのが、歌舞伎座建設計画である。福地源一郎（櫻痴《おうち》）という新聞記者から政治家になり、劇作家までした男が、もともと勘彌の金主だった千葉勝五郎とともに、木挽町《こびきちょう》に近代的な大劇場を建てるというのである。千葉は当時五十代、福地は四十代である。

勘彌は、それでは困るというので、新富座、中村座、市村座、千歳座で四座同盟を作り、俳優たちを歌舞伎座へ出演させないという契約を、明治二十一年九月二十六日に調印し、團菊左もこれに加わった。

團十郎は、金太郎には自ら踊りなどを教えたが、ある時「保名《やすな》」を教えていて、

「おい藤間、お前、俺のマネをしているな」

と言われた。へい、と言うと、

「俺は若い頃右手の親指を怪我して伸びなくなっているから、小指を出しているんだ。お前はマネして小指を出しているが、お前は親指が出るんだから親指を出せ」

「へい」

というようなこともあった。

團十郎は、釣りもしたが銃猟もしたので、金太郎ら弟子たちも釣りのお供をするだけでなく、猟銃を与えられて、時おり千葉県のほうへ撃ちに出ていた。

釣りは下谷南稲荷町の泰地屋《たいちや》東作《とうさく》という釣具店が出入りしていて、船橋金杉《かなすぎ》の辰巳屋という店から舟を出して、東京湾で釣ったが、芝居のない日は雨が降っても舟を出すほどであった。

銃猟のほうは、銀座に桑原銃砲店というのがあって、團十郎はそこで弾込《たまご》めしてもらうのだが、弟子たちは自分でしていた。

その数年前、「ピストル強盗清水定吉《さだきち》」というのが首都で跋扈《ばっこ》しており、明治二十年に処刑されていた。明治政府は銃砲の規制はしていたが、本格的に規制するのは明治末年で、この頃はわりあい簡単に手に入った。

金太郎は、弾込めを頼みに桑原の店へ行った際、

「ピストルを見せてもらえねえか」

と言った。日本製の拳銃が作製されるのは二十六年なので、輸入ものしかない。店主は一挺出してきて、金太郎の手に渡した。ずっしりと重い。

「コルトってえアメリカ渡りのもんです」

金太郎は、その拳銃を手にした時、陰茎がちょいと勃起するのを感じた。エクスタシーである。これはいい、と思った。

「いくらだい」

「八円……。いえ、それは本体だけですので、弾が六発ついて十円にさしていただきます……」

数日後、金太郎はカネを用意して行き、コルトの拳銃を手に入れた。店主から簡単な操作法を教わったが、くれぐれも試し撃ちするなら人のいないところで、と念押しされた。金太郎もそれなりに怖いから、こっそりしまっておいて、時どき夜中に取り出しては、まるで女を愛撫するように扱ったが、次第に撃ちたくて仕方がなくなってきた。

團十郎に呼ばれて、部屋へ行くと、

「金太郎、おめえ、染五郎にならねえか」

と言われた。

「はっ」

金太郎は、膝を乗り出した。「金太郎」というのは、どうしたって子役の名前だ。改名は考えていた。團十郎は、鯉三郎か染五郎を考えていたが、前の鯉三郎を知っているのでこれは襲名させたくない、それで染五郎はどうか、と言う。

市川鯉三郎というのは、その後踊りの西川流家元となって西川鯉三郎になっており、その時は名古屋にいた。踊りの西川鯉三郎がいるのに、歌舞伎に市川鯉三郎がいては紛らわしいし、まして金太郎は藤間の家の子だから、染五郎が無難だろう。

前に何人か染五郎はいたが、初代は、四代目松本幸四郎の前名で、寛政年代の役者である。松本幸四郎という名は、四代、五代、七代團十郎も名のったことがあり、團十郎家とは縁の深い名である。

歌舞伎俳優の名跡のうち「助」がつくのは大名題《おおなだい》の名ではない。大物は「郎」か「衛門」がつくものだ。「郎」はともかく、「衛門」は、まず大物でなければ名のれない。だが例外はあって、市川猿之助は大名跡だが、これは初代猿之助は段四郎と名を変えたのに、二代猿之助が、子に段四郎とつけたため、格の上下が狂ってしまって今日に至っている。また初代吉右衛門は、十二歳で初舞台を踏んだ時にすでに吉右衛門だった。

「名題」は、歌舞伎役者の一等上の階級で、その下に「名題下」「相中上分《あいちゅうかみぶん》」「相中」「新相中」「見習」となっている。これを作ったのは守田勘彌で、それまでは「名題」「中通り」「稲荷町」の三つだった。「稲荷町」は「大部屋」とか「二階さん」とか言われるが、これは稲荷町に住んでいたからではなく、いつまでも「いなり」という意味と、大部屋に稲荷明神が祀ってあったのをかけた呼称だという。

明治二十二年（一八八九）二月十一日、大日本帝国憲法が発布されたが、その日、自宅を出ようとした文部大臣・森有礼《ありのり》が暗殺されるという事件があった。当日、歌舞伎役者たちは祝賀パレードに参加し、外務省の前に列をなして天皇の馬車を見送り、それから三日間、記念のための劇を上演した。さらに新富座で祝賀狂言が上演され、大切で「靫猿《うつぼざる》」が出て、市川鶴松（三代米蔵）の猿曳、中村政次郎（三代梅玉《ばいぎょく》）の女大名に、金太郎が奴で出た。

歌舞伎界では、演劇改良の一環として東京俳優組合が結成され、團十郎がその頭取となった。三月二十四日から、新富座が、勘彌の負債のため改称して桐座を名のり、ここで金太郎は染五郎を襲名した。演《だ》しものは『忠臣蔵』で、團十郎、菊五郎、左団次が、大星、判官、勘平、平右衛門を日替わりで演じた。染五郎が何を演じたのかは、分からない。そしてまた襲名披露口上もなかった。おそらく諸士の役ででもあったのだろう。

團十郎はその年も、五月は千歳座、六月は中村座、七月がまた桐座と、四座同盟に出勤した。歌舞伎座の建設は着々と進み、千葉と櫻痴は、おのおの俳優に盛んに働きかけていた。團十郎は、勘彌のために背負った借金で苦しんでいたが、小松済治《さいじ》という実業家が、その借金を返済してくれ、ようやく楽になった。千葉勝五郎は、二万円を守田勘彌に渡して四座同盟を解散させた。現在で言えば四億円に当たるともいう。

團十郎は、染五郎に、歌舞伎座に出ることになった次第を告げて、

「まあ、守田も気の毒だが、しょうがねえよ。寺島（菊五郎）も歌舞伎座へ出るそうだ」

などと言う。

「ああ、あとな」

と團十郎。

「徴兵検査を受けてきな」

「はっ?」

徴兵検査は、満二十歳になると受けるものだが、十八歳になると志願して受けることができる。染五郎はまだ十九歳だ。

「あのな……」

当時、嫡男は徴兵を逃れることができた。金太郎は藤間家の嫡男なので、検査を受けて甲種になっても兵営に入らなくていいのだ。しかし、徴兵逃れのために、戸籍の上だけでも他家へ養子に行った

格好にする者が多く、政府としては方針を厳しくするほかなかった。明治初年以来の、朝鮮半島や台湾をめぐっての、清国やロシヤとの関係は常に開戦の危機を帯びている。

「今度お上ではな、嫡男でも兵役にとるようにと考えているそうだ」

伊藤博文の一派である福地源一郎から教えられたらしい。

染五郎は、浅草寺《せんそうじ》のまん前、雷門より奥にある浅草区役所へ行って、戸籍謄本を申請した。

「藤間金太郎君」

と呼ばれて、戸籍謄本を手にした染五郎は、その場に立ち尽くした。

「養子」と書いてあったからである。

それではた、とこれまで抱いていたもやもやが晴れた気がした。何しろ四歳で養子に来たのだから、覚えていてもよさそうなものだが、抑圧していたというのだろうか。

家へ帰る道道、そういえば、俺が生まれた時の話とか、聞いたことがねえ、特に変だとは思わなかったが、ととつおいつし、家へ戻ると、今や養母と分かったおみつがいるから、

「おっ母さん」

と訊いてみると、

「おやお前、忘れておいでだったのかい」

と言う。四つだったし、覚えているだろうと思って何も言わなかった、十歳を過ぎるころから、ひょっとして忘れているのじゃないかという折々もあったが、わざわざ言うこともない、と思っていた、と言う。

「お前、秦のおばさんをご存じだろう」

と、往昔《おうせき》、時おり現れては「金ちゃん」とかわいがったおばさんのことを言い、あれが実母だと言う。そう言われれば腑に落ちるし、あのおばさんと自分とは似ている、と思ったこともあったような気がした。これだけいろいろありながら今まで気づかなかった自分の鈍《どん》なのにも、染五郎は呆れる。

それから、みつは、秦の家が三重県から出てきて、子だくさんで、専治に妾の子がいて、あたしゃあ三十七になって子がなくて、お前があんまりかわいいから、と経緯《ゆくたて》を語る。染五郎は、ぼんやりしながら、頭の中にこしらえた天秤に、なりゃこそ自分は藤間の家の一人子としてさしたる不自由なく暮らしてきた、いやしかし役者になって苦労した、実の父母は俺を捨てた、と思えば涙がにじみ、少しも気づかないほどに養父母は俺を育ててくれた、と思えばまた別の涙がにじむという具合で、手の甲でぐいっと涙を拭う仕草さえ、どこか芝居じみているのを、そりゃあ芝居じみるさ、役者だもの、と思えばふっと笑みが浮かび、みつのほうも少しもらい泣きをして、

「もっと早くに言ってあげれば良かったかねえ。だからさ、お前が役者をやめたいと言った時だって、まあ貰った子だからと思ってねえ……」

と涙を拭う。

みつは小机の引き出しを開けて紙片を取り出す。そこに、秦の家の住所が書いてあって、染五郎に渡した。

「南伝馬町……虎屋まんじゅう……」

と読みながら、染五郎は、遠い記憶が蘇ってくるような、あるいはそう思い込んでいるだけのよう

な気がしている。

勘右衛門も、みつから話を聞いて、どうも染五郎が、今ごろ養子だと気づいて憂悶しているようだという話が、團十郎まで行った。しかし、團十郎は何も言わず、放置しておいた。

徴兵検査が済み、染五郎は甲種合格だったが、藤間家の嫡男ということで徴兵は免除になった。秦家では次男だったたから、もし秦家にいたら兵隊にとられていたんだなあ、と思い、そのほうが良かったような気もした。

染五郎は、こっそりと、南伝馬町の饅頭店を見に行った。そういえば、このあたりの風景に見覚えがあるような気はするが、それも錯覚かもしれない。少し離れたところから、その虎屋饅頭の店を観察する。ハンチングを目深にかぶって、見つからないようにした。残暑が厳しく、汗がしたたり落ちる。あまり一ッ所《ところ》にとどまっていると人目につくが、若い女が出てくれば、あれが妹だろうか、それともただの下女かと思い、年かさの男が見えれば、あれが長兄の鐐太郎か、それとも番頭か、と胸轟かせる。

結局、実家、と近ごろ知った饅頭店を訪ねることもなく、その場を立ち去った染五郎は、だが、そのまま團十郎家の兵隊部屋へ帰る気になれない。藤間へも帰りたくない。行くところは吉原である。おいらんのまたぐらにむしゃぶりついたから、そんなことを初めてされたなじみのおいらんが驚いた。

のちに「名人松助《まつすけ》」と呼ばれた、尾上松助という俳優がいた。天保十四年（一八四三）の生まれで、勘右衛門とは幼なじみだった。はじめ松本幸四郎を名のった市川海老蔵の門弟で、松本小勘子《こかんこ》といったが、安政六年（一八五九）に幸四郎の海老蔵が死んでしまったため、五代目菊五郎が拾って、梅五郎をへて松助になった。なおこの幸四郎は、代数に入れられていない。この松助が「染ちゃん」と言ってかわいがってくれた。

東京では、川上音二郎の「オッペケペ節」が流行していた。現代日本の政治家や上層階級を風刺して、

ビール、ブランデ、ベルモット
不似合いだ、およしなさい、オッペケペ、オッペケペ

と歌ったもので、この川上が妻の貞奴と始めた壮士芝居が、歌舞伎を一時期脅かした新派の発祥となるのである。

十一月二十一日、落成した歌舞伎座の開場式が行われた。木挽町は、現在も歌舞伎座のあるあたりで、徳川時代には江戸三座があったところである。天保の改革で三座が浅草のほうの猿若町に移され、新富座は京橋辺へ移転していたが、歌舞伎座は本家本元の場所に落成されたのである。

当時、「芝居」といったら歌舞伎のことであって、「歌舞伎」という語は芝居を意味するものとしては使われなかった。のち新派が勃興すると、歌舞伎は「旧劇」と呼ばれるようになる。「歌舞伎座」は、ストリップ劇場が「ストリップ劇場」と名のるような、あるいは「ミュージカル劇場」と名をつけるような、斬新な名ではあった。

歌舞伎座では今も十一月は「顔見世興行」である。十一月に、これから一年この顔ぶれで興行をす

る、といって見せるのが顔見世である。十二月には京都南座で顔見世をするのが現状である。

徳川時代の歌舞伎小屋は、今のようなプロセニアム・アーチではない。舞台は能舞台の正方形に近く、その周囲を観客が取り巻く方式である。歌舞伎座は、西洋風舞台を取り入れて作られた。それまで一番ぜいたくな劇場とされた新富座が舞台の間口八間（十四メートル）だったのが、歌舞伎座では十三間（二十二メートル）あった。のち大正末の改築で間口は十五間に及び、今日に至っているが、結果的には歌舞伎の上演舞台としては横長に過ぎることになった。現在の歌舞伎劇場では、南座の十八メートルくらいが妥当なところである。しかし歌舞伎座はその分、多くの客を入れることができる。

さらに従来のガス灯シャンデリアに変って電気が導入され、ここに歌舞伎の近代が訪れたと言えるのである。ただし客席はまだ椅子席ではなく、升であった。

歌舞伎劇場では、裏手に楽屋があり、三階に大部屋俳優が集まって「三階さん」と呼ばれたりする。一方、大物俳優は自分の部屋を持つ。歌舞伎座では、團十郎は裏手に自分専用の建物を建てていた。二階建てで、入り口に男衆の控え室、奥は九尺の床の間を備えた立派な座敷があるというものだった。

開場式では、福地櫻痴が演説をぶって演劇改良の趣を説き、演し物は黙阿弥作の「黄門記《こうもんき》童幼《おさな》講《こう》釈《しゃく》」を櫻痴が補綴《ほてつ》し、「俗説美談黄門記《ぞくせつびだんこうもんき》」としたものが主で、團十郎が水戸黄門に扮し、あとは舞踊の「六歌仙」であった。染五郎は、端役だったのか、役割は不明である。

ところが守田勘彌は、千葉から二万円をとっておきながら、十二月一日から桐座に団菊左を掛け持ち出勤させたから、千葉は怒った。さらに歌舞伎座のこけら落し芝居が済むと、團十郎は翌年早々から、京都の祇園館の開場に出演することになった。これも、歌舞伎座の出鼻を挫こうとする守田勘彌の画策であり、これには、勘彌の斡旋で、大阪の役者・初代中村鴈治郎《がんじろう》が出ることになっていた。ところが、團十郎は京都南座の招きを断っていたため、南座の安田は、鴈治郎には父の翫雀《かんじゃく》への貸し金があるからと言って責め立て、脅迫状まで届く騒ぎとなっていた。そこで仲介した関根黙庵《もくあん》と、興行師の田村成義《なりよし》が間に立って、借金を利息ごと返済し、鴈治郎の出演を可能にした。

鴈治郎は安政七年（一八六〇）の生まれで、明治十六年に名古屋で團十郎と共演し、その時に会ったことがある。

明治二十三年（一八九〇）一月二日、團十郎は、前年開通したばかりの東海道線に新橋駅から乗り込み、弟子たちに先んじて京都入りした。老舗《しにせ》旅館の松華楼《しょうかろう》に宿って、開幕の十二日まで、準備をしたりゆっくり京都見物をしようかと思っていると、宿の主人がやってきて、

「あのお客さま、市川團十郎さまでございますか」

と言うから、南座関係で何かあったかとぎくりとしつつ、ああそうだよと答えると、

「あの……当宿にお泊まりのお客さまで、團十郎さまにお目にかかりたいという方が……」

「ふうん、どなただい」

「秦さまとおっしゃいまして」

染五郎の実父、秦専治であった。

招じ入れられた専治は、挨拶もそこそこに、

「あの、豊吉……染五郎は」

と訊くから、

「私は先乗りしてきたので、弟子たちは三日あとに京都入りするはずです」

と團十郎は答えた。

専治は、自分は四日市に寿福座という劇場を持っていまして、と自己紹介し、

「成駒屋さん（鴈治郎）には一度、出ていただいたのですが、成田屋さん（團十郎）に出演していただくのが夢でございまして」

専治は、五十四歳になるという。團十郎の二つほど上か。團十郎は、東海道線も開通いたしましたし、機会があれば、とやや口を濁し、専治があと十日ほどは、この松華楼に逗留すると聞いて、

「分かりました、染五郎が来たら、会いにやらせます」

と言った。

三日して、弟子たちが到着した。当時の團十郎門下にいたのは、まず市川新蔵《しんぞう》、これはちょうど三十歳くらいで、当時、團十郎を継ぐと目されていた、染五郎のライヴァルである。「実録忠臣蔵」では大高源吾だった。あと團十郎一門の重鎮として五代市川寿美蔵《すみぞう》、これは門閥外の脇役俳優だが、團十郎と同年配である。市川権十郎《ごんじゅうろう》は、嵐璃鶴《あらしりかく》といったのが明治初年、下獄し、出獄後團十郎門下になった人で、四十四歳くらい、また市川猿蔵《えんぞう》、これは死んだ海老蔵の門下だった。三十四歳くらいである。さらに市川八百蔵、のちに中車となる人だが、これが三十歳くらいである。ただしこの時は、給金に不足があって、八百蔵は参加せず、そのため團十郎の不興をかっていた。さらに初代市川猿之助がいた。なお新蔵は「団門の四天王」の一人とされるが、残る三人が誰かははっきりしない。八百蔵、猿之助、権十郎であろうか。

ほかに今回の公演に加わる二代坂東秀調《ばんどうしゅうちょう》もおり、寿美蔵と秀調は、團十郎と同じ松華楼に泊まるが、ほかは安い旅館である。いずれもまず團十郎のところへ来た。十八時間で東京から京都へ着くという、当時としては驚天動地の体験をした弟子たちが興奮している。関西は初めてという者もいる。だが、疲れるには疲れたようだ。

「まあ、祇園の近くだし、疲れがとれたら遊んでいったらいいだろう。しかし稽古もちゃんとやるんだぞ」

と言っておいて、染五郎だけあとに残した。

「金太郎、親父がこの宿に来ている」

と言うから、染五郎は、はて、藤間の父が、と思ったら、そうではなかった。

團十郎が、会ってくるように伝えると、染五郎の顔色が変った。

「嫌です」

と言う。

実の親に捨てられたと思っている、ということは團十郎にも分かった。團十郎は、染五郎を睨んだ。「團十郎の睨み」である。しかも、劇聖と言われた九代目團十郎である。しかし、染五郎も睨み返した。旅の汚れにくすんではいるが、大柄な美青年である。

「いま会っておかないともう会えないかもしれないんだぞ」

「構いません」

と、そっぽを向く。團十郎も困った。しばらく、沈黙が続いた。

「俺はな、先さまに、お前が来たら会いに行かせると約束したのだ。俺の、師匠の顔をつぶす気か」

こう言われては、染五郎も仕方がない。不承不承立ち上がって、秦に会いに行く。

仲居に先導されて、薄暗い廊下を行くと、ここがそうだと言われる。仲居が襖《ふすま》を叩いて、来訪を告げ、襖を開く。

「いやあ、待っておった、待っておった」

と関西なまりの声がするのを、どこかで聞いたような、と思ったのは、己れの声に似ていたのであった。

袴姿の染五郎が、中へ入り、仲居が襖を閉める。秦はくつろいだ和服姿で、両側にその部下らしい二人の男がいた。

染五郎が、ふと見ると、目に涙を浮かべているから、ちっ、空々しい、と思う。秦のほうでは、感激の対面とでも思っていたのか、染五郎の雰囲気に気づいて、容子《ようす》を改める。

「ああ……成田屋さんの話では、なんでも最近、養子だってことを知ったようやが、それはまあ、わしはそうとは思わずなあ……すまんことをしたと思てるのやで」

耳慣れない関西弁が、染五郎にいらだちを与える。

「……」

「うちは子だくさんでな、そこへ藤間の親方がお前の顔だちがええ、うちに欲しい、言うてな、……いや、藤間さんの見込みどおりで、ほん、立派になったわ」

その父もまた、やはり顔も体も立派なのである。悔しい……。

「捨てたわけやないのや」

と、専治は何度か言い、兄の鐐次郎はどうこう、姉はどうこうと、兄弟姉妹について報告する。

「成田屋さんにも、うちの劇場《こや》に出てくれるよう話したのや。もしうまく言ったら、お前……豊吉にも出てもらえたら嬉しいわ」

そんな会見を、早々に切り上げると、染五郎は、團十郎に「先に参ります」とだけ言って、松華楼を出た。

この旅には、旅嚢《りょのう》のうちに、密かに例のピストルを持参していた。宿へ帰ると、そのピストルを懐中に、マントを羽織るとふらりと外へ出た。

真冬の京都は寒い。染五郎は、むしろ川風を目あてに、蹌踉《そうろう》と歩いて行った。

京都の地理のことはよく知らないし、東京と違うので方向感覚がつかめない。目の先に、大きな橋が見えたが、これが四条とか五条とかの橋なのだろう。橋のたもとまで来て、見ると眼下に広い河原がある。染五郎は、橋の脇手から、その河原へ降りていった。

びょう、と風が吹き、染五郎はマントの襟元をかきあわせた。

（あ、襟巻を忘れた）

と思った。

河原には人の姿はない。見上げると、川沿いに建つ家々の裏手がこちらを向いている。いずれ水商売、客商売の建物だろう。

染五郎は、懐中からピストルを出した。寒中だというのに、手に汗がにじんだ。撃ったことのないピストルだ。教えられた通り、安全装置を外す。

少し欠けた月が見えたので、それを目当てにピストルを差し向け、引き金を引いた。

俳優として鍛えられた筋肉は、比較的たやすく引き金を引き、パァンという破裂音がした。

反動が来たが、染五郎は役者だから踏みこらえた。裏手の家屋から、「なぁにあれ」といった女の声が聞こえた。染五郎は、再び月に向かってピストルを撃った。裏手の家々の窓が、がらがらと開き始めた。染五郎は河原から逃げ出した。

ところが、警邏《けいら》していた巡査がいたらしく、片手にピストルをぶら提げたままの染五郎はたちまち誰何《すいか》され、捕縛されてしまった。

京都で、團十郎に会いたがる人物は多く、その日も團十郎は実業家数名に招かれて寿美蔵とともに料亭へ行っており、松華楼へ帰ってきたのは午後十時を回っていた。人力車で戻ってきた團十郎が微《び》醺《くん》を帯びて玄関へ入ると、宿の主人がすっ飛んできて、染五郎が警察に留置されている、と告げた。もう三時間ほど前に、警官がやってきて伝えたという。

「なんだって？」

團十郎は酔いもいっぺんに冷めて、もう一度俥《くるま》を呼ぶよう寿美蔵に言い、相乗りで京都府警察へ駆けつけた。

もう深夜近かったので、夜間勤務の警官が経緯を説明し、留置場にいる染五郎のところへ團十郎と寿美蔵を案内した。團十郎は、とにかく留置場から出してもらえないかと言い、警官も、團十郎といえば伊藤博文とも知己だというからそれなりに考えたが、何しろもう担当者が帰ってしまったから、今夜は留置場で泊まってもらう、と言った。

「ばかもん！」

と染五郎をどなりつけ、染五郎は「師匠、すみません」と青くなって言った。

「飯は食ったのか」

「はあ……」

「臭い飯ってやつだな」

「まずかったです」

團十郎はくくく、と笑った。寿美蔵も笑った。

「どうだ、この監獄に一週間もいて、藝の肥やしにするか。ないしはピストル強盗の芝居でも組むか」

染五郎は青くなり、「師匠、助けて下さい。出して下さい」

と泣きそうになったから、明日は出してやるから、ひと晩そこで寝な、と言って團十郎らは帰っていった。

翌日の昼前に染五郎は、團十郎の保証で釈放され、ピストルは團十郎に返却された。染五郎は平伏して謝り、ピストルは團十郎がいいように処分してくれ、と言った。

さて、祇園館での公演は十二日からで、「だんまり」「一谷嫩軍記」「意中謎忠義絵合《こころのなぞちゅうぎのえあわせ》」「吃又《どもまた》」（傾《けい》城反魂香《せいはんごんこう》）、黙阿弥作「高時」などが上演され、染五郎は「吃又」の修理之助、「高時」の衣笠を演じた。見せ場は「一谷」などでの鴈治郎との共演で、ほか「六歌仙」を團十郎と鴈治郎が踊った。二月十一日から二《に》の替《かわ》り狂言となった。二の替りとは公演中途で演目を変えることである。

團十郎は、のちの菊吉のような、古典的な藝風の俳優ではない。團十郎の物まねをするのは簡単だと言われ、大げさな動きと、台詞の頭に「ウナ」がつく、というので知られた。初代中村鴈治郎は、当時三十歳、大阪の大名跡である中村歌右衛門を継ぐつもりでいたが、東京の芝翫《しかん》に奪われて果たせず、以後歌右衛門の名は東京の役者のものになる。團十郎はこの時鴈治郎の才能を認め、のち東京へ呼ぶことになる。

この時、祇園館で売り子をしていたのが、大谷松次郎と竹次郎の兄弟で、双子だからいずれも十四歳だった。この舞台に感銘を受けた二人が、のち松竹を創設することになる。

祇園の茶屋へも團十郎は弟子たちを連れて行ってくれ、染五郎は藝妓にもてて、京都の役者さんになってくれなどと言われた。この時、妓楼・吉松で、藝妓の松本佐多に会った。佐多は十六歳で、のち井上流名取として知られた踊り手になる。

ピストルの失敗に懲りたというわけではなく、あまり自分は酒が好きではないようだなと思い、以後染五郎は酒は呑まなくなった。つきあいの席では注がせておいて適当にごまかす。

この公演の千秋楽に、「そそり」といって、名題下の役者が役割を勤めることになり、染五郎は團十郎から、

「おい藤間、切りの文屋を踊れ」

と言われた。しかし染五郎は茶屋遊びやら京都見物やらで上の空、團十郎が踊るのをよく観ていなかった。それでも踊って、何とか形がついたつもりで楽屋へ戻ると、

「なんだてめえのあのざまは。まるで文屋になっちゃいねえ」

と怒鳴りつけられた。

しかし祇園館の公演は二の替り以後不入りになり、團十郎は二千円の借金をこしらえるという失敗に終わった。しかも謹直な團十郎がこの時藝妓になじみができた。その後、一座は損失の穴埋めのため大阪へ行って角《かど》の芝居（のちの角座）に出るはずだったが、團十郎夫人のまさが京都へ乗り込んできて絶対反対を唱えた。大阪では、團十郎の兄の八代目團十郎が謎の自殺をしている。そんなところへ出勤させられない、と堀越まさは頑として譲らず、千葉勝五郎の意向もあって、大阪行はなしになり、弟子たちは先に東京へ帰り、團十郎が帰京したのは三月五日だった。

東京では相変わらず守田勘彌が孤軍奮闘の動きを見せていたが、團十郎は三月末から五月まで歌舞伎座で、近松の「関八州繋馬《かんはっしゅうつなぎうま》」を櫻痴が改作した「相馬平氏二代譚《そうまへいしにだいものがたり》」、「道成寺」をやり、染五郎は「相馬平氏」では團十郎の相馬良門（平将門）の一子幸寿丸に扮し、「道成寺」では所化をやった。この「相馬平氏」で満仲三男美女丸を演じて、新蔵が名をあげた。勘彌の桐座は菊五郎と左団次で三月興行を開けた。

この年、勘彌の息子が坂東三田八《みたはち》を名のって六歳で初舞台を踏んだ。勘彌の頼みで勘右衛門に踊りを習いに来た。勘右衛門が、「七つになる子」という、乳母が子供をあやす舞踊を教えようとしたら、

「女のまねなんか嫌だ」

と言ってがんとして聞かない。

「じゃあ坊や、どんなのならいい？」

と訊くと、

「弁慶か清正ならやる」

と言う。勘右衛門ももてあまし、

「江戸っ子ですごく強い人の踊りを教えてやろう」

と言って、「鰹《かつお》売り」を教えたという。

以後團十郎はもっぱら歌舞伎座を本拠地とする。五月二十二日からは、歌舞伎座で「実録忠臣蔵」を上演し、團十郎と肝胆相照らした中村鴈治郎が上京し、清水一学《いちがく》などをやった。だがこの時、染五郎は諸士一役しか与えられなかった。

染五郎はその頃、まだ飛行機の研究に熱中していたため、「今度は出る幕が少ないのでありがたい」と言ったのを、誰かが團十郎に告げ口した。團十郎も、人の手前があるので、六月の吾妻座の「吃又」では、罰として百姓一役しか与えられなかった。

しかし飛行機の研究も、万国公法（国際法）というのがあるのを知って、断念した、と述懐しているのだが、国際法と、蝙蝠の羽から始まる飛行機の研究と何の関係があるのか分からない。あるいは飛行機で国外へでも飛んでいくつもりだったのであろうか。

七月には勘彌が桐座を新富座に戻して菊五郎、左団次を出演させ、歌舞伎座の團十郎に対抗したが、そのあとは地方興行に出た。

七月七日と八日には、新富座で團十郎の三升《みます》会の慈善興行が行われ、実子と妹の扶伎子《ふきこ》が「藤娘」「松風」の踊りを披露したが、そのうちの演し物「清正誠忠録」（地震加藤）で、染五郎は並びの腰元で出たのだが、立ち上がる時にしびれが切れて、バッタリと座ってしまい、とうとうほかの腰元の手に縋って楽屋へ戻った。客席からは笑いが起きた。

すると、勘右衛門が飛び込んできて、染五郎を殴る蹴るの騒ぎで、周囲の人は、まあまあまあと勘右衛門を止め、染五郎は泣き出してしまった。

二十歳を過ぎて並びの腰元だから、まだ一般の大部屋俳優とさして変わりはないのである。

十月には、福地櫻痴が千葉と決裂して、勘彌が歌舞伎座の帳元の地位に座った。この時現れたのが田村成義で、松竹が支配する前の歌舞伎界で辣腕を揮い、子の田村寿二郎《としじろう》と区別して「大田村《おおたむら》」と呼ばれ、市村座を経営して松竹と戦った興行師である。歌舞伎座はこの田村の事実上の支配下に入った。

團十郎の長女・実子は、勘右衛門について踊りを習っていた。次女の扶伎子もこれに加わった。自然、染五郎との接触の機会も増える。実子は十歳くらいになり、以前は染五郎を「金太郎兄ちゃん」と呼んでいたのが、いつしか「金ちゃん」になっている。

「金ちゃん、ピストル撃って警察に捕まったって、ほんとう？」

「ああ本当だよ」

「誰を撃ったの？」

「人は撃ってないよ。お月さまを撃ったんだよ」

「お月さま？　ああ、あのねえ金ちゃん、お月さまってね、天井からぶら下がってるんじゃないのよ。宇宙の遠いところにあって、撃ったって届かないのよ」

「あはは、そうだったか。これは抜かったな。実ちゃんはよく知ってるね」

こういうたわいない会話をしている。

明治二十四年（一八九一）四月には、最後の十八、十九の二日、染五郎は「出世景清」の八百蔵の役だった頼朝を演じてやや頭角を現わした。

守田勘彌は千葉勝五郎と仲違いして歌舞伎座から手を引き、五月に新富座で菊五郎、左団次で幕を開けたが、芝翫らを緞帳芝居の浅草吾妻座へ出そうとしたため、團十郎は怒って俳優組合の頭取を辞任、菊五郎と左団次が後任になった。

五月十一日、日本を訪問中のロシヤ皇太子ニコライが、大津で巡査・津田三蔵に切りつけられる事件が起き、ロシヤと戦争になるのではないかと日本中を不安に陥れた。畠山勇子《ゆうこ》という二十六歳の女は、ロシヤとの戦争を避けたいと願い、ロシヤ皇帝への詫び状を残して自刃した。

六月の歌舞伎座では染五郎は小仏《こぼとけ》小平《こへい》など三役、七月には「玉取海女《たまとりあま》」で藤原不比等などを演じ、ぼつぼつ本式に役がつくようになった。

その二十日から、川上音二郎一座が、初めて東京で公演を打った。中村座で、「板垣君遭難実記」を上演したのである。これは話題になり、大入りとなって、團十郎は弟子たちを連れて観に行った。板垣退助が自由民権運動で演説中に岐阜で暴漢に刺された事件を劇化したものである。歌舞伎では殺陣《たて》も様式化されてのんびりしたものだが、書生芝居では本気になって乱闘をするからその迫力は観たことのないものになった。

芝居そのものは下手だったが、團十郎は、「あの精神を見習うのだ」と言っていたし、染五郎にもいささか感じるところはあった。團十郎一門が観に行ったと聞いて、菊五郎も弟子を率いて観に行った。

十月二十八日朝、ふと目を覚ますと、揺れていた。地震か、と思ってまた寝てしまった。十一月一日が歌舞伎座の初日で、櫻痴作「太閤軍記朝鮮巻」で染五郎は朝鮮王子などをやることになっていた。明日が初日だという日になって、二十八日に名古屋から岐阜にかけて大地震があったということがようやく伝えられた。濃尾《のうび》地震である。

濃尾地方に実家があるといった俳優は懸念していたが、染五郎はさしたる気遣いはなく初日を開けた。しかるに三日目、藤間の家から使いが来て、秦専治はあの地震の時に名古屋出張中で、死去した、と伝えてきた。（注：『松緑芸話』では、コレラで死んだとある）

手紙をじっと見ている染五郎は、いささか顔色が変ったのか、新蔵が、

「どうしたい、金太郎」

と声をかけたが、染五郎は、

「いや、何でもない」

と言い、その手紙を丸めて屑籠に捨て、舞台へ向かった。

第二章　染五郎

明治二十四年（一八九一）八月十三日の「東京朝日新聞」にこんなゴシップ記事が出た。

唄《うた》ひ女《め》両三泊　俳優買《やくしゃかい》に志しある唄ひ女ハ前刻承知の両三泊南鍋町の待合喜楽でハ追々新条約の締結があるとのこと　既にさる七月三十一日迄に双方調印済に成りし分ハ市川染五郎に於る三桝屋百々子、市川新蔵における三好屋たん子、中村勘五郎における近江屋とん子、市川八百蔵に於る梅の屋君代、市川女寅《めとら》に於る三桝屋勝寿、その他三組ほどあれどこれハ一々条件つきなれバ次号に詳しく内情魂胆を穿《えぐ》り出して当人どもを驚かすべし

唄い女とは藝妓のことで、南鍋町は現在の銀座六丁目である。中村勘五郎は中村仲蔵の弟子でのちの四代目仲蔵、女寅は團十郎門下でのちの六代門之助である。「両三泊」は、『水滸伝』の梁山泊をもじったものであろう。

この中では、二十二歳の染五郎が一番若い。明治期の新聞は、よくこういう、俳優や政治家、実業家の女遊びを糾弾したもので、この翌年創刊された「萬朝報《よろずちょうほう》」では、主筆の黒岩涙香《るいこう》が「弊風一《へいふういっ》

斑《ぱん》蓄妾《ちくしょう》の実例」を連載して、貴顕紳士の妾囲いを糾弾していった。

その年の十二月十五日のことである。舞台も休みで、團十郎が鴨猟に行くというので、染五郎は團十郎家の二階で、自分の猟銃の弾込めをしていた。すると、バン！　と大きな音がして、一瞬気を失った染五郎が、気がつくとあたりに血が飛び散っていて、顔がおかしい。化粧台のところへ行くと、顔に銃弾が当たったらしく、血だらけである。暴発したようだ。

そのまま染五郎は赤十字病院に入院し、顔の手術をして、幸いにして命に別状はなかった。

顔じゅう包帯をして、本など読んでいると、看護婦が、女のお客さんがお見舞いです、と言ったから、なじみの藝妓でもあるかと思っていたら、すっと入ってきた和服姿の中年女性がある。染五郎は、あっと胸を轟かせた。

実母のりょうであった。りょうは、四十になるやならず、確かに、自分とよく似た、整った顔だちの女だった。

「豊吉……いえ、金太郎さんだね」

言われて染五郎は、わっと涙にくれ、手にした雑誌ははたりと床に落ちた。りょうはそれを拾い上げると、

「話はおやじさんからもおみつさんからも聞いていて、でも折りがなくて訪ねることもできず、すると大怪我をして入院したと聞いたから、もうたまらず……」

そう言って、りょうも涙にくれ、二人で手を取り合い、りょうは、

「許しておくれ」

と繰り返した。

りょうはそれから、染五郎の幼いころの様子から、東京へ出てきた時のことまで、細々と語った。看護婦が、お疲れになりますからあまり長い話は、と言ったのを、染五郎は止めた。看護婦も、様子を察したか、涙ぐんでいた。

しかし、りょうは、

「釣りだの猟だの、殺生をするからこんなことになるのだと思うよ。お前ね、これからは師匠に誘われても、殺生はいけないよ」

と言ったから、へい、へい、と染五郎は返事をしていた。

手術後の経過もよく、暮れの三十一日に退院した。ところが、それまで染五郎は発声に難があって、鼻がつまったような声だったのが、この時の手術のために声が通るようになったという。

してみると、幸四郎の孫に当たる十二代目團十郎の口跡が悪かったのは、この幸四郎のもともとの素質が遺伝したものかもしれない。

染五郎は、これを機に團十郎の家を出て、藤間家へ戻った。藤間の家は小さくて見すぼらしかったが、稽古場で、玄人素人の娘さんたちが踊りを習っており、染五郎も教える方に回ることがあった。するうち、一人の青年が染五郎を訪ねてきた。応対した女中は、染五郎によく似ているので驚いたが、これが実の兄の秦鐐次郎であった。

染五郎が客間に行くと、兄は立って迎え、猟銃事故で無事だったことをまず祝い、座ってから、

「お前さんが、親父に大層怒っていたようだ、と聞いてね。いや、実際、たくさん子供を作って、

あちこちへ里子や養子に出す、なんてのは、旧幕時代の蛮風だって、俺も晩年は親父に言ったことがあったんだ」

と言う。

鐐次郎は、父の事業を継いで、今は専治の名を名のっているという。

「この一月に長男が生まれてな、豊吉と名づけたよ」

染五郎の最初の名前であった。

「この通りだ」

と言って、二代目秦専治は頭を下げたから、染五郎は驚いて、

「兄さん、手を上げて下さい」

とそばへ寄った。

「おお、兄さんと呼んでくれたな」

と言って専治は涙の滲んだ顔をあげたから、染五郎は、

(ちょっと芝居仕立てだな)

と思った。

勘右衛門と妻も脇へ来て、

「良かったな金太郎」

と言って涙ぐんでいるから、染五郎もいささか涙が滲んできた。

明治二十五年（一八九二）三月末からの歌舞伎座では、團十郎が助六を演じ、染五郎はその後見を勤めた。守田勘彌の新富座には、團十郎は同情して無給で出たりしたが、売り上げは借金取りに持って行かれ、茶屋の男衆と客が争って殴り合う事件も起きて、勘彌はおちぶれて行った。

この頃から歌舞伎座では、慈善興行と銘打って、東京市養育院などの主催で三日間ほどの興行をするようになった。養育院は、渋沢栄一が明治初年に開いた、孤児、老人、障害者などを収容する福祉施設で、売り上げの一部を寄付するわけだが、こういう事業に乗り出したのは、中産階級の夫人連であった。染五郎など若い役者は、こうした夫人連に立ち交じって劇場内の売店で売り子をしたりした。

明治二十六年（一八九三）一月二十二日午後三時三十分、河竹黙阿弥が死去した。それとほぼ時を同じくして西鳥越から火が出て、元の中村座の鳥越座が全焼したのであった。三月には、前年十一月に新築開場した市村座で、左団次、家橘らが公演をしていると、家橘が急死したため、いったん閉場して次興行の相談をしていた二十八日、これもまた火事で全焼するという悲劇に際会したのであった。

三月から四月の歌舞伎座では、團十郎の「鏡獅子」に、娘の実子と富貴子（名を変えた）が出演した。團十郎は、歌舞伎にも女優を出したいと考えており、娘たちをその最初としたのであった。この時一番目で上演されたのが、櫻痴の新作「東鑑拝賀巻《あずまかがみはいがのまき》」で、北条義時（團十郎）の陰謀で将軍頼家（河原崎権十郎）が殺され、その子公暁《くぎょう》（菊五郎）が義時を父の仇として狙うのを、義時が巧みな弁舌で、それが新将軍実朝（福助）の陰謀だと信じ込ませ、鶴岡八幡宮での新年参拝に、義時と実朝と二人を討つ心で公暁が出向くが、義時は途中で病気と称して行かず、実朝だけが討たれる。この時、人形の首を使って巧みに首が本当に討たれたように見せた。祖母に連れられて歌舞伎見物に来ていた五歳の谷崎潤一郎は、その首が討たれる場面に、エロティックな興奮を覚えていた。

七月の歌舞伎座では、団菊左のそろい踏みで、義太夫狂言「敵討襤褸錦《かたきうちつづれのにしき》」をやった。これは非人に姿をやつしての敵討ちもので、「大晏寺堤《だいあんじづつみ》」の場が名高く、この名で呼ばれたりもする。猿之助と新蔵が最後に團十郎に討たれる須藤彦坂という悪役を演じたが、二人は張り切って、血糊をふんだんに使い、もだえ苦しんで死ぬさまを毎日大車輪で演じていた。

だが菊五郎は、この二人の演技をやり過ぎだと思っていて、「堀越はよく黙っている」と憤慨していた。染五郎はそれを聞いて、客は喜んでいる、だが藝術として見たらやり過ぎ、ということもあるのだな、と考えるところがあった。

九月二十八日から歌舞伎座では、櫻痴作「大久保彦左衛門」、「嬢景清八嶋日記《むすめかげきよやしまにっき》」（日向島の景清）などを出し、中幕では團十郎が景清で、実子が景清の娘人丸、あと女の童《めわらわ》に富貴子と篆刻師《てんこくし》・益田香遠《こうえん》の娘を市川茘枝《れいし》として出演させていた。

染五郎、権十郎、片岡市蔵、中村福助、新蔵、猿之助、寿美蔵の出演である。猿之助は染五郎のちょうど十歳上、殺陣師の子で、若い頃、團十郎に無断で「勧進帳」を上演したために破門され、松尾猿之助と名のって苦労した人である。「嬢景清」は十八世紀の浄瑠璃がもとで、日向へ流された悪七兵衛景清を、娘が訪ねてくる話である。これを、櫻痴が改作して上演していた。

その三日目は、劇評家の招待日で、西の桟敷に新聞記者などが並んでいた。中幕に、團十郎の景清の、亡き小松内府《こまつのないふ》重盛を偲んでの長台詞があった。

楽屋で猿之助が、「ここは長えよ」と言った。染五郎が、うんと頷いた。ちょっと覗いてみて、見物が退屈しきっているのが分かった。

「櫻痴居士はいかんよ」

猿之助が言う。寿美蔵が聞いていて、ううむと呻っている。

すると、客席のほうから、変な音が聞こえ始めた。何だ何だとみなで覗くと、西桟敷の劇評家たちが、手摺《てす》りを叩き始めたのである。つまり、ブーイングなのである。わざとらしく笑い声をあげる者もいる。

「まずいね、これは」

「親方は大丈夫か」

見ると、團十郎は何ごともないかのように長台詞を続けているのはさすがだが、これでは何も聞こえまい。ともあれ、最後まで演じきった。

團十郎も怒ったが、さらに怒ったのは櫻痴で、劇評家が芝居に不満なら新聞に書けばよい、妨害するとは何ごとかと批判文を載せるという騒ぎになった。

ところで、團十郎は神道の信者だった。明治維新の原動力の一つとなったのが国学で、本居宣長にしてから、外来思想である仏教を排斥する傾きがあったが、それが平田篤胤の平田国学をへて、幕末期に神道として尊皇攘夷の志士らに広まり、坂本竜馬や高杉晋作は神道で葬られている。明治政府はこれを推し進めるため廃仏毀釈を行い、神道を日本の国教にしようとしたが、失敗した。

だが團十郎の堀越家は、現在に至るまで神道信者である。市川團十郎の屋号は成田屋で、成田山新勝寺（真言宗）と深い関係にあるのでふしぎにも思えるが、これは九代目以来のものである。

そこで金太郎も、御嶽《おんたけ》教会という神道の一派に入らせられ、この年、教導職試補というものになった。教導職は明治政府が神道の指導者として設けたもので、大教正《だいきょうせい》、中教正、大講義、中講義、訓導などの階級がある。

それから数年後、染五郎は「権《ごん》訓導」という階級になっていたが、神道の儀式は「大祓《おおはらい》」しか知らない。團十郎は庭に祠《ほこら》を建て、地鎮祭を執り行い、染五郎は水を浴びて火を興し、三宝を捧げ持っていたが、水を浴びて火を興しているから脳貧血を起こし、あたりの景色がゆらゆらっとして倒れてしまった。

これはすぐに治ったのだが、團十郎が「藤間、ちょっと来い」と言うので行くと、芳村正道という神道家と、新見という人、それから行者がいて、火が燃えている。

「お前はお札を持って火を渡るのだ」

と團十郎。エーッと思ったが、師の命令で仕方がない。芳村は塩を撒いて、

「わしと新見が先に渡るから、その足跡を踏んでくるのだ」

と言う。そこに塩の俵があるから、染五郎も裸足になってその俵を踏み、足に塩をつけて渡るのである。

芳村が先頭で、新見が御幣《ごへい》を持って渡り、その次が染五郎である。足はさほどに熱くないように感じたが、胸のあたりが熱い。その後、弟子たちが順々に渡らせられた。五番目が團十郎で、九番目に市川団八という弟子が渡ったが、「熱い！　熱い！」と叫びながら渡ったという。

菊五郎も御嶽教の信者で、八百蔵は金光教の信者だった。この後、歌舞伎役者には金光教が増えて

いく。

その年、焼けたままになっていた千歳座を市川左団次が譲り受け、明治座として新築、十一月に開場し、こけら落しに團十郎一門も出演した。こうして東京の歌舞伎劇場は、歌舞伎座、明治座の二大劇場が並び立つことになった。ほかに大劇場としては新富座（一時深野座）、春木座があった。

明治二十七年（一八九四）は、三月十日からの歌舞伎座で、染五郎は猿蔵とともに名題に昇進し、一人前の歌舞伎俳優となって、桃泉《とうせん》の俳号を團十郎からもらった。猿蔵は染五郎の三つ上で、團十郎の縁戚で本名を堀越助七といい、いつも猿蔵との兼ね合いで役をつけられていた。ある時、染五郎が猿蔵へ出す手紙に、間違えて「堀助七」と「越」を抜いてしまったら、猿蔵が返事に「藤金太郎」とやはり一文字抜いて書いてきたなどということもあった。

七月に日清戦争が開戦すると、各劇場は競って際物の戦争もの芝居を上演したが、先陣を切ったのは川上音二郎で、九月にまっさきに戦争劇を上演した。川上一座は、この年ついに歌舞伎座に進出していたが、当時の川上の芝居というのは、演技力は素人並だったのだが、ほかに現代劇がないことから、一時的に受けたのである。十月の歌舞伎座では、團十郎一座が戦争劇「海陸連勝日章旗《あさひのみはた》」を上演した。だが、これは単に戦争を題材として櫻痴が書いただけのものだったから、さして当たらず、歌舞伎では以後は普通の芝居を上演した。

その頃、團十郎はかなり豪勢な暮らしをしていて、大物俳優はたいてい人力車で劇場入りするが、團十郎は馬車を使うようになっていた。そして毎年一月は舞台を休むことにしていた。八百蔵と新蔵は、赤坂の演伎座に、一座を組んで出演することにし、染五郎もこれに加わり、明治二十八年

（一八九五）は、ほぼ演伎座に出ていたが、主役は八百蔵と新蔵で、第一回は「積恋雪関扉《つもるこいゆきのせきのと》」で、新蔵の関兵衛に、染五郎が墨染《すみぞめ》を勤めた。これは「重重一重小町桜《じゅうにひとえこまちざくら》」という目見え狂言の最後の場だけが常磐津の舞踊劇として残ったものである。平安時代初期、染五郎の良峯宗貞《よしみねのむねさだ》が、恋人の小野小町と、先帝仁明《にんみょう》天皇の陵《みささぎ》の前で出会う。小町は、宗貞の弟・安貞が、謀反人の大伴黒主《おおとものくろぬし》にはかられて殺されたことを語り、逢坂山の関守・関兵衛が怪しいと言う。関兵衛は斧で小町桜を切ろうとするが、墨染という遊女が現れ、これは小町桜の精で、関兵衛を倒そうとする、というもので、最後は踊りになる。

　演伎座は小芝居で、明治前期まで、大芝居と小芝居の区別はやかましく、大芝居の俳優はむやみに小芝居に出るものではなかったが、この頃はそれもゆるみ、二十八年には大小芝居が合同して、名目上、大小の区別はなくなる。演伎座は赤坂溜池《ためいけ》に福禄座《ふくろくざ》として立てられたものだが、稽古座となって團十郎一門も出演したが、これが大芝居俳優の小芝居への出演として非難され、また福禄座に戻り、さらに赤坂座、新市村座とところころ劇場名が変ったが、この年演伎座となって、團十郎門下の出演を得たのである。

　特に若手の新蔵の人気はすごく、客席から「十代目！」のかけ声がかかり、十代目團十郎を継ぐものと目された。

　だが新蔵は、かねて眼病を患っており、それは左目が次第に飛び出してくるのだと噂され、赤十字や帝大病院で名医の手にかかって快方に向かったこともあったが、思わしくなく、眼帯をして舞台に上がるような状態になっていた。眼病からくる身体的疾患もあった。六月の演伎座では、新蔵が河内《こうち》山《やま》を演じ、染五郎は松江出雲守をやったが、新蔵は楽屋に蒲団を敷いて、出番が来るとはいずるようにして舞台へ出ていった。

染五郎が楽屋へ戻ると、新蔵が荒い息をつきながら横になっている。染五郎はそばへ行って立て膝になり、

「お疲れさまでした、新蔵さん」

と言った。

新蔵は、苦しそうにしながら、「金太郎、ちょっと待て」

と言う。

もう数年前のことだが、新蔵が人気が出てから、高慢になったと言われていた。眼病を手術して再出場した時に、團十郎が口上を述べたことがあるが、これはいかに團十郎が新蔵をかわいがっていたかということである。團十郎は、目は治りましたが高い鼻のほうはなかなか直らないようです、と言って観客を笑わせていた。

その高慢のため、劇評家からも憎まれたりしたが、染五郎も舞台の上で、「そんなことじゃダメだ」と言われたり、いたぶられたことがある。演技の悪口を言われるのを「カスを食らう」と言うが、新蔵にはさんざんカスを食らって、殺してやろうかと思ったこともあった。

「俺はもう終わりだよ」

と、新蔵が言う。染五郎は、何も言えない。

「十代目は、俺じゃねえ、お前だ」

複雑な思いで、染五郎は下を向いた。

「だがおめえは、名優にはなれねえ」

さらに、思いは複雑になった。

「顔も姿もいい。しかしおめえ、台詞覚えが悪いな」

確かにその通りであった。

「そりゃお前、他人の台詞まで覚えてるからだよ」

と言うのであった。これもその通りである。

「親方もそうだが、名優ってのは自分の台詞しか覚えねえもんだ」

「……」

「しかしそんなのは近代劇じゃねえ。おめえのようなのが近代なんだよ」

そうなんだろうか。染五郎にはまだよく分からなかった。

その冬、演伎座の座主の窪田弥兵衛はこれを常磐座の根岸浜吉に売り渡して新富座を買収、ついに守田勘彌は新富座を手放すことになった。

演劇を構成するのは、俳優、長唄、三味線などの音楽師、その下働きのほかに、座元がいる。徳川時代の江戸三座の座元は役者を兼ねることもあったが、明治以降、次第に素人の実業家が興行師として活動するようになって今日に至っている。地方巡業などは、地方の興行師と話をつけて行くのだが、興行師と交渉するのは、大物俳優の場合は奥役というマネジャーである。のちに奥役は、劇場も専属で持つようになる。

十一月の歌舞伎座では、中幕で團十郎が歌舞伎十八番「暫」を演じた。十八年ぶりだという。これは善玉である罪人が斬られそうになっているところへ「しばらく」と言って花道から善玉のヒーローが登場するという祝祭劇である。この時の役割は鎌倉権五郎を團十郎、これを迎える清原武衡《たけひら》が権十郎、鯰坊主が新蔵、腹出し三人が猿之助、八百蔵、寿美蔵、加茂次郎義綱が染五郎であった。

明治二十八年（一八九五）十二月末、千葉勝五郎は歌舞伎座の経営権を、田村成義、井上竹次郎、皆川三郎の三人に譲渡し、歌舞伎座は株式会社となった。のち皆川が抜けて、井上が支配人となるが、この井上は京都の出身で、姉が後藤象二郎の二号から本妻に収まった人で、そのため後藤の引きで株屋をやって成功した実業家だった。嘉永二年（一八四九）の生まれだが、人相が悪く、声も悪く、態度も傲慢に見えた。

明治二十九年（一八九六）一月は、染五郎は都座に出演した。新蔵の木下藤吉郎に前田犬千代、ほかに團八、猿蔵、升蔵、女寅など團十郎門下が出演し、一月二十三日からの歌舞伎座では、「地震加藤」と「道成寺」で、團十郎が五十九歳で鮮やかな女舞を見せた。團十郎は女形もやったのである。

それについて話がある。團十郎は、八百蔵、猿之助、寿美蔵、染五郎に、

「今日は処女で踊ってみよう」

と言い、見ていると確かに処女に見えるし、「男を知った女でやってみよう」と言って踊るとやはりそう見えたという。

二月末からの市村座では、芝翫の石川五右衛門で「楼門五三桐《さんもんごさんのきり》」（山門）、四月の市村座では「勤王美談筑波曙《つくばのあけぼの》」で、水戸天狗党を扱った。新蔵は藤田小四郎である。

「新蔵はよくもつなあ」

「まぃんち、悲壮ですよね」

などと、染五郎と猿蔵が話していると、猿之助が来た。

「長ぇことはねぇな。舞台の上で斃《たお》れるってのは本望だろうが、役者ってのはものが残らねえからね。絵描きなら絵が残る、小説家なら小説が残る。だが役者は何も残らねぇ。写真だけだ」

「……そうですね」

四月三十日からの歌舞伎座では、「富貴草《ふうきぐさ》平家物語」別名「重盛の諫言」と、「助六」が上演され、新蔵は俊寛、宗盛と福山のかつぎが割り当てられたが、ほとんど舞台に立てるかどうか危ぶまれる状態だった。櫻痴や千葉は、大丈夫かと懸念したが、團十郎が、これが最後になるかもしれねえから、と言って押し切った。

だが、新蔵は一日しかもたなかった。二日目から、染五郎は宗盛を、市川歌仙が俊寛を代わり、新蔵は福山のかつぎ一役となった。團十郎の「助六」は、髭の意休に芝翫、三浦屋揚巻に福助で、大当たりとなって日延べをした。染五郎の宗盛がまた好評だった。だが、新蔵はこれが最後の舞台になってしまった。

この年、團十郎は茅ヶ崎に広大な土地を購入して別荘を建てた。表門には二軒の請願《せいがん》巡査を置いた。請願巡査というのは、一般人がカネを出して常駐してもらう巡査のことである。裏門には漁師と植木屋の二家族を置き、漁師の舟でしばしば釣りに出た。母屋には二十畳の大広間があり、庭には松や檜が亭々《ていてい》として聳え、その根方にある巨石は村中総出で運び入れたが、染五郎は、秦の実家にもそんな石があるという話だったなあ、と思った。

五月に、市川升次郎という少年が、團十郎の門弟になった。これは藤間勘右衛門の親戚に金子元助という男がいて、向島の料亭・有馬温泉の経営者だったが、その長男で、勝太郎という。はじめは吉住《よしずみ》勝太郎と名のって長唄の修業をしていたが、勘右衛門に弟子入りし、そこから歌舞伎へ志したのである。この時十七歳。その弟も藤間流に入って藤間金之助といった。

七月に、神田三崎町に、川上音二郎が新派専門の劇場として川上座を建設、こけら落しを行った。川上はその一方、團十郎を崇拝するあまり、自分も茅ヶ崎の農家を買って別荘にした。

その年の九月、十月は、染五郎は浅草座で九蔵らと一座して牛若丸などを演じ、十一月は歌舞伎座で、櫻痴作の「二人景清」で頼朝を演じたが、「奥州安達原」で猿之助とともに奮闘していた八百蔵が腰を痛めて休演したため、二十一日から代役で義家を勤めた。

すでに染五郎も二十七歳で、世間でもこの美男俳優の名は、藝妓・町娘の口の端に上るようになり、財布に染五郎のブロマイドを隠し持つ娘も少なくなかった。もとよりその大勢の中には、染五郎自身からブロマイドを貰った女も数名はいるのである。

ブロマイドの撮影は、歌舞伎座前の写真館で行われ、役の扮装をし、形を決めて撮るのである。

さて、実子は、十七歳になっていた。そろそろ縁づき先を考えなければならなくなってきている。当時は、しかるべき家の娘は、十歳ほど年上の、収入のしっかりした男に嫁がせるのが普通であるから、染五郎はちょうどいい。

團十郎は、まず妻に相談した。妻は、染五郎は根がまじめだからいいと言う。女にもてるのは心配だが、いい歌舞伎役者ならそれは当然で、役者の妻はそれに耐えられるようにとそれなりに実子にも言い言いして育ててはきた、と言う。

「俺が堅いもんで、実子は分かってないかもしれんな」

と、團十郎が言うのに、妻は黙っている。

「染五郎のほうはどうだろうな」

沈黙が気まずくなって、團十郎が言うと、

「欲がありませんからねえ、あの子は。これで十代目になれる、と飛びつくようでない、そこがいいところなんですがね」

「ふうむ。実子のほうはどうなんだ」

「まあ、金ちゃんとか金兄ちゃんとか言って慕っていますから、否やはないんじゃないですかねえ」

母親は娘のことをよく知っているから、これは間違いあるまい。

「だが問題はな」

と、團十郎。

「あいつは藤間の跡取りだろう」

「それですねえ」

妻女もため息をついた。

「藤間のままでいいか、養子に来てもらうか」

「堀越の家がつぶれるのは私は嫌ですよ」

「富貴子は海老蔵の跡取りにしてあるからなあ……」

「ええ……」

「あるいは、藤間で別に養子をとるか。これはあとで藤間さんと相談する手だな」

團十郎は、ともかく染五郎に意向を訊いてみることにした。

染五郎は、團十郎夫妻が考えるほどに純朴なわけでもなかった。トルストイが、泥棒でも泥棒である自分を正当化しているものだ、と言ったように、人間は自分が所属している世界の価値観というのを、いつしか身につけるもので、小さな会社で、あいつが先に課長になったなどと妬むのもその類である。

つまり「十代目團十郎」は、この頃の染五郎には、やはり大きな翹望《ぎょうぼう》であった。團十郎から話があった時は、実子のことより、それが先に頭に来て、体が震えた。

だから、「謹んでお受けいたします」とわりあいあっさり答えた。

「ああそれでなあ。堀越へ養子に来る、ってえのは、藤間さんと相談する必要もあるんだが、おめえとしちゃあ、どうだ」

「……」

明治民法が公布されたのは、この前年である。だが明治民法に、婿養子の規定があるわけではない。妻は夫の氏を名のる、とあり、養子の規定があるだけである。

とはいえ、戦前日本では、養子、婿養子ともに珍しいことではなかった。これについては、勘右衛門と團十郎が相談し、藤間は親戚の市川升次郎か、弟の金之助に継がせ、染五郎は堀越家に入るということにした。

もとより実子は、派手ではないがそれ相応の美人である。子供の頃から知っているので、染五郎に恋愛感情は湧きにくいが、それはまた別だ。

しかし、周囲の人間はうすうす知っていたことながら、染五郎には恋人がいた。日本橋箔屋町《はくやまち》の藝者・小歌という。当時、人気美男俳優に藝妓の恋人があるくらいは普通のことで、それと結婚してもいいし、別途男に女ができたり、今回のようにいい縁談があったら、手切れ金を渡して別れるというのも普通のことであった。

この当時の、歌舞伎役者と藝者の恋、といったものが、そもそもどのようにして成立するのか、というのは難しい問題である。学問をしている書生でも、「ラアブしている」などと英語を使っていた時代であり、まず「愛」を語らってしかるのちといった手続きはない。一般の男女であっても、恋文といったものをつける、ということは、日露戦争のあとあたりからである。

できてからの様子を描いた小説類は少なくないが、どうやって出来るかを描いたものは容易に見つからない。むしろ、そんなでき方を描くこと自体が野暮である。結局は、以心伝心、何となく気が合って「寝る」というところから始まる。好きだとか惚れているとか、そんなことを先に言って確認してから寝るわけではないのである。

再会以来、実母りょうはしげしげと染五郎の出る芝居へ通ってきていたが、孫の豊吉を伴うこともあった。豊吉はこの年数えで五歳、「皿屋敷」を観ていて、井戸から血だらけの女の幽霊が上がってくるのを見て下男がひっくり返るのが面白くて笑ったら、りょうは「あれは猿蔵という役者だ」などと教えてくれた。

秦の家は当時日本橋新右衛門町にあって、近かったから小歌はこの家へもよくやってきては、二階へ上がり込んででりょうの機嫌をとり、豊吉を近くの砂糖屋という駄菓子屋へ連れて行って、がらがらというおもちゃを買ってくれたりした。いつも黒縮緬の服で、すっきりした美人であった。

その年二月の歌舞伎座では、「関の扉」が上演された。関兵衛が團十郎で、墨染が菊五郎、宗貞が染五郎、小町は尾上菊之助である。この菊之助は菊五郎の養子で、のちにこれを主人公に村松梢風《しょうふう》が『残菊物語』を書いて、何度か映画化もされたので有名だが、藝妓との恋を父に反対され、離縁されて関西へ行き、尾上松幸の名で田舎芝居に出ていたのを、芝翫らの斡旋で女と別れて戻ってきた人である。

最後は団菊の二人舞になるのだが、染五郎は勘右衛門に教わっていたから、團十郎の踊りがどうも気合が入っていないように感じて、おかしいなと思っていると、あとから菊五郎が入ってきてからは合っている。つまりあとで合うように気を抜いていたのだと気づいた。

三月には、神田三崎町に東京座が開場し、染五郎は團十郎らと「二人袴《ににんばかま》」を演じた。これは能狂言からとった滑稽もので、二人で一つ袴を着て踊るのだがそのうち二つに裂けるというものだ。裂けるのは、もともと二つの袴を松葉で縫い合わせてあり、糸を抜くと二つに分かれるようになっているはずなのだが、初日に、誂《あつら》えが悪くて糸口が見えずなかなか引き抜けない。染五郎が、

「仕方がないから本当に引き裂きましょう」

と言い、本当に引き裂いた。

あとで團十郎は、

「本当に引き裂いたから明日からは使えないが、お前が本当に引き裂けと言ったので自然にできて良かった」

と言った。

黙阿弥亡きあと、河竹一派は三代新七が束ねていたが、この時、福地櫻痴との関係が悪化し、團十郎の不興もかって、新七は歌舞伎座を脱退、歌舞伎座作者部屋は櫻痴の天下となった。

この三月には、市村座で川上一座が『金色夜叉』を上演した。一月から、当代の文豪とされる尾崎紅葉が満を持して「読売新聞」に連載を始めた小説である。

六月は明治座と歌舞伎座のかけもちになった。現在の歌舞伎は、国立劇場を除いて昼夜二部制だが、これは戦時中に始まったもので、当時は、昼からの芝居に出て、そのあと別の劇場の夜の開場に出ることがあった。それにしても、俳優にとってかけもちは激務だから、義理があるとかで引き受けることがほとんどであった。

楽屋とんびというのがいて、素人なのに劇場の楽屋を何かの縁故でうろうろしている人のことである。中には新聞記者もいる。この年の三月、唯一の歌舞伎専門誌であった『歌舞伎新報』が廃刊になり、三年後に『歌舞伎』が創刊されるまで、歌舞伎専門誌のない時代があったのだが、代わって新聞にゴシップ記事が載る。当時の新聞は広告を除くと四面くらいあり、一面は政治、二面が経済、三面がゴシップ記事なので、これを「三面記事」と言う。今の新聞は社会面が三面記事に当たるが、当時のようなゴシップ記事は、スポーツ新聞や夕刊タブロイド紙にしかない。

染五郎についても、しばしばゴシップ記事が出た。染五郎が銭湯に入っていると、外で染五郎びいきとそれに反対する者とが喧嘩を始め、染五郎は出るに出られなくなったとか、そんなものである。そんな新聞記者がかぎつけたのであろう、六月十四日の「東京朝日新聞」に「團十郎の婿選び」というゴシップ記事が出た。娘・実子の婿に市川染五郎が決まり、実子は母とともに明治座へ染五郎を観に行くとか、染五郎は高麗屋男女蔵《おめぞう》を襲名するとかいうのである。

市川男女蔵というのは、今では左団次の前名になっているが、明治初年、團十郎の門弟にそういう役者がおり、徳川時代にも名のった者がいたが、屋号は高麗屋ではなく滝野屋である。ただ別に高麗屋男女蔵でもいいのだが、それはともかく、この記事が寝耳に水だったのは、染五郎の愛人・小歌である。

染五郎は、おいおい小歌に話そうと思っていたのである。それを、脇から知った、ということが、小歌のつむじを曲げた。待合・う志ほに呼び出された染五郎は、ぷりぷりしている小歌に、折りを見て話すつもりだったのだと弁疎に努めた。

「あたしだっても、お師匠さんの娘さんとの結婚ばなし、というなら、笑顔の蔭は泣きの涙で別れてあげるわよ」

染五郎は内心で、どうだか分かったものじゃない、と思った。だが小歌は、こう抜き打ちによそから話を聞いたんじゃあ、そうおいそれと許すわけにはいかないわっ、と来る。染五郎も困った。小歌はさらに、わたし、お腹に赤さんがいます、と言うのである。

染五郎は、驚いたか、

「やっ、それはめでたい」

と言うのだが、「男か女か」などと言ったのは、よほど慌てていたのだろう。

「そんなこと、今から分かりゃしませんよ」

と小歌はぷいと横を向く。

当時は、歌舞伎役者が藝者を妊娠させる、などというのは、さして珍しいことではなかった。生まれたら里子に出す先はあるし、現に幸四郎はその生涯で何人も子供をよそに産ませている。

しかし……。

小歌の口説《くぜつ》を聞いているうちに、いつしか染五郎は小歌とそのまま、

「寝て」

しまった。そして、

(面倒だな)

と思ったのは、小歌のことではなく、実子との結婚についてである。

歌舞伎役者は妻がいても女遊びは当然、といっても、あのどちらかといえば堅い團十郎の娘に生まれて、その覚悟があるかどうか、また染五郎だって、それは息苦しい。

この小歌は、絶好のネタかもしれない、と思ったのである。

「よし、小歌、お嬢さんとの結婚はやめにした」

と言うと、あんまりいきなりなので、小歌のほうがびっくりして、

「えっ、ほ、本当に?」

と言ったくらいである。

小歌としては、とりかえずカーッとなって当たり散らしただけで、そういう展開になるとは思っていなかったのである。

歌舞伎座の千秋楽の日、終わったら師匠に話そうと思っていたら、尾上菊之助が三十歳で死んでしまった。團十郎らと葬儀に行って、菊五郎が涙を浮かべているのを見て、

（ゲンが悪いなあ……）

と思った。かつて藝者との仲を養父に裂かれ、大阪へ出奔していた男である。それで躊躇していたら、七月十一日からは、寿美蔵、猿之助、女寅、小団次らと東京座で、「倭仮名経国美談《やまとがなけいこくびだん》」などの上演がある。『経国美談』は、明治十七年に刊行された矢野龍渓《りゅうけい》の政治小説、といっても古代ギリシアの政治を扱ったもので、それを日本に翻案したものだが、原作の人物名を日本名にしただけで、テーベが斉部市などといって出てくるから、実に分かりにくい。その頃、ギリシャとトルコが戦争を始めたため、それを当て込んだものだが、どうも狂言の選択を誤ったようだ。

染五郎は、もともと台詞覚えが悪いから難儀したが、ほかの役者も苦労している。猿之助がいたので、聞いてみたら、

「こりゃあんた、不入り間違いなしだよ」

などと言っている。猿之助の妻は、吉原で妓楼を営んでおり、猿之助に黙って東京座に出資していて、そのため猿之助は座頭《ざがしら》格の扱いを受けている。演目選定には猿之助も加わったから、しまったなという立場である。

猿之助は台本からふと目を上げて、

「そういや金太郎、お前さん、『金色夜叉』は読んでいるかい」

と訊く。

「いや、つい取り紛れて読んじゃいませんが……。何でもたいへんな人気だそうですね」

「そうそ、ああいうのを芝居に組みゃあいいんだ。川上一座に先は越されたが、あれはまだ連載途中だったしな……」

と言いつつ、台本を見て首を捻りながら向こうへ行こうとするので、

「ちょいと、澤瀉屋《おもだか》さん」

と染五郎は声をかけた。

猿之助の住まいは吉原の離れにある。染五郎も、大勢で来たことはあるが、一人で来るのは初めてだ。「喜熨斗《きのし》」という表札が掛かっている。うちには妻の古登子《ことこ》がいて、「まあま、藤間さんいらっしゃい」と迎えてくれた。十歳の子供がいるが、これが猿之助の一子で、市川団子《だんこ》を名のっている。のちの二代目猿之助である。

猿之助は、団門四天王といっても、少し團十郎と距離があって、東京座へ来てからはなおそうである。そこが染五郎の付け目だった。寿美蔵あたりに相談したら、師匠へ筒抜けである。

酒に、軽いつまみものが手早く用意される、その間の妻君の動きを見、言葉を聞いていて、ああ澤瀉屋さんはいい女房を持っているなあ、と染五郎はちょっと目頭が熱くなった。

「ふーん」

話を聞いて猿之助は呻った。

「実子さんねえ。そう悪い人じゃあないが、成田屋さんの婿になるってのはそりゃ気苦労だろうね」

「やっぱりそう思いますか」

「まあぶっちゃけた話ね、俺も以前は、次の團十郎は俺が、って気持ちもあったんだよ。けどまあ最近は、澤瀉屋猿之助でいいかなと、ね」

猿之助は四十二歳になる。それを聞いた染五郎は、「團十郎」の名にいささか目がくらんだ自分が恥ずかしいような気がした。

猿之助は、その表情を見透かしたように、

「いや、若いお前さんが、十代目になりたい、と思うのは、そりゃあ無理もないさ」

と言い、

「俺は若いころ、市川宗家に無断で『勧進帳』をやったというんで、破門になって、松尾猿之助を名のって苦労したが……。しかし『勧進帳』たって、あれは能からとったもんだ。能楽師なんか、今でもバカにしている」

「……」

「忠臣蔵だ、菅原だといったって、ありゃあもとが義太夫だ。大阪のもんだ。いろんなもんがごった煮になって芝居になってる。つまりは鵺だね、源三位《げんざんみ》入道に退治してもらわなくちゃならねえ」

「鵺でござんすか」

「鵺だねえ。……。團十郎っていえば、まあいきなり自害した人もいるし、不思議な名前だねあれは。

そうだ、天子さまみたいなもんだねえ」

染五郎はちょっと驚いた。そういえばそうだな、と思ったからである。

「天覧芝居の時に、俺は思ったね。天子さまの前に芝居の天子さまが出ていやがらあ、とね」

「芝居の天子さま、ですか」

「そう。天子さま、たって、まあ親父の言うところでは、ご一新前は、そんな人がいることは知らなかった。今の天子さまは豪傑かもしれんし、今の成田屋は劇聖かもしれんが、これで新蔵が死んで、お前さんもご辞退申しあげるとなったら、次の團十郎は出ねえかもしれねえ。團十郎南北朝ができるかもしれねえ」

「はあ……」

話が、思いがけないところへ進んで、染五郎はきょとんとしている。

「でかい名跡をもらってでかくなろうって考えは、まあ旧幕時代の名残かね。そのうち、川上音二郎がでかい名前になって、百年後には九代目音二郎なんてのがいるかもしれねえよ」

「百年じゃ九代にはならないと思いますが」

猿之助は、激しく哄笑した。

「確かにそうだ、百年じゃあ三代か、よくって四代だ。……染五郎ってのは、四代の松本幸四郎の前名だから、お前さんは幸四郎だな。幸四郎の名前をでかくすればいい。おっと、俺の猿之助なんてのは、俺が最初だ。高島屋（左団次）だってあれが初代だ。だが百年もすれば……っと、百年が多いな、猿之助や左団次といえば、人もうらやむでかい名前になってると、俺は思うし、そうしなくちゃならねえと思っているよ」

染五郎は、その江戸っ子らしい心意気に、ふと涙が浮かんだ。

「おう、それにお前さんは藤間までひっ背負《ちょ》ってるわけだ。二つもしょいこむことはねえやな」

「ありがとうございます」

俺は、今までこれほど真剣に、芝居について考えてこなかった、そう思った染五郎は、右手で涙を拭った。

「泣くこたあねえやな。お前さんは若くて、もてて、いいねえ。俺も成田屋も、あとどれくらいもつことか」

「お二人とも元気でいてほしいと思います」

「ああ……守田（勘彌）が最近よくねえと聞いたが……。あれはあれで傑物だったね」

染五郎が泣くものだから、猿之助は照れて、かたわらにあった『経国美談』の台本を手にとって、ぱらぱらめくった。

「イパミノンダスが岩見信勝、とかねえ。これも困ったもんだねえ」

猿之助が八百蔵に話してくれ、染五郎は八百蔵を介添えにして、愛人の藝者が妊娠しており、相済まないので実子との婚約はなしにしてほしいと詫びて申し入れた。

團十郎は、存外さっぱりとした様子で、

「まあ俺もな、言い出したのはこっちだが、懸念はしていたんだ。弟子が婿になるというのは、これでなかなか厄介なもんだ。俺が死んでも女房は女だから長生きするかもしれねえし、おめえはまだ海のものとも山のものとも分からねえところがあるし」

などと長広舌を揮って、解放してくれた。

「どうもあれは」

と、團十郎邸を辞してから八百蔵が言った。

「娘を嫁にやらなくてほっとしてえる父親の顔だったな」

しかし、むしろ團十郎夫人のほうが怒って、女遊びも大概にしろ、と叱言を食らったが、食らいつつ染五郎は、この人が姑にならなくって良かった、と思ったことであった。

その翌日の七月九日、長く病の床にあった市川新蔵が三十七歳で死去したという知らせがあった。みな、もう長くないと知ってはいたが、無常の思いは誰の胸にも兆していた。

新蔵がまだ元気だった頃、向島の料亭の二階で、撥鬢《ばちびん》小説と言われる剣豪小説で知られた村上浪六《なみろく》と、のち星亭を暗殺した伊庭《いば》想太郎と三人で話していたという。伊庭は剣術使いだから、浪六は、もしここへ新撰組の連中のようなのが数人斬り込んできたらどうする、と訊いた。伊庭は、二人ぐらいなら斬り伏せると言うから、では五人以上来たら、と訊いた。伊庭は、二人ほどを軌っておいて窓から下の空地へ飛び降りる、と言った。浪六は、じゃあ飛び降りるだけでもやってみせてくれ、と言った。下の空地はかなり狭かった。伊庭は、それは実地の時でなけりゃあできるもんじゃない、と言い、浪六は笑った。

聞いていた新蔵は、

「お武家とは不自由なものですな」

と言ったかと思うと、窓枠に手を掛けて、ひらり、狭い空地へ飛び降りた、という。

十一日に幕を開けた「経国美談」は、案の定の不入りで、劇場主は、三崎町という場所がらが悪い、と言ったが、やはり狂言が悪かったのだろう、とみな思った。

團十郎は櫻痴を通じて「朝日新聞」に、先の記事は事実無根であり抗議する、と申し入れていたので、続報は出なかった。

別段娘婿が定まらなかった件とは関係なく、團十郎はこの頃、菊五郎に頼まれて、二人の子を預かっていた。一人は尾上丑之助、十三歳、菊五郎の長男である。もう一人は尾上英造で、その弟、十二歳である。自分のところに置いておいたら甘くなるということと、もし自分が早くに死んだら團十郎に見てもらうという意味とをあわせて、預けたのである。

染五郎の六つ下で、若手として活躍していた團十郎門下の市川雷蔵という役者がいたが、この頃、不品行のため破門されていた。染五郎からすれば、新蔵に続いて、ライヴァルが姿を消した、とも言える。

八月は、團十郎一門は休みである。二十一日、守田勘彌が五十二歳で死んだ。二十五日に栄新町《さかえしんまち》で仮の葬儀が質素に行われ、菊五郎と左団次は巡業中で不在だったが、團十郎一門は葬列に連なった。勘彌は子だくさんだったが、まだ十代の子らのうち、先妻の子の坂東八十助（のち七代三津五郎）は菊五郎が引き取り、萬代喜美こと坂東玉三郎は團十郎が引き取ることになった。あとに残った坂東三田八（のちの勘彌）もまだ十五歳だった。

実子と顔をあわせたらどうなるかと懸念していたが、実子はてんで気にしていない様子で、

「金太郎兄ちゃん、責任もってあたしのお婿さん探してね」

などと言うものだから、染五郎は拍子抜けしたくらいだった。

一方、どうせ口から出まかせのちゃらっぽこだろうと思っていた小歌の妊娠は、こっちは本当で、年明け早々に、麻布の産院で男の子を産み落とした。純太郎と名づけ、男の子だから、場合によっては役者にして跡継ぎにもなるから、染五郎はカネのやりくりをして、赤坂に小さな家を持たせた。それでも、小歌と正式に結婚する気にはならなかったのである。

染五郎にも弟子ができていた。十五歳年下だから、まだ十三歳だが、市川桃吉と名をつけた。染五郎の号の桃泉からとったものである。

明治三十一年（一八九八）二月には、大阪に歌舞伎座が開場し、團十郎は一門を引き連れて大阪へ入り、出演した。大阪の俳優もたいてい出演したが、團十郎の給金が四万円という高額のものであることが漏れ、片岡我當《がとう》がこれに反撥して、同じ興行に出ていても團十郎とは顔を合わせないようにし、口上でわざと、

「どこからどんな奴がやってきてもひけをとるものではない」

などと團十郎一行に当てつけるようなことを言った。だいたい我當は鴈治郎と反目していて、團十郎は鴈治郎と親しいから、敵の味方は敵ということだったのだろう。

その頃、長唄の今藤《いまふじ》長十郎という、これは二代目で、染五郎の四つ上だが、その姉が青木順吉という男に嫁入って、その娘が、勘右衛門に踊りを習いに来ていた。十歳くらいだったが、かわいい顔だちの子だったから、染五郎はかわいがって、膝の上に乗せたりしていた。すえ、という名前だった。

明治三十二年（一八九九）一月、市川升次郎は、二代目坂東秀調に請われてその娘に婿入りし、坂東勝太郎を名のった。秀調の娘も勘右衛門の下で踊りを習っていた。

四月、團十郎は五十七歳で、一世一代と銘打って歌舞伎座で「勧進帳」を勤めた。富樫は菊五郎が初役で勤め、義経は福助である。染五郎は四天王の片岡八郎で、常陸坊海尊が松助、亀井六郎が家橘、駿河次郎が猿蔵である。

家橘は、菊五郎の弟で、明治二十六年に四十七で死んだ坂東家橘の養子だが、世間では実子ということになっている。團十郎はこの家橘をかわいがり、娘の実子の婿に迎えて、團十郎を継がせたかったようだが、家橘は断り、愛人の藝者とさっさと結婚してしまった。もっともこれも、ほどなく離縁となっている。

この時、劇評家の山岸荷葉《かよう》が、川尻清潭《せいたん》を連れて挨拶に来た。二人とも、染五郎の六つ下の二十四歳である。清潭は歌舞伎作者の川尻宝岑《ほうしん》の養子だった。三十歳になる染五郎だが、まだこれといった主役級の役は回ってこない。「勧進帳」が済んで、楽屋のほうへ歩いて行くと、学生帽らしいものをかぶった青年から呼び止められた。

「あの……市川染五郎さんでしょうか」

「はい染五郎ですが」

「あのう……わたくし、慶応予科の学生で、上柳福三郎という者です」

「上柳……さん……?」

覚えのない名前だが、見ると、美男である。

「あの……ぶしつけで申し訳ないんですが、以前、染五郎さんは、團十郎さんのところの実子さんと……結婚するとかいう……記事が、新聞に出ませんでしたか」

「ああ……あれは……いや、新聞のヨタ記事ですよ」

「あっ」

と言って、福三郎はその場へへたりこんでしまった。染五郎は驚いて、手を貸すと、

「あ、すみません、いえ、あの、あんまり、ほっとしたんで……」

「ほっとした……？」

この後、「新版歌祭文」（お染久松）があって、栄三郎がお染、家橘が久松をやるのだが、染五郎も油屋で出るから、話があるならと名刺を渡して、楽屋のほうへ急いだ。

上柳福三郎は、もうその晩に、藤間の家へ染五郎を訪ねてきた。年は十八歳、実子と同い年だが、芝居が好きで、役者になりたいと思ったが、上柳家へ養子に来た身でどうにもならず学校へ行っている。そのうち、舞台で見た実子に、

「惚れて」

しまい、手紙つまり今で言うファンレターを出したこともある。しかるに、染五郎との結婚の報道に接して絶望し、悶々たる日々を送っていたが、いつまでたっても結婚の続報がなく、思いあまって染五郎に声をかけた、というのである。

当時、良家の娘の結婚相手といえば、収入の安定した、十歳ほど年上の男が相手なのが普通だった。染五郎は、この純朴な若者を、しげしげと見つめざるをえなかった。

染五郎は福三郎に、踊りの素養を訊いてみた。少しはやったことがある、と言うので、藤間の稽古場へ連れて行って、踊らせてみたが、素人にしては悪くない。さらに福三郎は、「勧進帳」の弁慶ができると言い出した。

見ていると、立って、

「そーれ、つらつらおもんみるに……」

とやり出した。本物の舞台では、市川宗家の許しがなければ上演できないとさえ言われる「勧進帳」を、慶応の学生がやるのには驚いた。しかし、素人としては、ちゃんとできている。ちゃんとできたその上が問題なのだが、聞いていた染五郎は、つい熱が入り、途中から自分も立ち上がって、富樫をやり始めた。

「山伏問答」が終わって、ようやく二人が座ると、福三郎は、緊張もあってか、汗びっしょりである。

染五郎は、

「素人衆にしては、よくできております」

と、まじめに言った。

「けれど、三階の役者でも、あれくらいはできます」

福三郎は直ちに、

「分かっております」

と答えた。

六歳の六月六日から稽古を始めるという歌舞伎俳優の道を、十八歳から始めてものになるか、といえば、答えは難しい。長い歌舞伎の歴史の中には、遅く始めてそれなりになった者もないとは言えない。しかし現在、それをやっても、役者社会がまず認めない。門閥、ないし猿之助や染五郎のように、芝居者の周辺の家に育った者以外は、まず主役をもらえない。

福三郎は、日本橋江戸橋西詰で代々履物商「常陸屋」を営む、稲延《いなのぶ》利兵衛の次男だという。父利兵衛はその当時四十八歳、稲延銀行を興し、それが昨年日本通商銀行となっており、福三郎はいずれそこに勤めるはずだが、上柳家の養子になっているという。利兵衛は東京の商人としては顔で、市議会議員も務めている。

調べてみるとその通りで、これはいいな……と染五郎は思った。銀行家と縁故ができれば、何かと便利である。

染五郎は福三郎に、藤間家には実子も稽古に来るから、稽古に通ってきたらどうか、と誘った。福三郎は喜んで、いそいそと通ってくるようになり、そのうち、実子と同じ日に稽古に来た。染五郎は知っていたがわざと黙っていたら、入り口で実子を見つけた福三郎が、凝然として立ちすくんでいるのを、笑いを噛み殺しながら見ていて、手招きすると、ふらふら、とやってきたから、

「あ、実子さん実子さん」

と呼んで、

「こちら、上柳福三郎さんといって、あなたの大変なひいきらしいですよ」

と紹介した。すると福三郎が、存外落ち着き払って、自己紹介をしたので、染五郎は、おや、と思

った。

その十一月に、團十郎は歌舞伎座で「紅葉狩」を踊ったのだが、これを活動写真に収めたいと申《い》し出があり、二十五日の千秋楽のあと、二十八日に、歌舞伎座の横の料理屋梅林の庭にセットを組み、團十郎、菊五郎、丑之助で、二分半のフィルムを撮影した。これがあるため、現在でも團十郎の踊りが観られる。この時、丑之助と家橘で「二人道成寺」も撮影したはずだが、これはフィルムがどこかへ紛失したらしい。

染五郎のほうは、少し團十郎と距離ができて、猿之助の東京座への出演が多くなった。ある日、出先から藤間家へ帰ってきて、ふと見ると、庭で福三郎と実子が親しげに話していた。何を話しているのかは聞こえないが、楽しそうだ。福三郎は、慶応予科を出て、大学には行かず、銀行へ勤めることになっていたはずだ。染五郎は、軽い嫉妬を覚えたが、何か不思議な成り行きになっているのかもしれない、と思い、二人には近寄らず、そのまま帰宅した。

明治三十三年は、一九〇〇年に当たる。ただし世間では、いまだ西暦というものはさほど定着してはいなかった。二年前に『歌舞伎新報』が廃刊になって、歌舞伎専門誌がなくなったのだが、この一月から、安田善次郎が出資し、森鷗外の弟で劇評家の三木竹二と伊原敏郎（青々園）が編集に当たって、『歌舞伎』が創刊された。題字は、当代の人気作家・尾崎紅葉が揮毫《きごう》した。

一月に染五郎は、寿美蔵、猿之助と東京座に出た。この時弟子の市川桃太郎が初舞台を踏んだ。三月も東京座だったが、歌舞伎座で團十郎と菊五郎が一世一代の曽我を勤めるというので、團十郎が河内山をやる「天保六花撰」に御所五郎蔵で出た。

團十郎は六十三歳である。この公演では風邪をひいて喉を痛め、調子が悪く、橋本綱常《つなつね》医師が診て、このままだと腎臓炎を起こすと言ったため、十日目までで休演し、四月一日から團十郎抜きで返り初日をすることになって、染五郎は引き続き出演した。

するとと井上竹次郎が、團十郎が途中で抜けたから前渡しした給金の一部を返却してほしいと言いだし、奥役が、そんなことは伝えられないと言うので、井上は自分で團十郎邸へ行って交渉した。まさは、主人が病気で寝ているのにそんなことを言ってこられたから腹が立って、日割りもせずに全額返済した。井上は、こういうところで役者から嫌われたのである。

一方染五郎だが、小歌が、まだ名題下の市川升六という役者と懇ろになり、赤ん坊が宙に浮くかたちになった。

染五郎は困惑した。藝者の浮気なのは今に始まったことではないし、結婚しようとしなかった自分にも責任はある。そこへひょっこり訪ねてきたのが、福三郎と実子で、染五郎もうすうす予感はしていたが、二人が、結婚したい、と言うのである。しかし実子は、母まさと相談して、團十郎もいつ万一のことがあるか分からないので、早い内に安心させたいということもあるのだった。

だが問題は、福三郎が若いのはともかく、團十郎は実子を結婚させるなら堀越家を継いでほしいと思っており、福三郎は上柳家の養子だということで、何かいい思案はないかという相談だったのである。

「それで、福三郎さんは、やっぱり役者になるつもりかえ」

染五郎が訊くと、

「はあ、私はやはりなりたいですが、周りの人は、無理だやめろ、と言う人ばかりで……」

実子は、

「あたくしもあまり賛成じゃありませんの。銀行に勤めて偉くなって、お父っつぁんみたいにカネの苦労をする役者がないようにしてくれたらどんなにいいか、って言い言いしてるんですのよ」

「ふーん……」

染五郎には、ある案が浮かんだ。純太郎を、上柳家の養子に据えてはどうかということだ。そこで小歌のところへ行って話を持ち出すと、

「ねえ……。子供はかわいそうなようだけれど、そんなお金持ちの家に行くなら、その方がいいかもねえ」

と言う。

翌日、染五郎は純太郎を連れて、上柳家を訪ねた。上柳の両親は、驚いて迎えたが、染五郎は別室で福三郎と二人きりになると、その意向を伝えた。福三郎は、

「ありがたいお話です」

と言って叩頭したから、染五郎があわてて頭を上げさせると、

「染五郎さん、私はどうも、あなたが好きなのです」

と言うから、何かと思ったが、

「いや、私は実子さんが好きですが、あなたも好きなのです。分かっていただけますか。あなたは特にどこかが偉いというわけではないけれど、何ともいえず素直なところがあります。いや年上の方

に素直などと言っては失礼なのですが。私はあなたのお子さんなら、……喜んで、養父母を説得したいと思います」

と言ったのであった。

染五郎は、そのあと、生家の秦家へ出向いた。今では専治を名のる兄に会いに行ったのである。というのは、自分は養子に出されて、いささか屈折した思いもしたから、その自分が、やはり自分の子を養子に出すのはどうか、兄に訊いてみたかったからである。

「いや、それは気にすることはないんじゃないか」

と、兄は言った。

「世間では、養子に出すということは普通にあることで、お前の場合はそれを隠すともなく隠していたということがお前の屈託の理由だったのだから、隠さないということを条件にしたらいいんじゃないか」

と言うのである。

染五郎が、それで釈然としたわけではない。それでも話を進めると、病床の團十郎も、意外に喜んで、純太郎が養子に入り、福三郎が堀越家へ入るということで話はとんとん拍子に進んだ。小歌も、子供を手放す時は少し泣いたが、そういうことは明治の時代には珍しいことではなかった。

染五郎は、六月の演伎座では、家橘、猿蔵らと「関扉」で関兵衛を演じ、七月の歌舞伎座では若手公演で、坂東秀調が書き出しで、染五郎は一番目で悪七兵衛《あくしちびょうえ》景清を演じた。歌舞伎では一番目が時代もの、二番目が世話ものということにだいたいなっており、この時は、二番目の「与話情浮名横《よわなさけうきなのよこ》櫛《ぐし》」つまり「切られ与三郎」で、市村家橘が与三郎、栄三郎がお富という、これが呼びものだった。清国では義和団事件が起きていた。熱暑のさなかだったが、この時歌舞伎座では場内に電気扇風機を設置した。この時、作者部屋に、永井壮吉と名のる二十三歳の若者が入ってきた。のちの永井荷風である。荷風は櫻痴、竹柴新七、榎本虎彦らのもとで、つけ打ちを習い、書き抜きを作った。

家橘はのちの羽左衛門だが、絶世の美男で、実は米国のル・ジャンドルの落しだねであった。そのことは幕内ではみな知っていたが、世間にはちっとも漏れず、戦後、羽左衛門の死後に里見弴が「毎日新聞」に「羽左衛門伝説」を連載して初めて世間は知ったのである。その時二十七歳だが、染五郎と新橋や赤坂の藝者の間で人気を二分するほどにもてた。

前年、川上音二郎と貞奴の一座はアメリカへ遠征に出かけている。サンフランシスコで公演を打ったあと、カネのことを任せていた弁護士にカネを持ち逃げされて苦労したが、シカゴで興行を行って当たり、翌年にはパリへ渡って万国博覧会のうちで興行を行った。貞奴は、女形の代わりに女優として舞台に立ったが、これは阿国歌舞伎以来のことであった。歌舞伎の演目も上演され、貞奴は「娘道成寺」を踊り、「サダヤッコ」として欧米に知られ、フランス大統領から勲章までもらった。のち歌舞伎の海外公演が行われるようになるが、初めて海外で歌舞伎を上演したのは、川上一座だったのである。

病中の團十郎は、川上らの活躍を報じる新聞を手に、

「偉いもんだ……」

と繰り返しつぶやいていた。

「伊藤さんや井上さんが、鹿鳴館をやって、西洋に日本を認めさせようとした、それを川上らは、演劇でやってしまった。言葉が通じないのに、だ。これは偉い。俺はもう無理だろうが、お前らの時代には歌舞伎も西洋へ行くことがあるだろう、いや、行くようにしてくれ」

團十郎は、染五郎や家橘に、そんなことを語った。その目に浮かんだ涙は、感激の涙でもあり、自身はもはや海外公演に出ることはないだろうという哀しみの涙でもあったろうか。團十郎は、フランスの女優テアと歌舞伎座で共演したこともある。

その頃、築地に、サンマー塾というのができ、アメリカ人のサンマー姉妹というのが、英語やソシアルダンスを教えていた。染五郎は、弟子の桃吉を連れて、そこへダンスと英語を習いに行き始めた。これは、いずれは舞踏会などへ出る機会もあるかもしれないし、川上音二郎のように西洋へ行くことがあるかもしれないと思ってのことだ。ふだんは和服だが、ダンスでは洋服を着るので、新しく誂えたが、何しろ染五郎が習いに行くと、若い娘などがそわそわして大変なので、半年ほどでやめてしまった。

九月の演伎座では、染五郎は「夜討曽我」で、その家橘と曽我十郎、五郎を一日替りで演じた。この月、京都の大黒座を買い取って営業を始めたのが、わずか二十四歳の白井松次郎である。

九月末までに、團十郎は床上げをし、十月十二日からの歌舞伎座には出演した。この時の一番目狂言は、櫻痴の補綴による「信長記《しんちょうき》愛宕《あたご》連歌《れんが》」で、明智光秀を團十郎、織田信長を菊五郎、森蘭丸を家橘である。この序幕の返し「二条館」で、團十郎は羽織袴姿で、病気全快の御礼口上を述べたから、毎日満場の拍手で迎えられた。次が「鬼一法眼三略巻《きいちほうげんさんりゃくのまき》」で、鬼一法眼を團十郎、牛若丸を菊五郎、さらに「天網島」を、菊五郎の紙屋治兵衛、福助の紀の国屋小春で、最後に「菅原伝授手習鑑」の「車引」を、染五郎の松王丸、家橘の梅王丸、栄三郎の櫻丸で上演した。

義和団事件は、当時北清事変と呼ばれたが、それを撮影した活動写真ができ、錦輝館《きんきかん》などで上映された。東京座でもこれを買い取って上映し、染五郎はりょうと豊吉をこれに呼んだ。二人とも、初めて観る活動写真に興奮していた。

十一月五日に無事千秋楽を迎え、その十日後の十五日、團十郎邸で、福三郎と実子の結婚披露宴が大々的に行われた。井上馨らの貴顕も姿を見せた。花嫁花婿がともに二十歳という異例の若さでの式だったから、團十郎はもう長くないのではないかと人々が憶測したのも無理からぬものがあった。

その翌々日十七日から、歌舞伎座の顔見世興行が始まり、「忠臣蔵」で團十郎が大星、菊五郎が勘平、おかるを福助、判官を染五郎が勤めた。師直は名人と言われた尾上松助である。次に「国性爺合戦《こくせんやかっせん》」で、團十郎は甘輝《かんき》将軍、菊五郎が和藤内《わとうない》を演じたが、七日目の二十三日、菊五郎が病気のため休演し、勘平と和藤内を家橘が代役したが、この和藤内の評判がよく、家橘は役者として名をあげた。しかし、本来なら代役は八百蔵だろうというので、八百蔵が團十郎に反感を持った。

明治三十四年（一九〇一）一月の演伎座では、その家橘と染五郎が出て「錣引《しころびき》」などをやった。その最中に、團十郎は病気平癒祈願のため伊勢神宮と伏見稲荷へ参詣に出かけた。

二月は東京座へ出ることになり、猿之助、福助、家橘、寿美蔵に染五郎といった顔ぶれだが、福助は「瀧夜叉」と「椿説弓張月《ちんせつゆみはりづき》」の為朝をやり、染五郎は将門である。その中幕下に「連獅子」を出すことになった。

「連獅子」は、能の「石橋《しゃっきょう》」から派生した「石橋もの」の一つである。「石橋」は、シナの清涼山で獅子が舞う設定だが、日本で狛犬《こまいぬ》と言っているのがこの唐獅子である。能には「小書《こがき》」というのがあって、別演出を示しており、普通は一人で舞うところを二人にしたのがこの場合の小書である。「連獅子」は幕末に河竹新七、のちの黙阿弥が長唄として書いたものだ。

「観たことはあるか」

と、猿之助が訊いた。

「さあ……」

染五郎には覚えがない。杵屋勝三郎が作曲した勝三郎連獅子、通称「馬場連《ばばれん》」と、杵屋正治郎が作曲した正治郎連獅子、通称「瀬戸連《せとれん》」があるという。勝三郎が、日本橋馬喰町に住んでいて馬場があったことと三味線と作曲の腕がまるで鬼神のようだったことから「馬場の鬼勝」と渾名《あだな》されたためと、瀬戸連は作曲者の住所にちなむというから、正治郎が瀬戸物町に住んでいたのであろうか。村山座などで上演されたことはあるが、広く知られてはいない。猿之助はこれを改訂しようというのだ。

「獅子ってのはライオンですよね」

「そうだな。お前、ライオンを見たことあるか」

「写真でしか見たことありません」

上野動物園へドイツからライオンが来るのは、この翌年のことだ。

「支那にもライオンはいないはずだ。虎はいるがな。獅子ってのは狛犬とか麒麟と同じで想像上の動物じゃないかな」

二人は、そんな話をした。麒麟は、実在の動物に架空の動物の名を当てはめたわけだから、獅子も同じことになる。

「馬場連は素踊りだから瀬戸連を使うが、はじめ狂言師二人で出て、中で引っ込んで獅子の扮装になる、そこが間があく」

そこで作者の竹柴晋吉に、間を埋めてもらうことにした。晋吉はのち平山晋吉を名のるが、この時三十五歳、黙阿弥の最後の弟子と言われていた。浄土の僧と日蓮宗の僧が出てきて宗論《しゅうろん》争いをする場面を、能狂言「宗論」をもとに書き入れた。

さらに、振り付けは勘右衛門に頼んだ。旧幕時代には幕府の式楽だった能は、歌舞伎役者といえどもやすやすと観られるものではなく、明治になってようやく観られるようになった。勘右衛門はその「石橋」も観ていたから、

「けっこう動きの激しいものだ」

と言って振り付けた。

後場になって頭をぶるんぶるん振り回すので、染五郎は脳貧血を起こし、倒れてしまって、桃吉が手ぬぐいを冷やして持ってきてくれ、頭に載せておいた。

「まあ、慣れると大丈夫だ」

などと猿之助は涼しい顔をしている。何度かやってみたようだ。

いざ上演した「連獅子」は好評だった。間狂言《あいきょうげん》の宗論をやった中村勘五郎（のち仲蔵）らも評判が良かったし、劇評よりも、染五郎は客の反応の良さを毎日感じた。実際この時の「連獅子」が定着し

て、以後も上演され続けることになったのである。

三月の演伎座では、「国性爺合戦」の和藤内を演じ、二十一日からはやはり演伎座で「忠臣蔵」、これは猿之助の由良之助に、染五郎は勘平と平右衛門、女寅がおかるである。四月も演伎座で「艶容《はですがた》女舞衣《おんなまいぎぬ》」（三勝半七）の茜屋《あかねや》半七を演じた。演伎座は当時歌舞伎座の支店と言われ、今でもそうだが、歌舞伎座では主役級のやれない若い役者は、こうして別の劇場で技藝を磨いて行くのである。

この三月から、田村成義が『歌舞伎』誌で「無線電話」の連載を始めた。すでに死んでしまった歌舞伎関係者を田村が冥界無線電話で呼び出すという形式で、田村が最近の劇界裏話を書くというものである。

五月の歌舞伎座では、福助が父の名・芝翫を襲名した。十月の歌舞伎座は団菊が揃って「恋湊《こいみなと》博多諷《ひとふし》」つまり「毛剃《けぞり》」をやった。海賊の毛剃九右衛門の活躍を描くもので、のち幸四郎の当たり役になる。商人の宗七を菊五郎がやったが、いささか団・菊に「元気がない」。

破門された市川雷蔵は、鈴木頼蔵と名のって下等の緞帳芝居に出ていたのを、許されて團十郎門下に戻っていたが、九月二十一日、不遇のまま二十六歳で死去した。戦後になって、市川雷蔵という役者が映画で活躍したが、これも三十代で死んだため、雷蔵の名は継ぐ者がなくなった。九月二十九日には、坂東秀調が五十三歳で死んだ。

十一月二十日の「読売新聞」に妙な艶種《つやだね》が出た。下谷山伏町《やまぶしちょう》に住む十七歳の田中なかという芝居狂いの娘は「当代の花形役者、三つ銀杏の親方さん、市川染五郎の君に命も何も打込みの、どこでもあの人の出る芝居にハ、昼間ハ暇ある身のてく〳〵と見物に出かけて、朋輩《ほうばい》への惚気話ハ染ちゃんが、今日ハ舞台で私の顔を見たわととち狂」っていたのが、実子に婿が来ると聞いて、染五郎は市川宗家を継ぐものと思っていたのにと悔しがった。そこへ「浅草新谷町なる女念仏田中ひさといふ老婆の来て、その人の身の上を語り、何染五郎なんというて人が大騒ぎやるとて、何あんな生白き素丁稚がと罵りしより、（中略）赫《かっ》と怒って有合わせの皿を押取り、老婆の真向を打割りつ、血みどろになりたる老婆」が警察に訴えて、お仲は逮捕された、というのである。

染五郎は新聞記事を見て、かわいそうだから監獄へ見舞いに行こうかと思ったが、そう言ったら、やめておけやめておけ、相手はキチガイだ、有頂天になってまた何をしでかすか分からんぞと言われたからやめておいた。

十一月も歌舞伎座で団・菊の「先代萩」である。仁木を團十郎、菊五郎が政岡だが、この時、荒獅子男之助《おとこのすけ》の役が家橘に回った。世間では、これは四つ上の染五郎が抜かれたな、と思ったものである。染五郎もそう思ったが、ぐっとこらえるほかなかった。

團十郎は家橘をひどくかわいがり、自ら男之助を教えた。前に家橘に、和藤内で出し抜かれた八百蔵は、次第に團十郎から離れて菊五郎につくようになっていた。しかし、団・菊ともに元気がなく、不入りのため二十日間で、十二月一日に楽日となった。同時に、染五郎は演伎座で、寿美蔵が由良之助の「忠臣蔵」に、平右衛門役で出ていた。五日に、別居していた実子が里帰りして、その祝いの席があり、菊五郎も来た。

まだ子供ができる様子はないようで、その点は團十郎も染五郎も、みなそれぞれに気にした。團十郎は、

「俺の目の黒いうちに孫の顔を見てえもんだが……」

などと言うから、福三郎らが気まりが悪いようだった。

菊五郎は、手酌でぐいぐい飲んでいるから、團十郎が、

「おい寺島、ちっと呑み過ぎじゃねえか」

と言ったが、聞かなかった。

その翌日、柳橋の橋本で遊宴会が開かれた。通人たちが春秋二回集まって、歌舞伎狂言の演目にちなんだ飾り付けや献立をする会で、浴衣の竺仙《ちくせん》こと仙兵衛、都太夫、幸堂得知《こうどうとくち》などが集まり、呑んでいた。しかしほどなく、菊五郎の様子がおかしくなり、医者へかつぎこまれたが、脳溢血だということだった。

「俺も病がちだが、俺より若いのになあ……」

と團十郎は、寂しげにつぶやいていた。もっとも当初は、恢復次第一月の歌舞伎座には出る予定だったのだが、恢復が遅れ、一月興行は團十郎は休みと決めていたため、三十五年（一九〇二）一月の歌舞伎座は団菊を欠くことになり、芝翫を書き出しに、八百蔵、栄三郎らで「本朝廿四孝」などをやった。

この時、八百蔵は、栄三郎、家橘、染五郎を築地の料亭へ招き、菊五郎が病み團十郎も老いた今、二人のない後のため、同盟を結びたいと言い出した。

集まった顔ぶれを見て、残り三人は、これは芝翫の排斥だな、と思った。歌舞伎座の座頭の跡目を、八百蔵と芝翫が争っているという風聞はあって、染五郎は苦々しく思っていた。八百蔵は四十四、芝

翫は三十八、九で、藝は確かに芝翫が上だが、とにかく芝翫は気が強い。この時は、みなで力を合わせよう、程度のことで済んだ。

二月の東京座では、染五郎は家橘と「二人道成寺」を踊った。三月末からの歌舞伎座には團十郎が出たが、具合が悪く、狂言の差し替えもあり、打ち上げたあとでまた床に伏した。染五郎はほかの弟子たちとその看病に当たった。

四月二十二日から七日間、歌舞伎座で、東京市養育院慈善興行が行われ、染五郎、家橘を上置きにした若手公演で、「寺子屋」「紅葉狩」などが上演された。この時、「寺子屋」で松王丸をやったのが、十七歳の中村吉右衛門である。源蔵は守田勘彌の遺児・坂東八十助（七代三津五郎）である。吉右衛門は中村歌六《かろく》（時蔵）の子で、はじめから衛門名を名のり、生涯その名だった。この時の松王丸を歌舞伎座支配人の井上竹次郎が絶賛した。井上は吉右衛門がひいきであった。

染五郎が、吉右衛門の父の時蔵の家に遊びに行った時のことである。時蔵は引っ越し魔で、方角を気にして引っ越してばかりいたから、染五郎は、

「おじさんはいっそ飛行機に引っ越したほうがよござんすね」

と言った。すると時蔵の妻が、

「ほら、また金ちゃんの悪口が始まった」

と言う。この時蔵の引っ越し癖が、吉右衛門にも遺伝したようである。

五月半ばからの歌舞伎座公演に、菊五郎は出たが、團十郎は出なかった。

団・菊が老いた、という事実は、観客にも幕内にも衝撃を与えた。役者の中には、自分らが主役に

なれる、と思う者もないではなかったが、とりあえず団菊がいないと客足はがたりと悪くなるのだから、歌舞伎自体が成り立たなくなる。

歌舞伎座以外の劇場で、染五郎は主役級の役をこなしていた。四月末からの新富座の「八犬伝」、六月は本郷座、ついで東京座、七月十五日から十五日間は、歌舞伎座で若手俳優改良夜興行として、「寺子屋」などをやり、染五郎は武部源蔵、松王丸を芝翫、春藤玄蕃《しゅんどうげんば》を家橘が勤めた。その二日目、菅秀才《かんしゅうさい》の首と偽った首桶を差しだそうとして、染五郎が首桶を持ち上げると、ふっと軽い。中身の首を入れ忘れていたのである。芝翫もそれと気づいて、後見をしていた桃吉に首を入れさせたが、観客も気づいてざわざわした。

首を入れ忘れたのはともかく、確認を怠ったのは桃吉である。

「師匠、すいません」

と、十六歳の桃吉が泣きながら謝った。

「間違いはしょうがない。これから気をつけるんだな」

そう言いつつ、門閥ではないこういう弟子に、機会を与えるような歌舞伎であってほしい、と染五郎は思っていた。

九月も東京座の伊達芝居で、八汐《やしお》と、家橘の仁木弾正に、男之助を勤めた。八汐は、善玉の奥女中政岡を苦しめる悪役の女中で、加役《かやく》といって立役が女形を勤めることになっている。

さらに九月末からの東京座では「六歌仙」で、文屋と業平を踊った。十一月には「妹背山」の「御殿」で、芝翫のお三輪に対して鱶七《ふかしち》を演じた。この鱶七は、菊五郎に教えてもらった。

十月の歌舞伎座では、一年ぶりに団菊が揃い、「那智滝《なちのたき》誓《ちかいの》文覚《もんがく》」で團十郎が遠藤武者盛遠《むしゃもりとお》のち文覚、菊五郎が渡辺渡《わたる》、芝翫が袈裟御前を演じた。中幕の「ひらかな盛衰記」では、團十郎の船頭に、染五郎は弁慶、二番目の「文七元結」では、菊五郎が左官長兵衛、家橘が文七、女房を英三郎が演じた。

十一月十七日からの歌舞伎座も団菊が揃い、「里見八犬伝」で團十郎が犬山道節、染五郎が犬塚信乃、芝翫が浜路で、そのあと菊五郎が弁天小僧を、栄三郎の赤星十三《じゅうざ》で演じた。だが途中から菊五郎は病が悪化し、ついに十二月五日を最後に、上演は打ち切られ、これが菊五郎の最後の舞台となってしまった。

十二月三十一日、思いがけず、その菊五郎が團十郎を訪ねてきた。存外と元気で、酒をたくさん呑んだが、そこで、自分の亡いあと、丑之助に菊五郎を継がせて、栄三郎は梅幸に、英造を栄三郎にするよう、團十郎の口から言ってくれ、というのである。

栄三郎は最年長だが養子である。周囲は栄三郎が菊五郎になるものと思っているから、これは言えば嫌がられるので自分では言えないというのである。團十郎は、

「おいらだって困るじゃないか……」

と言って下を向いたが、その團十郎自身が、自分の健康に自信があったわけではなかった。

菊五郎も、後継者問題では苦しんだ人である。養子とした菊之助は藝者との色恋で関西へ出奔し、早世した。ついで養子としたのが今の栄三郎だが、長男の丑之助はまだ十八歳、團十郎の手元にいる三男の英造は十五歳である。大物役者が死ねば、後ろ盾を失った子供らがどういう目に遭うかは、よ

く分かっている。菊五郎の名前さえ、よそへさらわれてしまうかもしれない。弟子たちでも、当てにはならない。順当にいけば、丑之助の成長を待って六代目にするか、栄三郎を六代目にするかである。だが前者は、それまで團十郎自身の命がもたないだろう。

明治三十六年（一九〇三）一月は、染五郎は一日から東京座に出て、十三日から歌舞伎座がかけもちになった。相変わらず団・菊なしの芝居だったが、こちらは黙阿弥の「人間万事金世中《かねのよのなか》」で女中役だった。

浅草公園で写真屋を営んでいた今津という人が前年死去したのだが、この人の女房がおライさんという五十四になる女で、七代目市川高麗蔵の娘だった。七代高麗蔵は、團十郎の異母兄で、のち市川新升、白猿、海老蔵を名のり、明治初年に死んでいる。

このおライさんが、藤間家の知り合いだったのだが、染五郎を呼び出して、

「高麗蔵を継いでくれまいか」

と、言うのである。

名題になった時分からその話は出ていたが、おライは、先代の弟子たちの面倒を見るのも難しくなってき、名跡を途絶えさせたくないのでお願いしたいと言い、高麗蔵の名については團十郎に預けてあって、話してあるから、というのである。

團十郎に相談すると、

「どうかね。一足飛びに松本幸四郎でも、俺はいいと思うんだがね」

と言った。

松本幸四郎は、これまで六代を数える。初代は元禄時代で、二代は四代目團十郎がその前後に名のり、三代は五代目團十郎の前名で、四代は宝暦・明和年間、染五郎から高麗蔵をへて幸四郎になっており、屋号はこの時から高麗屋である。五代はそのすぐあと、高麗蔵から幸四郎、六代は嘉永二年の没で、高麗蔵から幸四郎になっている。特に名高いのは五代目で、鼻が高かったため「鼻高幸四郎」と呼ばれて名優とされている。

つまり、幸四郎も高麗蔵も、團十郎宗家と深い関わりがあるのである。高麗屋とか高麗蔵といっても、朝鮮と関係があるわけではない。初代の幸四郎が若い頃、神田の高麗屋という店で丁稚奉公していたことがあるという、それが起源である。

染五郎は、やはり高麗蔵を、と言った。

團十郎は、そうかと言って一枚の紙を出してきた。そこには「松本幸四郎」と、團十郎の手跡で書いてあった。

「これをとっておけ。あと十年、十五年先のために、お前に渡しておく。その頃は俺はいないだろうからな」

と言うから、染五郎は黙って押し戴いた。

「それはそうと、藤間、お前、嫁さんはどうなんだい」

と、結婚を催促する。

実は染五郎は、また新しい藝者の愛人ができていた。ゆず葉という女だが、これもどうも今のところ、結婚する気にはなっていない。染五郎も、三十三歳になる。

「襲名披露となると、女房がいたほうが何かといいんだがな……」

と愚痴るように團十郎は言ったが、

「菊五郎のほうはうまく捌《さば》いたようだが、問題は俺の名前でなあ……」

実子と福三郎にこの先男児ができても、その子が成長するまでは長い。

「いや、お前に團十郎をやってもいいかと思ったこともあったんだが、なあ……」

とつぶやくように言った。染五郎は、それについては、どうでもいい、と思うようになっていた。

ほどなく新聞には、「染五郎、幸四郎を辞退し、高麗蔵に」と、美談のように書かれていたから、
染五郎は苦笑して、師匠が流したな、と思ったのであった。

二十八日、花柳寿輔が八十三歳で死去し、染五郎は、ライヴァルであった養父藤間勘右衛門とともに葬儀に出かけた。のちに寿輔を継ぐ息子はまだ若く、菊五郎の弟子になって歌舞伎役者になった。

高麗蔵の襲名は、三月に歌舞伎座でやることになっていた。

二月十一日から、明治座で、川上一座がシェイクスピアの『オセロ』を上演し、妻が川上貞奴と名のってデズデモウナを演じた。日本で女優が舞台に立ったのはこれが最初である。染五郎は二月は宮戸座に出ていたが、この舞台を観に行き、やはり歌舞伎も女優を取り入れなければならないだろう、と思った。

新しもの好きの染五郎は、写真機を買い込んで舞台面を写したりしていた。山岸荷葉と川尻清潭が写真仲間で、歌舞伎雑誌に載せる写真を染五郎が融通したりした。

菊五郎は静養の結果体調がよくなってきたので、三月は歌舞伎座に出ることにしており、十五日、

浜町の妾宅から、橋本医師のところへ回って診断を受け、そのあと雑談をしていたが、煙管《きせる》に煙草を詰めようとして、ぐらりと体が倒れた。橋本が、

「どうしました」

と言うと、

「二度目が来た」

と呻くように言ったまま倒れた。橋本は慌てて、新富町の自宅へ運び込んだが、十八日朝、息を引き取った。六十歳であった。


團十郎は、臨終には間に合わず、知らせを受けて築地の自宅から駆けつけた。富貴楼のお倉という、当時の政界・財界の実力者だった六十代の女丈夫から、通夜の席で六代目の襲名について発言するように言われた。そこで團十郎は寺島家へ富貴楼から使いをやって了解を求め、丑之助に菊五郎を継がせると発言した。

三月六日に本葬が行われ、会葬者四千人、歌舞伎座ではこの葬儀の模様を活動写真に写した。当時は、喪主は男が務めることになっており、栄三郎が喪主だった。ところがこの葬儀で、喪主よりも新橋藝者が先に挨拶したり、何かと不都合があったため、菊五郎に世話になった八百蔵が怒って、葬列を離れて帰ってしまった。あとで栄三郎が詫びに行ったが八百蔵の怒りは収まらない。これで八百蔵が、前の連盟から抜けて、代わりに芝翫が入ることになるのである。

さらに十六日初日の歌舞伎座興行で、一番目に團十郎の「地震加藤」をやったあと、丑之助改め菊五郎、栄三郎改め梅幸、英造改め栄三郎の披露口上が行われ、團十郎は三人を並べて、

「故人と私とは竹馬の友も同然の関係、彼に死なれて片腕をもがれた気持ちでございます」

云々と言ってハンカチで涙を拭ったから、満座の観客ももらい泣きした。

そのあと新菊五郎と梅幸が五郎、十郎、團十郎が工藤祐経で「吉例曽我礎《いしずえ》」を上演した。

この件があったため、高麗蔵の襲名は五月に延期された。音羽屋一門の襲名は特に異論もなく、好評をもって迎えられた。染五郎は、この「地震加藤」と「曽我の対面」を双眼写真機で撮影した。双眼写真は、二枚の写真を撮って、それを機械に掛けると浮き出て見えるという、今で言う「３Ｄ」である。山岸荷葉と川尻清潭を呼んで、これをやってみせると、二人とも興奮していた。染五郎は役者の鬘の写真も撮り、彼らに何枚も焼き増ししてやった。

四月には、歌舞伎座を作った千葉勝五郎が死んだ。

團十郎と染五郎は、襲名の下準備に、新聞の劇評家たちを築地の料亭へ招いて一席設けた。青々園伊原敏郎、岡本綺堂、松居松葉《しょうよう》、右田寅彦、杉贋阿弥《がんあみ》、岡鬼太郎《おにたろう》、伊坂梅雪《ばいせつ》、松本当四楼《とうしろう》らである。うち、青々園と贋阿弥、松葉は染五郎と同年で、綺堂、梅雪、鬼太郎が二つ下だったから、打ち解けた話ができた。しかし劇評家らは、染五郎が、家橘、芝翫らに藝の上で負けているのではないかと、そういう懸念も示しており、染五郎としては、内心に忸怩たるものはあった。

襲名の配物として扇面が用意され、歌舞伎座系の役者ではいつものことで、福地櫻痴がその文章を書き、團十郎と高麗蔵の句が添えられた。

穂も台も己が畑の同じ桃　三升

師の恩や居つかぬながら更衣《ころもがえ》　錦升《きんしょう》

とあった。團十郎のは、名前が変わっても藝への志は変わらずあるべしという意味だろう。櫻痴の文は、

桃泉子幼より俳優の教えを団洲《だんしゅう》翁に受け、染五郎と称し今又高麗蔵と更《あらた》め、これを世に披露す高麗蔵は往事有名なりける幸四郎の幼名なりと云へり、桃泉すでに団門中にて夙《つと》に頭角を露わし漸く江湖の喝采を博す、益々錬磨の功を積まば将来の大成まつべきなり、それ桃は花の艶《えん》なるのみならず其実もまた美にして、鬼を避るの効ある意富迦牟豆美《おおかむづみ》の称ありしにて明らけし、他日劇界の邪《じゃ》を攘ひて梨園の花実を全《まっと》うするを期せよ、団洲翁が曩《さき》に桃泉の号を与へ今また高麗蔵の称を許さると其微意《びい》こゝに在るもの歟《か》その改名を祝して併せて此語を為す

というものだった。「意富迦牟豆美」は、『古事記』で桃の実を投げて鬼を退けたイザナギが名づけた呼称である。

襲名披露は、五月九日からの歌舞伎座の公演で行われた。一番目は「春日局」、中幕が「素《す》襖落《おうおとし》」、二番目が福地櫻痴作の「女侠《おんなだて》駒形おせん」である。「春日局」では、團十郎が家康と春日局の二役を演じ、ほかに芝翫、八百蔵、梅幸、家橘、片岡市蔵、菊五郎、栄三郎、猿蔵、蟹十郎、吉右衛門らの出演で、「文殊庵の場」で家康を演じる團十郎が、新高麗蔵の植村出羽守を呼び出し、その場で両名

が手を支《つか》え、團十郎が、

「一座、高うはございまするが、口上なもって申しあげます。このたび、門弟市川染五郎、ゆかりある市川高麗蔵の名を襲名いたしますことと相成りましてございます」

拍手に続いて、高麗蔵である。

「このたび、師匠團十郎の勧めにより、市川高麗蔵を襲名いたすことと相成りました」

「高麗屋！」とかけ声が掛かる。実のところ、それまで、染五郎は、成田屋なのか高麗屋なのか分からず、双方入り交じり、「染五郎！」というのもあったのだが、高麗蔵になって、晴れて「高麗屋」に決まったのである。

舞台外には、魚河岸、米穀取引所などの引き幕と、武州米五十俵が祝儀として積み重ねられていた。当時の歌舞伎は、現在なら商店街とも言うべきこうした東京中心部の商人たちによって支えられていたのである。

「素襖落」は能狂言を元に明治二十五年に櫻痴が書いた歌舞伎舞踊の喜劇で、これが襲名披露興行となった。高麗蔵が太郎冠者、猿蔵が次郎冠者で、六代目菊五郎が大名を演じた。伊勢参宮の餞別に素襖を貰い、酒を呑んで帰ってきた太郎冠者が、主の大名に見つからないように素襖を隠すが、はしゃぎすぎて落としてしまい、見つかってからかわれるという、賑《にぎ》やかな演目だった。

若い俳優たちは、楽屋へ挨拶に来た。その中には、菊五郎や吉右衛門もいた。高麗蔵は、その若さが眩しかった。

だが、既に衰えがきた團十郎の藝はまずく、新聞の劇評では、男女の区別もつかないと酷評され、高麗蔵もまた、台詞が何を言っているのか分からないとされた。

それに、高麗蔵は改革論者として知られ、門閥打破も掲げていたから、襲名はおかしいのではないかという声もあり、文士の花房柳外《りゅうがい》は、『新小説』五月号に「市川高麗蔵の襲名」を掲げて、高麗蔵の言い分を語らせている。高麗蔵は、門閥打破ではあるが、襲名をせずにやっていたら、嫉妬からしているのだと言われるだろう、だからあえて襲名し、門閥外から人材を登用するのだと語っている。

とはいえ、若くして父を亡くした歌舞伎役者は悲惨である。菊五郎は、歌舞伎座の風呂へ行ったら八百蔵が入っていた。隅のほうに入っていると、振り向いた八百蔵が「あ、がき、入っているのか」と言った。団菊存命中は「坊ちゃん」と言っていたのだ。菊五郎は殺してやろうと思って長い竹を手にしたが、それがすべり、八百蔵が振り向いた。弟子が「坊ちゃん、何をなさるんです」と言ってとめた。

四月末から本郷座では、徳冨蘆花作のベストセラー『不如帰《ほととぎす》』を、藤沢浅二郎、佐藤歳三ら新派が上演していた。襲名披露興行の五日目、一人の、眼つきの鋭い男が、歌舞伎座へやってきて、團十郎に面会した。川上音二郎である。四十歳になるが、團十郎を深く尊敬していた。

團十郎は川上に、西洋の演劇のことなどを訊いた。川上は、團十郎も西洋へ行かないかと誘ったが、團十郎は、もう老いて茅ヶ崎へ往復するだけでも大変だ、と答えた。

ほどなく、弟子たちも楽屋へ呼ばれ、八百蔵、高麗蔵、芝翫、家橘らが紹介され、

「川上さんは、今度『江戸城明渡《あけわたし》』をやるそうだ」

と團十郎が言った。

これは高安月郊《たかやすげっこう》の新作で、明治維新ものだが、それまで、明治維新を扱った芝居というものはほとんどなかったから、みな一様に、あっと息を呑む思いがした。

川上は後を継いで、

「團洲さんのおやりになった演劇改良は、私どもも考えております。これはその一環でありまして、明治の御代の始まりとして、西郷南洲《なんしゅう》、勝海舟先生などの偉業を讃えるという意味もあります。これは既に歴史劇ですから、旧劇のみなさんにも是非ご一覧いただきたく、六月四日、明治座で幕を開けますが、招待の手続きは整えておりますので、みなさんご覧いただき忌憚なきご批評を賜りたく……」

などと言って、帰って行った。

「江戸城明渡」とシェイクスピアの「マーチャント・オブ・ヴェニス」は六月四日から明治座で上演された。川上が勝海舟、高田実が西郷隆盛を演じた。高麗蔵は、家橘、芝翫と一緒に観に行った。後藤象二郎が徳川慶喜（藤沢浅二郎）に大政奉還を申し入れるところから始まるのだが、どうも衣装が概しておかしいのである。鬘《かつら》や衣服、化粧の仕方が歌舞伎役者のようにはできないので、見すぼらしかった。あとで芝翫が、

「あれはおかしい。後藤象二郎は陪臣なんだから、将軍に目見えできるはずがない」

と言っていた。そういう傷もあったし、台詞を時代調で言うのは、新派の役者は歌舞伎役者に比べて下手だった。

もともと、演劇改良運動の中には、歌舞伎につきものの竹本《チョボ》つまり義太夫と三味線、それに下座音《げざ》

楽が役者の動きにあわせて奏でる合方《あいかた》の廃止という考えがあり、高安月郊は率先して、チョボと合方を廃した「重盛」で世に出た作者だが、近ごろは「月照《げっしょう》」を、福井茂兵衛らと協力して作り、京都南座などで上演していた。

観終わって、高麗蔵は「技癢《ぎよう》」を感じたと言わざるを得なかった。ああいう芝居をしてみたい、という思いである。維新から三十五年、すでに明治維新は歴史になり、歴史劇として上演できる時代になったのだ。

ほかの若い役者も、「下手だね」と言いながら、「あの勝安房守を成田屋さんがやったらどんなにいいか」といったことを言っており、やはり方向性には興味を感じているのだった。

十四日からは、東京座で藤沢浅二郎、高田実らによって、「金色夜叉」が上演されていたが、十四日、『時事新報』に、川上音二郎の取材記事が載った。川上はその春、自分が演劇に踊りは要らないと発言したことについて、改めて説明し、衣装については古老に尋ね、記録を見てやったと話した。高田実も、当時の写真も参考にしてやったもので、歴史上では歌舞伎役者がやるように整然とした頭や衣装を着けていたわけではないと反論していた。川上の所説に引き続いて歌舞伎役者らの批判が載った。これは時事の伊坂梅雪が仕掛けたものである。

まず芝翫が「素人役者の寄合《よりあい》」として反論を載せた。といっても自分で書くわけではない、話を聞いて梅雪がまとめるのである。次に高麗蔵が「川上氏の説を駁す」を載せ、ついで家橘、左団次、莚《えん》升《しょう》(左団次の子でのち二代左団次)が時事に感想を掲げた。全体として、書生芝居で歴史上の人物の表現が下手で、それは踊りの素養がないからだという主旨だった。

その頃関西では、白井松太郎、大谷竹次郎の兄弟が松竹合名《ごうめい》会社を作り、鴈治郎らの芝居の興行に乗り出していた。ともに二十七歳である。

一方、政治家などが作る同気倶楽部というのがあって、その夫人連が保育会という組織を持っていた。これは、女囚の乳飲み子を引き取って育てる慈善団体であった。その中から、清浦奎吾《きようらけいご》伯爵と板垣退助の夫人が、五月興行を観に来て、芝翫を呼び、歌舞伎座で女囚携帯乳児慈善興行をやってほしいという話があった。それまでも慈善興行というのはあったが、それらは興行主のいいようにされていたので、芝翫は、俳優たちで万事折衝《せっしょう》するようにしたい、六月は二十五日まで横浜の羽衣座に出るから二十六日からということにし、芝翫、梅幸、家橘に菊五郎を加えて上演することになっていた。

川上は『時事新報』で、高麗蔵と芝翫宛の手紙を公開し、同じような演目で模範を示してほしいと提案した。しかるに、ほかの新派の連中はさらに強硬で、藤沢浅二郎、佐藤歳三、高田実、福井茂兵衛は二十六日、連名で「江戸城明渡」あるいは似た演劇を選んで新旧競演をしよう、と挑発してきた。

この手紙を読んだ高麗蔵は、

(やってみたいな)

と、思ったのだが、天覧劇以来「国劇」の誇りを持っているほかの役者たちは、肯《がえ》んじないだろうと思った。踊りの家の子として、高麗蔵は川上の舞踊否定論には反論する義務があったが、川上の妻は元藝妓の貞奴で、西洋で日本舞踊を見せて「サダ・ヤッコ」として名をあげた女である。舞踊の意義が分かっていないはずはなく、しかし演劇に舞踊は必ずしも不要だ、ということが言いたくて、かつまた演劇についての議論を盛んにするために、意図的に挑発しているのだろうと思った。

高麗蔵、家橘、芝翫の三人は連名でこれに対して、旧劇と新派劇ではやり方が違うから、とやんわりと断る手紙を出した。これで、ことはうやむやになったが、旧劇側が「逃げた」と思われるのではないかと、みな忸怩《じくじ》たる思いはあった。

慈善興行のほうは、もともと貴顕紳士の夫人たちが観に来るので、劇場が派手になるし、楽屋に来て歓談もしてくれる夫人もいる。それがそれでまた問題であったりするのだが……。演目は「伽羅先代萩《めいぼく》」で、高麗蔵は八汐と仁木弾正、芝翫が政岡、菊五郎が男之助、「夜討曽我」で五郎を家橘、十郎を梅幸、ついで「紅葉狩」で梅幸が鬼女、最後に、櫻痴の弟子の榎戸賢治《えのきどけんじ》の新作「保育会」が演じられたが、これは今回の趣旨にちなんで、貴顕夫人と女囚を描いたものである。梅幸の女囚、芝翫の貴婦人が話題になり、大入りの成功を収めた。

「先代萩」は徳川時代の伊達騒動を室町時代に置き換えて描いたもので、「仙台」をかけている。史実の悪人・原田甲斐が仁木弾正になり、妖術を使う。鼠に化けて床下に潜んでいたところを、荒獅子男之助に見現わされて踏まえられ、ドロンと逃れて、花道のスッポンから妖術使いの巻物を口にくわえてセリ上ってくる。このスッポンは、化け物や忍術使いしか出入りしないところである。

その時の仁木はこれ以上ないほど邪悪な顔つきをするのだが、松本家一子相伝という「天地眼」というのがあって、高麗蔵は両目を別々に上下左右させることができた。

しかるに芝翫が、興行主や團十郎の頭越しに話を決めたものだから、支配人の井上竹次郎は不快に思い、團十郎を訪ねて不満を漏らすと、團十郎も同様で、若い者の専横が目に余ると怒っていた。

芝翫は高麗蔵の四つ上の三十七歳、かねて歌舞伎座を背負って立つ気で、團十郎と折り合いが悪く、井上竹次郎とは給金のことで少し前に衝突して以来、不満を抱いていた。七月には横浜に羽衣座が新開場するので、芝翫、梅幸、家橘で出ることになっていた。芝翫は柳橋の料亭橋本へ、梅幸、家橘、高麗蔵を集め、今後は心を合わせて結束するという契約書まで交わした。八百蔵が抜けて芝翫が入ったというわけである。

芝翫は、

「俺たちが手を結んだら、どこの劇場でも出してくれる。その時に歌舞伎座が、どうぞ出て下さいと手をついて詫びてくればいいのだ」

と気炎を上げた。

結局これが、團十郎後を睨んでの、八百蔵と芝翫の確執であるというのは分かっていたが、前は八百蔵が三人を集め、今度は芝翫が集めているのだから、二人で多数派工作をしているようなものだ。芝翫の友達の山内秀三郎というのが立会人になり、他座へ出る時は違約金二万円をとるという公正証書まで作り、「年長者の指示に従う」という文言を入れた。ここで年長者といったら芝翫である。八百蔵は門閥役者ではないし、それなりの藝はある。しばらくは座頭でいてくれてもいいと高麗蔵は思うのだが、芝翫や家橘は血気盛んである。それでつい、盟約書なるものに署名してしまったが、どうも高麗蔵は納得が行かず、芝翫、家橘らとは距離を置くことになった。

さて、芝翫、梅幸、家橘と栄三郎は、田村成義に頼んで、大阪の芝居へ出ることにしたのだが、田村は、どうもおかしいと思い、井上竹次郎に話してみると、井上は内心で驚いたが、表面平静を装って、

「行きたければ勝手に行くがいいでしょう。あいつらが一人立ちできるかどうか」

と言ったから、田村は大阪へ行って興行師の高木徳兵衛と交渉していた。高麗蔵は團十郎に呼びつけられて、こっちは直弟子だからこっぴどく叱られた。

その間に井上は、團十郎に芝翫らの大阪行のことを告げた。高麗蔵が内幕を話すと、

「何が八百蔵だ。そりゃあ年長だから一時は上置きになるかもしれねえが、人気と実力はおめえらのほうにあるんだから、黙ってしばらく待ってりゃいいだけじゃねえか」

「そうですね、すみません」

「芝翫にも困ったもんだが、おめえも若えやつが血気にはやるのを押さえるようでなくちゃ困るじゃねえか」

「へえ……」

塩垂れて高麗蔵が帰ったあと、團十郎がまさと実子に愚痴をこぼすと、実子が、

「あらお父っつぁん、それが藤間さんのいいとこじゃありませんか」

と言う。ん？と團十郎が顔を向けると、

「自分で謀叛を企むんでもない、それを押さえるんでもなく、のらりくらりとしているようで、あれでいったん事があったらちゃんと立ち上がる人なのよ。大石内蔵助だって昼行灯《ひるあんどん》って言われたくらいじゃありませんか。ああいう人が一人くらいは必要なのよ」

「へえ。そうかね」

「そうですよ。いわば、マーク・アントニーね」

「ひぇっ」

娘が、そんな古代ローマの人物の名を出したから驚いたが、これは少し前に川上一座がシェイクスピアの『ジュリアス・シーザー』をやったからである。

「じゃあ何かい、俺は殺されるシーザーかい」

「あら殺されちゃ困りますけど」

一座は笑いに包まれた。

さらに高麗蔵は、勘右衛門からも叱られて、六月三十日、築地の薫梅軒《くんばいけん》へ三人を呼んで、すまねえ、俺は抜けると宣言した。それを聞いて梅幸も、それなら俺も……と言い出したのだが、これは井上が手を回して、八百蔵一座が北海道へ巡業に行くのに梅幸を組み込む手筈をしていたのである。

團十郎は、次に家橘を自宅へ招んで、九月に十五代目羽左衛門を襲名させてやる、と持ちかけ、鈴ヶ森の権八をやらせ、俺が長兵衛に出て口上を言ってやると告げたから、家橘は手放しで喜んで、これも大阪行はやめることにした。

かくして芝翫の計画は瓦解したのだが、頼りにしていた家橘への怒りが激しく、友情を反故《ほご》にするようなやつとは生涯芝居はできねえ、こうなったら死に者狂いで一人でもやってみせる、と息巻いたから、帰京した田村が宥《なだ》めて、家橘と井上に話をして、八月一興行だけ大阪へ行くことを家橘も承知して、八月八日からの角座へ出ることになった。

芝翫の宅で稽古をすることになり、やってきた家橘は、芝翫の顔を見るなり、

「兄さん、切腹、切腹」

と言って腹を切る仕草をしたから、芝翫は怒りのやり場がなく、しょうのねえやつだな、で済んだ。高麗蔵は七月十三日から、東京座で、猿之助、左団次、吉右衛門らと「絵本太功記」などを上演していたが、二十三日から團十郎は菊五郎を連れて茅ヶ崎で静養に入った。

角座では、家橘が「玄治店」で与三郎をやっていた。のち羽左衛門の当り藝となるものである。一方、朝鮮、満洲をめぐって日露の交渉が始まっていたが、国民は、戦争になるのかという予感に興奮していた。

八月に東京座が打ち上げると、高麗蔵は夏休みになった。

『金色夜叉』は「読売」に断続的に連載されていたが、昨年五月を最後に途絶しており、尾崎紅葉は死の床にあると言われていた。代わりに「読売」には、小杉天外《てんがい》の「魔風恋風《まかぜこいかぜ》」が連載されており、人気を博していた。自転車に乗って現れる女学生が主人公で、まったく新しいと言われていた。高麗蔵は、こういうのも芝居になるだろうか、という目で読んでいたが、紅葉の次は天外だといった言い方に、劇界も文壇も同じようなものだなあ、と思って、團十郎のことを考えた。

新聞紙を持ってふらりと藤間の稽古場へ行くと、福三郎が踊りの稽古をしていた。銀行の勤務があるから、茅ヶ崎へは行っておらず、盆休みだったのである。

高麗蔵が新聞を渡すと、滝のように流れる汗を拭きながら福三郎は一服した。福三郎も川上らの舞台は観ていたが、

「どうです、私と連中とで一部でもやってみせたら」

などと言う。確かに、時おりこっそり見せてもらう福三郎の演技と、新派の連中の演技では、さし

て水準に差はないようでもある。

「やってみましょうか」

と言って、福三郎は立つと、「江戸城明渡」の台詞を朗唱してみせたから、高麗蔵は驚いて、

「どこで台詞を覚えたんです」

と言うと、

「いや、台本は売っていますよ」

と答えた。それにしても、福三郎はこれで歌舞伎役者への夢を捨てていないんだなあ、と高麗蔵はむしろその熱心さに感心した。

八月十六日、暑い最中に大阪で、嘉永五年(一八五二)に没した四代中村歌右衛門の五十年忌法要が営まれた。発起人は芝翫で、集まったのは鴈治郎、高砂屋の中村福助であった。中村福助は二つ名跡があって、芝翫の前名も福助だが、これは成駒屋である。区別のため、高砂屋福助と言われていた。そして三人で中村会を組織し調印したのだが、芝翫と鴈治郎は、ともに歌右衛門の名跡を狙っており、確執含みの会であった。

二十二日、東京電気鉄道会社が、新橋-品川間に、初めての市電を開通した。それまでは鉄道馬車が走っていた路線を電化したのである。高麗蔵は、愛人の藝妓から、市電に乗ってみましょうよ、と言われたのだが、昼間っから藝妓連れも具合が悪く、荷葉と清潭を誘って新橋から品川まで乗ってみた。しかし、慣れていない通行人やら自転車やらが、今にも引っかかるか轢かれるかと気が気でなく、あまり安心して乗ってはいられなかった。

「いずれこういうのが市内に四通八達するんですかね」

「そうなんだろうなあ。だがそうなると車引きは商売あがったりだなあ」

などと暢気な話をしていた。

八月が終わり、大阪へ行った家橘、北海道へ行っていた八百蔵や梅幸が帰ってきた。芝翫は大阪に残って、片岡我當と角座へ出る準備をしていた。我當は鴈治郎とはライヴァル関係にあったので、芝翫は我當と手を組んで鴈治郎に当たろうとしたのである。

東京では、九月は十六日から東京座で、左団次を中心とした公演があり、高麗蔵や家橘はその稽古をしていた。ほかは猿蔵、吉右衛門らで、演しものは「黄門記」などである。

九日、藤間の家へ帰って湯に入った。ようやく涼しくなってきたから、稽古のあとの湯はひときわ気持ちがいい。すると、外から、

「若旦那」

と声を掛けられた。下男の岩吉の声らしいが、入浴中に声を掛けられるなんてめったにないことで、高麗蔵ははっとして立ち上がった。手拭いで下半身を隠して、

「どうした」

と出ると、

「堀越様から電話がありまして、茅ヶ崎の親方のぐええが悪いそうで」

ああ、来たか、と思った高麗蔵は、

「分かった。岩吉、電話を掛けて新橋の列車の時間を聞いといてくれ。あと車を呼んでな」

と言って湯から上がって手早く身支度をした。

当時、駅のことは「ステーション」が訛って「ステンショ」と言われていた。高麗蔵が新橋ステンショへ駆けつけ、二等車へ乗り込むと、ぼちぼち、家橘、福地櫻痴などの姿を見つけた。横浜からは富貴楼のお倉が乗り込んできた。

列車は沼津行である。車内でそれぞれ懸念を口にしていたが、櫻痴が、

「まあ、まだどうなると決まったもんでもねえ」

と言ったから、かといって別の話をするわけにもいかず、沈黙がちに、茅ヶ崎までの二時間あまりを過ごした。

茅ヶ崎駅から、人力車を拾って、お倉と櫻痴が一台ずつ、高麗蔵と家橘が一台に相乗りして別荘へ向かった。

別荘・孤松庵はざわついていて、東京から駆けつけた本庄医師が診ていたが、思ったより病状は悪く、尿毒症に急性肺炎を併発しているということで、面会謝絶だった。團十郎は昨夜から昏睡状態に陥り、今日は三十九度の熱が出て、たえず囈言《うわごと》を言っているとのことだという。

あとから福三郎が到着した。水曜だったので、銀行を引いてすぐ駆けつけたのである。だが、ほどなく本庄医師が、これは橋本先生を呼ばなければと言い、赤十字の橋本綱常院長を代わりによこすよう手配していた。

櫻痴が来て、声をひそめ、

「近代医学で、手術をするとかでない限りは、医者を変えたってしょうがないんだよ。医者を変え

るってのは、最後の時の気休めなんだな」

と言ったから、高麗蔵も家橘も暗い顔つきになった。ところが、橋本院長は、皇太子妃（九条節子）が不例のため来られず、代理で岩井軍医が来た。

高麗蔵は、病室へ入ることもならず、うろうろと別邸の周囲を歩き回っていた。裏手の海岸へ回ると、釣り舟があった。團十郎が釣りに出るためのものだ。高麗蔵はふと、その舟の中へ入って座ってみると、いつしかうたた寝してしまった。はっと目を覚まし、懐中時計を見ると、一時間も寝ていたらしい。

慌てて母屋へ戻ると、猿之助と息子の団子が来ていた。

「澤瀉屋さん、いらしたのですか」

と、少し驚いて高麗蔵が言った。近ごろは團十郎とも距離ができている猿之助が来るとは思わなかったからだ。

「うん、どうもよくねえようだね」

と言って、猿之助は脇を向いた。

団子はのちの二代目猿之助、その頃十六歳になっていた。話していると、学校へ行って学問をやりたいのだが、父がなかなか許してくれないと言っていたから、猿之助に、

「これからは役者も学問は必要ですよ。中学くらい行かせてやったらどうです。私ももし子供ができたら学校へは行かせるつもりです」

と言うと、猿之助は苦笑して、

「そうかい。もっともおめえ、子供を尋常に持つには嫁さんだろう」

と混ぜっ返したから、

「あ、こりゃやぶ蛇になった」

と、高麗蔵が頭をかくと、団子がにこりと笑った。それがひどく可愛かった。

十二日、團十郎は危篤に陥り、高麗蔵らは徹夜で看病したが、東京座での稽古が滞っており、帰京してほしいと連絡があって、高麗蔵は心を残して十三日の朝帰京した。家橘もまた、羽左衛門襲名のため劇評家らを招いた宴席があって帰京したが、その日の午後三時四十五分に、團十郎は息を引き取った。その時そばにいた役者は、猿之助と団子、弟子の団八だけだったという。享年六十六であった。

知らせが届くと、東京の劇界が騒然となったのは当然である。劇聖逝く、である。東京座の初日は延期され、劇界の者たちは茅ヶ崎へ駆けつけた。茅ヶ崎に住む川上音二郎は、團十郎の死を知ると駆けつけてきて、駅から團十郎邸までの道が通りにくいというので、弟子たちを使って一晩で整備し、密葬を取り仕切った。

十五日に、二等車を貸し切りにして團十郎の遺骸は築地の本宅まで運ばれた。川上は、大磯に伊藤博文を訪ね、英国では俳優に贈位することがあるから、團十郎に贈位してもらいたいと請うたが、伊藤は、前例がないと言って断った。そこで、代わりに弔辞を書いてもらって代読することになった。だが芝翫は、大阪から帰ってこなかった。

二十日に青山葬儀所で本葬が行われたが、あいにく驟雨《しゅうう》が降り始めた。團十郎は神道だから葬儀も神式で、諡号は玉垣道守彦とつけられ、「故市川團十郎君」という大幟を先頭に、根越の榊を奉った参列者があとに続いて進んだ。副斎主の履歴文捧読《ほうどく》ののち、左団次が市川一門代表として弔辞を読んだが、途中で涙にくれて先が続かず、息子の莚升にあとを読んでもらった。ついで川上が伊藤の弔辞を代読、そして歌舞伎座を代表して櫻痴が弔辞を読んだ。

その間、高麗蔵は、哀しみというより、不安のほうが先に立つ自分を感じていた。

（俺はどうなる……歌舞伎はどうなってしまう……）

という不安である。

みなが、悲しんでいるような顔つきはしているが、高麗蔵はふと、芝翫が笑顔を見せているのを見たりした。おそらく家橘もそうだろう。彼らから感じられるのは、頭の上の重石が取れた、という解放感だ。これからは自分らの時代だ、という意気込みだ。

「親の死に目に遭えるような役者になっちゃいけない」という言葉がある。これは、舞台に専念しろという意味だが、もしかすると、親を乗り越えて行けという意味もあるかもしれない。

つまり、芝翫や家橘のほうが、野心ある若手役者としては正しいのだろう。自分には、それがないのかもしれない。高麗蔵の不安は、そういうことでもあった。

二十一日、東京座は開演し、「水戸黄門記」「松田の喧嘩」などを上演した。この興行には左団次も出ていた。左団次は明治座を根城としていたが、借金がかさんだ上、元の出資者との関係がこじれ、暴力団に脅されるなどして明治座を開けられなくなっていたのであった。

歌舞伎座では、團十郎のあと、左団次を迎えようと考えた。しかし芝居の世界では、そういうことは直接交渉するのでなく、奥役が間に入る。歌舞伎座からの申し出に、左団次は給金として割安な値段を言ったのだが、間に入った者が、左団次としては安すぎると考えて高額をふっかけ、途中でピンはねしようとした。それで決裂したということである。

第三章　高麗蔵

團十郎が死んだ時、中村芝翫は大阪にいた。團十郎の葬儀のあと、歌舞伎座支配人の井上竹次郎は、田村成義とともに大阪に下り、歌舞伎座へ復帰してくれるよう要請し、あわせて我當も歌舞伎座へ加わってくれるよう頼んだ。大阪下り自体が井上との確執によるものだが、我當は東京行きを喜んで承知したので、芝翫もしぶしぶ東京へ戻ることは了承した。

十月七日に、井上は築地の料亭に、芝翫、八百蔵、梅幸、家橘らを集めて、今後の歌舞伎座の運営について相談した。井上は、当面座頭を置かず、集団指導体制で行くことにすると言う。しかし、演劇には書き出しというものがあって、いくら集団指導といっても、書き出しを誰にするかでもめるのは知れきっていた。

ところでこの集まりに、高麗蔵がいないのである。井上が高麗蔵を抜く理由はないから、呼ばれても行かなかったのであろう。知恵をつけたのは、おそらく猿之助である。

十七日に歌舞伎座では羽左衛門襲名披露の興行が始まったが、一番目は黙阿弥作「松栄《まつのさかえ》千代田神《ちよだのしん》徳《とく》」で、芝翫が徳川家康を演じたが、これは天下を取るという気勢をあげたのだと噂された。中幕前に家橘は、団菊の写真を掲げ、その前でただ一人裃《かみしも》姿で襲名口上を述べた。そこで、

「手前のように不幸せな者はありません。口上を言ってくれるはずだった叔父の菊五郎も團十郎も亡くなりました」

と言ったから、観客はもらい泣きした。

中幕は「船弁慶」で、家橋改め羽左衛門が知盛の霊、八百蔵が弁慶である。これには高麗蔵のほか我當が出たが、我當はかつて團十郎に大阪で逆らったことがあり、これを歌舞伎座に出すのはけしからんと怒ったのが、川上音二郎であった。

川上は、「萬朝報」の松居松葉を焚きつけ、我當攻撃の記事を書かせた。東京毎日の杉贋阿弥と、東京日日の岡鬼太郎もこれに助太刀して我當攻撃を行い、まず青山墓地へ行って團十郎に詫びるべきだとした。弟子なのに同座する高麗蔵もけしからんと書かれた。とんだとばっちりだが、逆に言えば、團十郎の弟子筆頭といえば高麗蔵だということになる。これに対して、三木と青々園の『歌舞伎』は、我當擁護の論陣を張った。

萬朝報を出している朝報社の社主は、黒岩涙香である。当時、世間は日露開戦論で沸騰しており、萬朝報だけは非戦論を唱えていたが、ほかの新聞がみな開戦論で、帝大七博士も政府に対して開戦を勧告するに至った。伊藤博文は「学のある馬鹿ほど困ったものはない」と言った。総理大臣は長州閥の桂太郎である。涙香はついに大勢に屈して開戦論に転じ、同社の堺利彦、内村鑑三、幸徳秋水の三人は朝報社を辞任し、十一月に幸徳と堺は『平民新聞』を創設した。

遂に井上は参って、我當を連れて朝報社へ行き、團十郎の墓参りをさせると約束するに至った。芝居はそのためか不入りで、そこへ芝翫が、歌舞伎座を抜けて東京座へ行くと言い出した。

東京座といえば、猿之助の本拠地である。つまりは、策士猿之助が、高麗蔵と協力して巧みに芝翫を操ったのだと考えるほかない。芝翫は東京座の鈴木金太郎と契約し、二年半の間、歌舞伎座には出演しなかった。

「なんかねえ、歌舞伎座をいつの間にか千代田のお城のように思ってるんだねえ」

猿之助宅で、高麗蔵と猿之助がへぼ将棋を指している。

「結局、八百蔵が災いしたな」

猿之助は歩を取り上げて、

「あれはと金だろう。団菊がいなくなって、たまさか上に持ち上げられただけで、客は呼べねえ。いずれ芝翫が四十を超えたら歌舞伎座へ戻る」

「それだけのことで……」

「まあ、そう思うのも無理はねえが、あれくらい鼻っ柱が強いのも考えもんだね」

「……澤瀉屋さんは、天下取りにはいかないんですか」

猿之助は、少し黙った。

「俺は、その柄じゃねえよ。お前さんと同じでな。江戸っ子だからかねえ」

「役者はたいてい江戸っ子でんしょう」

高麗蔵が笑った。

「いや、八百蔵とか芝翫は、ありゃ上方もんだよ。芝翫は東京生まれかしれねえが、親父は上方もんだ。上方ってのはねちこいからね」

十月三十日、人気作家の尾崎紅葉が、胃がんのため三十七歳で死去した。劇界と符節を合わせるように、文壇でも巨星が墜ち、硯友社《けんゆうしゃ》の全盛は陰りを見せ始めるのである。紅葉と同年の夏目金之助は、一介の英文学教師に過ぎず、神経症に悩み、妻を離縁しようと考えながら、帝大講師として『マクベス』の講義を行っていた。

十一月二日から、川上音二郎は、土肥《どひ》春曙《しゅんしょ》らの翻訳による『ハムレット』を本郷座で上演した。歌舞伎座は十日に楽を迎えた。十七日に東京座が、芝翫を座頭に開演し、左団次、猿之助らが出演。歌舞伎座の開演は二十一日で、八百蔵が書き出しになった。その前日の二十日、歌舞伎座の茶屋山本で、文士、俳優、興行師らの茶話会「劇談会」の集まりがもたれた。発起人は、井上竹次郎、高麗蔵、伊原青々園、岡鬼太郎、田村成義、片岡市蔵であった。

片岡市蔵は「片市」と呼ばれていた。門閥ではないが五十三歳で長老格、高麗蔵は、八百蔵では角が立つので選ばれたのであろう。集まったのは、羽左衛門、女寅、我當、梅幸で、あとは三木竹二など主な劇評家がみな顔を揃えた。

翌日開演の歌舞伎座興行は、八百蔵を書き出しに、羽左衛門、梅幸、我當、菊五郎らの出演で、八百蔵が松王丸、我當が源蔵で「寺子屋」などをやったが、高麗蔵は大した役はつかなかった。

その頃、羽左衛門、梅幸が相次いで結婚式をあげた。羽左衛門は二度目で、今回も相手は藝者、芝神明《しんめい》の三州屋市若だった。梅幸のほうも相手は柳橋の藝妓・堺家君子だが、まだ菊五郎の一周忌が済んでいないので披露はしなかった。そういうことがあると、高麗蔵は、お前さんはまだか、と責め立てられるのが常である。

実のところ、高麗蔵にはすでに愛人が二人いて、どちらと結婚するわけにもいかない状態だったのだ。いや、数えようによっては三人いた。

福地櫻痴が世話して、新聞社の社主や主筆との宴が設けられたことがあった。その時、「国民新聞」の徳富蘇峰という壮年の男がやってきて、

「高麗蔵さん、ぬしゃ、まだ独身ちゅうことじゃが」

と言うから、縁談でも持ち込まれるのかと恐れて、はあと答えると、

「北村透谷を知っとるかい」

と言う。さあ……と高麗蔵が首を傾げると、

「まあ詩人というか、十年も前に若こうして首をくくった男だが、こいつが、恋愛なくして何の人生ぞや、と言うとった」

「恋愛……ですか」

あまり高麗蔵にとって「恋愛」という言葉はなじみがなかったが、もちろん意味は分かる。

「なんで死んだのですか」

「さあ、そこたい。それで惚れおうて一緒になった女がおったとだが、いざ結婚してみると、女は俗界の通弁だと言いだした。要するにカネが足らんの何のとうるさかことを言うというわけで、首をくくったというわけたい」

この蘇峰と、その北村という人との関係がよく分からないので、相づちの打ちように困っていると、

「健次郎の『不如帰』ちゅう小説が大人気で、夫婦愛なんぞ謳《うた》っとるが、あれは考えものたい。ぬ

しさん、『不如帰』はご存じかい」

「はい、あれは芝居にもなりますから」

「あれは弟が書いたとよ」

高麗蔵はそれでやっと気づいた。

「あれを見ても分かるが、軍人で留守がち、女は早くに死ぬ、だけん夫婦愛などと言えるとよ。まあ結婚なんちゅうもんは、あまり期待せんがよか。ただし、子孫はこしらえにゃならん。おまんさは跡取りが必要じゃろ。結婚なんちな、そんためのもんと心得ておいたがよか」

高麗蔵は、この熊本県人の言う内容より、この男のもつ異様な迫力のほうに、むしろ印象を強く持ったのであった。

さて歌舞伎座に対しては高麗蔵は種々の不平不満があり、それを五箇条にして重役へ提出しようとしたのだが、新十郎や升蔵に遮られ、かつ重役に握りつぶされて、いよいよ歌舞伎座を出る覚悟をしたのであった。

明治三十七年（一九〇四）が明け、歌舞伎座では、それまで午前十一時開演だったのを、午後一時開演とし、午後八時まで上演するようにし、茶屋制度を改めて切符制を導入、また舞台稽古をやるようにするなど改革を行い、一月十三日に開演した。やはり八百蔵が書き出し、梅幸、高麗蔵、羽左衛門といった顔ぶれだった。翌十四日からは、明治座が久しぶりに開場し、左団次一座に、芝翫、我當が出演していた。

歌舞伎座は当たらず、二月一日に楽となった。九日から歌舞伎座では、歌舞音曲名人会が開かれ、十五日まで日替わりで、杵屋伊十郎、竹本伊達太夫、豊沢仙右衛門《とよざわせんえもん》、清元延寿太夫《きよもとえんじゅだゆう》、富士松加賀太夫、常磐津林中《ときわずりんちゅう》、岸沢文字兵衛《きしざわもじべえ》が出演し、舞踊では藤間勘右衛門も出たので、高麗蔵も梅幸らとともに出て補助で踊った。

その際に余興として、あの團十郎と菊五郎の「紅葉狩」が上映され、話題を呼んだ。高麗蔵は、上映初日にこっそりと観に行った。だが、八百蔵も猿之助も、羽左衛門も梅幸も、菊五郎も升蔵も、みないた。高麗蔵は、猿之助を見つけて、その脇に座った。猿之助は、ああ、と会釈をして、

「団子だがね、中学へやることにしたよ。京華《けいか》中学ってのだ」

と言う。それはようございました、と高麗蔵。

「そりゃよござんした。芝居はその間、休みにするんですか」

「まあ、そうなるな。それと……」

「来月から東京座です。よろしくお願いします」

猿之助は、口の中で、うん、と言った。

カタカタカタ、という音とともに團十郎の踊りの姿が映し出されるのを観ていたら、つつっと涙が流れた。在世中の師匠のしぐさや言葉が、あれこれと思い出された。見ると、猿之助も羽左衛門も、涙を拭いているように見えた。

が、活動写真が終わって、節分過ぎの寒中へ出ると、ちりんちりんと鈴が鳴って、

「号外！　号外！」

という呼び声が聞こえた。あ、戦争が始まったな、と思った。

日本軍が旅順のロシヤ軍を攻撃し、日露戦争が勃発したのは八日で、十日に宣戦布告が行われた。そのあと高麗蔵は、師匠の敵である我當と同座はできないという口実で、芝翫のあとを追うように東京座へ去った。

と言っても、歌舞伎俳優と劇場の関係は、社員とか所属するとかいうものではなく、契約制である。今でも歌舞伎は松竹が取り仕切っているが、各俳優が松竹の社員であるわけではないし、歌舞伎座も独立会社であって松竹の持ち物ではない。役者には奥役と呼ばれるマネージャーがいて、時にはそれが所属事務所の代表めいたものになることもある。戦後、幸四郎の次男である八代目幸四郎が、松竹を離れて東宝へ移った時も、そこで働いていた千谷《ちや》道雄は、自分は果たして幸四郎に雇われているのか奥役に雇われているのか東宝に雇われているのか分からなかったと書いているから、法的にいえば慣習法が生きている世界と言えるだろう。「菊五郎劇団」などといった劇団制も、戦時中に政府が巡業のためにこしらえたものが発端で、実態はよく分からないのである。

ところが、同座したくない口実だった我當も東京座へ来たから、高麗蔵の口実は口実でしかなくなってしまった。ほかに女寅も東京座へ移った。

三月一日、福地櫻痴こと源一郎は、衆議院議員選挙に出て当選、政治家になった。伊藤博文系の憲政本党からの出馬で、大倉喜八郎と渋沢栄一が後援していた。

三月に東京座では、坪内逍遙の「桐一葉」を上演した。これは逍遙が九年前に『早稲田文学』に発表した、大坂の陣の際の片桐且元《かたぎりかつもと》の悲劇を描いたもので、團十郎と菊五郎にやらせるつもりだったが、上演されず、その後よそから言ってきても逍遙が断っていたのである。これを勧めたのは東京座の立作者の竹柴晋吉で、「都新聞」に戻っていた伊原青々園に使者を頼み、伊原が逍遥に会いに行き、渋る逍遥に押して承知させ、逍遥は直したいところがあるから作者をよこしてくれ、と言うので、晋吉が直した。逍遥は当時四十五歳、早稲田中学校の校長と、早大教授を兼ねていた。

芝翫が淀君、我當が且元で、高麗蔵は木村長門守重成と佐々成政である。逍遥のこれと「沓手鳥孤《ほととぎすこ》城《じょうのらくげつ》落月」は、芝翫、つまり五代目歌右衛門の代表作となり、狂気を帯びた淀君のイメージは、歌右衛門の演技によって広められたのである。ほかに時勢に合わせた戦争ものとして、晋吉が書き下ろした「日本《にほんの》勝利歌《かちどき》」も上演された。

それまで劇場は、門外文士の作を嫌って上演しなかったのだが、これをきっかけに、四月には歌舞伎座で森鷗外の「日蓮聖人辻説法」が上演され、門外文士の戯曲もこれ以後は普通に上演されるようになる。鷗外は陸軍軍医総監として、大本営の置かれた広島にいて、この上演を観られなかったので、弟の三木竹二が新聞の劇評を切り抜いて広島へ送っていた。竹二はこれより前、劇評家が高麗蔵ばかり褒めて羽左衛門を悪く言うので、羽左衛門もなかなかいいと言っていたところ、この頃から風向きが変わって、羽左衛門のほうが良く言われ、高麗蔵にはケチがつくことが多くなったともいう。

逍遥は座の近くの魚十《うおじゅう》という茶屋へ役者を呼んで、「桐一葉」の読み上げを行った。作者が読み上げをするのは普通だが、逍遥は幕外の作者ながらその読み上げは見事なものだった。さらに逍遥は役の性根《しょうね》を説明し、たびたび観に来て、あとで伊原に出した手紙で、俳優らの印象を書いているが、我當は敵地へ乗り込んだようにぴりぴりしている、とあり、高麗蔵については、「差し向かいで話してみないと分からないが、怜悧《れいり》そうで、物が分かりそうだ」とあった。

三月二十七日、團十郎の門下だったこともあり、その後明治座で左団次の副将と言われた市川権十郎が五十七歳で死んだ。それは、旅順港封鎖作戦で、行方不明となった杉野兵曹長を探すため船内に戻り、砲撃を受けて広瀬武夫が戦死したのと同日であった。

歌舞伎座は相変わらず八百蔵を筆頭にしてやっていたが、東京座では、伊原青々園《いはらせいせいえん》が「都新聞」に連載していた小説、「濁士皇帝《ニコラス》」をやることにした。これは今のロシヤの皇帝ニコライ二世が皇太子時代に日本へ来て巡査津田三蔵に切りつけられた大津事件を題材にしたもので、はじめニコラスを我當にやらせるつもりでいたら、我當は芝翫と喧嘩をして、大阪へ帰ってしまった。

それで皇帝は芝翫にやらせることにしたが、すると芝翫の妻のお玉が、いくら芝居でも戦争中に敵国の皇帝役をやるのはやめてくれと言ったので、高麗蔵がやることになった。すると今度は警視庁で許可しない。大津事件といえば、ニコライは被害者で、日露戦争中にやるべきものとは思われない。そこで「小楠公《しょうなんこう》」と村井弦斎《げんさい》原作の「櫻御所」をやった。

五月に文藝雑誌『新潮』が創刊されたが、新潮社の社長は佐藤儀亮《ぎりょう》という秋田県の人である。はじめ新声社を興して『新声』を出していたが、資金の関係でこれをまるごと人に譲って新たに始めたのが新潮社である。

この『新潮』で、高麗蔵のための新作脚本を募集したということもあったが、うまく集まらなかったようだ。当時「新人」と呼ばれて高麗蔵はそれなりに注目されていたのだが、脚本家の花房柳外がこの件で奔走したとされており、募集がうまく行かないなら柳外が自分で書けば良さそうなものである。

左団次は六十三歳、すでに重い病に罹っていた。鎌倉で静養していたのが、帰京して入院したがすぐ退院し、四月開幕の予定だった明治座の、延期されていた興行に五月二十三日から出ることになった。こちらでは戦争を当て込んだ松居松葉作「敵国降伏」をやることになっており、これは元寇もので、高麗蔵はクビライをやることになっていたが、北条時宗をやるはずの左団次が病身のため、時宗は高麗蔵が代わることになった。

台詞覚えが悪いと言われる高麗蔵が、急に役を変わったから、楽屋で懸命に台詞を覚えていると、福三郎がやってきた。

「兄さん、ちっとこれを見てください」

と言って差し出した新聞を見ると、六月一日から大阪の弁天座で、鴈治郎が「助六」をやるという記事があった。

「『助六』は市川宗家の家の藝で、無断でやるのはけしからんって、実子が息巻いてるんですよ」

「おかみさんじゃなくて、かい?」

「ええ、義母《はは》は、まあ穏便に、と言ってるんですが、実子のほうが強硬で……、斎藤さん（弁護士）を呼んで訴えるとか言っていて……」

「国運を賭けた戦の最中に、国民同士争っちゃいけねえよ」

「そ、そうでしょう。しかし実子が……」

「気が強いからね、あの人は」

そう言って、高麗蔵は考えこんだ。猿之助がその昔、無断で「勧進帳」をやって破門された件といい、市川宗家の宗家意識というのも、なかなか厄介だ。今は著作権というのもやかましくなってきてはいるが、「助六」や「勧進帳」は、誰それが書いて著作権がある、といったものではない。第一、「勧進帳」の著作権など言い出したら、能楽のほうへいちいち挨拶するのが筋になってしまう。

少し考えた高麗蔵は、

「福さん、あんた大阪へ行って、鴈治郎に会って来ねえか」

と言った。

「あ、私がですか」

「そう。こういう話は男が出たほうがいい。それにあんたは養子だから、姑と女房が強硬で、と言えば、鴈治郎も折れやすい。それと、六月、初日が開いてから行くんだ。鴈治郎だって、こう、予告をしておいてまるっきりやめにすると顔が立たねえよ。しかしまあ、とりあえず電報を打っておくんだな」

というわけで電報を打ち、しかし埒が明かない、という格好で、福三郎は初日の開いた一日に斎藤弁護士を伴い、新橋を発って大阪へ行き、鴈治郎に会った。

鴈治郎は、

「成田屋さんとはつきあいもあって、心安だてに始めてしまったが……」

と言い、楽しみにしていた客もあるから、五日までやらせてほしいと談判、福三郎と斎藤は、まさと実子宛に詫び状を書いてくれるよう交換条件を出して、話はまとまった。

しかるに、この時、鴈治郎が、福三郎に少し惚れ込んだ。以後、福三郎と鴈治郎は、細々と交流が続くことになる。

一方明治座では、左団次は二日目から休み、病を押して五日目から出るには出たが、ほとんど顔を見せるだけといった状態で、楽までし遂げたが、すでに重い病気だった。

一方歌舞伎座は惨憺たる状態で、何しろ井上竹次郎が八百蔵と意気投合して、八百蔵が「私一人になってもやり遂げます」などと言うが、八百蔵では客は呼べない。八百蔵が事実上座頭なので、羽左衛門や梅幸も嫌になって抜けてしまい、栄三郎も役不足で抜けた。

高麗蔵は六月、七月と東京座だが、七月は明治座を鈴木金太郎が借り受けて東京座と掛け持ちで出ていた。この頃、市川米蔵という役者が、廃業して振付師になりたいと言って勘右衛門のところへ相談にきた。米蔵は劇評家の評価も高かったのだが、それは劇評家にご馳走をしたりして書いて貰っていたので、もうそのカネが続かなくなった、というのであった。そして勘右衛門の弟子になって藤間勘寿郎を名のった。

左団次は七月半ばに赤十字病院へ入院したが、いよいよいけないというので二十八日に新富町の自宅へ帰り、八月七日、六十三歳で死んだ。「団菊左」の三人が、二年の間に相次いで死んでしまったのである。

九月の東京座では、すでに新派が上演したことのある徳富蘆花の『不如帰』をやることになり、竹柴晋吉が新たに脚色した。これは観客に投書募集して決まったものである。

『不如帰』は、海軍士官の川島武男と結婚した片岡中将の娘浪子が結核に罹り、日清戦争で武男が出征している間に離婚を強いられ、武男を慕いながら死んでいくという、いわゆる「新派悲劇」で、武男を高麗蔵、浪子を芝翫、片岡中将と、浪子に横恋慕する千々石《ちぢわ》という士官を猿之助が演じた。また二十五歳になる坂東勝太郎が、この時三代坂東秀調を襲名した。

新派劇は大阪を根城としており、この頃京阪では大谷、白井の松竹兄弟が興行師としてのし上がっていた。明治期の文化は、大阪から始まったものが少なくなく、朝日新聞や毎日新聞も、もとは大阪の新聞であった。

團十郎や菊五郎も、散切物や風船乗りなどの現代ものはやったが、小説が原作となると、村井弦斎のものなどがあったけれど、これはやはり歌舞伎の新時代を感じさせるもので、洋服の衣装は三越に頼んで誂え、それで三越衣装部というものが出来た。

何しろ女の百万読者がいる作品だし、武男という名が「軍神」広瀬武夫を思わせるし、旅順など戦争の場所は今回と近いしで、入りは良かった。実母のりょうも、高麗蔵の愛人たちも、今度『不如帰』をやると言うと興奮してあれこれしゃべったくらいで、高麗蔵としても嬉しかった。これは芝翫の浪子が圧倒的な評判であった。

幕切れで、死んでしまった浪子の手紙をポケットから出して読み、武男は涙に暮れるのだが、十日ほどして、ポケットを探ると手紙がない。ほかのポケットも探したがない。やむなく、出てきた紙切れを手紙に見立てて読み始めたのだが、これでは勧進帳だ。しかも、手紙には本当に書いてあったから全部覚えていない。「もはや最後も遠からず覚え候《そうろう》まま一筆《ひとふで》残しあげ参らせ候。今生にては御目もじの節もなきことと存じおり候ところ天の御憐にて……」

と読み始めたのだが、何しろ観客はよく原作を読んで覚えているからごまかしが利かない。声を小さくしたり、涙に詰まって声が出ないふりをしたりしてごまかした。

楽屋へ帰ったら大笑いされた。

「いや、『勧進帳』の「そーれつらつらおもんみるに」なら覚えていますさ」

「それをやりゃあ良かったんだ。明日の新聞に出るぜ。「高麗蔵、浪子の手紙で勧進帳」って」

と芝翫が笑いながら言う。

歌舞伎座では、もはや嫌われ者の井上が引っ込むしかなく、田村成義が支配人となって、梅幸と羽左衛門に戻って貰い、十月の幕を開けた。

一方、東京座は、『不如帰』が当たったのに味を占めて、また現代小説ものを出そうということになったが、その前月、大阪の弁天座で鴈治郎が幸田露伴の『五重塔』をやっており、それを晋吉が脚色してやることになった。

『五重塔』は、二人の大工を中心とした芝居なので、主役ののっそり十兵衛を高麗蔵、ライヴァルの川越の源太を猿之助がやった。女房役で芝翫も出そうかと思ったが、芝翫が高麗蔵の脇に回るのを嫌がったので、藤本藤蔭《とういん》の『藤の一本《ひともと》』を原作に脚色した「烈女於藤伝」を一番目にして芝翫はその主役をやった。

こうして、現代小説の劇化が、東京座と本郷座で行われるようになったことから、本郷座に拠る高田実は東京座の鈴木金太郎を呼んで、春に双方で、菊池幽芳《ゆうほう》原作の『乳姉妹《ちきょうだい》』をやったら話題になるぞと、話を持ちかけた。

鈴木が承諾すると、では東京座から先に発表してくれと言われたので、鈴木は話を持ち帰り、高麗蔵に高浜、芝翫に君江と役割を定めた。新派側では、高田が高浜、河合武雄が君江ということになった。

高麗蔵は、高田実と比べられるのは困る、と言ったともいうが、実際現代ものでは、歌舞伎は新派に対して太刀打ちできないものがあった。芝翫はその点強気であり自信家でもある。だが高田に対して高麗蔵が劣ったということはなく、むしろ芝翫の演技が重苦しいというので不評だった。だが東京座のほうが評判はよく、本郷座のほうが客の入りがよくて、新旧両派の「乳姉妹」対決は引き分けに終わった。

この時、三越呉服店が芝翫のための舞台衣装を担当することになり、三越の宣伝雑誌『時好』の口絵に舞台写真を載せたいというので、三越専務の高橋義雄から川尻清潭に相談があって、清潭が舞台の扮装の芝翫と高麗蔵を撮影したのだが、その構図が高麗蔵の気に入って、何枚も焼き増しを頼まれた。そこでこれを絵葉書として二、三種の構図のを売り出したのが、役者の舞台写真、のちのブロマイドの始まりになったという。

「プロマイド」というのは、大正末にマルベル堂が売り出した俳優写真の名称だが、それ以前からあって、特に高麗蔵は、西洋の絵葉書に目をつけて、各国の名優の素顔と扮装、舞踊、裸体写真、接吻写真、漫画集、影絵集、人形集、風景から、馬や犬などの動物、鳥獣虫魚、さらには仕掛けで絵の動くものまでおびただしい数を集めて、アルバムに分類してまとめた。

さらに高麗蔵は、一月に歌舞伎座に出ることが決まった。東京座とのかけもちである。井上竹次郎は、高麗蔵の復帰を認めたわけを訊かれて、

「高麗蔵は、親孝行者なんで、憎めない」と言った。これは、藤間の養父母に対してということで、高麗蔵は養父母に孝養を尽くす孝行者だと思われていたらしい。しかしいつまでも結婚せず跡継ぎができないのはどうだったのか、気になるところである。

明治三十八年（一九〇五）一月一日、長い戦いになっていた旅順が陥落し、ロシヤの将軍ステッセルが降伏し、五日に水師営《すいしえい》で乃木大将と会見し、停戦文書に調印した。国民は安堵して、景気が回復、劇場にも客が戻ってきた。歌舞伎座では高麗蔵は「望月」と「幡随長兵衛」の主役をやるほか、切りでは、久しぶりに「かっぽれ」つまり「初霞彩住吉」を踊った。高麗蔵が高坊主、八百蔵が八坊主、羽左衛門が橘坊主、梅幸が梅坊主、澤村訥升《とっしょう》（紀伊國屋）が紀の坊主、菊五郎が菊坊主、松助が松坊主、吉右衛門が吉坊主、八十助が八十坊主となったバカバカしい踊りで、正月気分が横溢した。

夏目金之助は、漱石と名のって、俳句雑誌『ホトトギス』に「吾輩は猫である」の連載を始めた。『乳姉妹』の時に縁故ができた赤星国清という男があり、明治十五年宮崎県延岡生まれの二十四歳、東京音楽学校を中退して済美《せいび》音楽学校を設立し、今は同校幹部で、ヴァイオリンやピアノを教えていた。この赤星が、「露営の夢」の上演を勧めたのである。

「露営の夢」は、徳川時代に『源氏物語湖月抄《こげつしょう》』を著した北村季吟《きぎん》の子孫の北村季晴《すえはる》という音楽家が作曲したカンタータであり、戦場に出ている兵士が夢のうちに故郷へ帰り母に会うが、敵襲に遭って夢から覚めるというもので、前年五月に慶應義塾のワグネル・ソサイエティーによって上演されて話題となり、現在あちこちで演奏されている。これを歌舞伎の舞台でやったら話題になるのではないかと言うのである。

そこで、赤星に連れられて、旅順祝勝で東洋婦人会が演奏するのを聴きに行った。

「しかし、これは舞台で演劇として上演するものではないのでは」

高麗蔵は言ったが、赤星は、いや国民は勝利間近とみて沸き立っている。これは是非やるべきです、と言う。

そこで高麗蔵が田村成義に相談したところ、歌舞伎座でやってみてはと了承を得たので、高麗蔵は準備のため、赤星の紹介で声楽のレッスンに通い始めた。

亡き守田勘彌の娘の坂東玉三郎は、貞奴の成功に刺激されたか、アメリカへ渡って巡業していたが、急な病のため二月十四日、セントルイスで二十一歳で客死した。知らせを受けた日本の役者たちは、これを哀れみ、盛大な葬儀を営んだ。一方貞奴は女優養成所を設立したが、日本では依然として、女が舞台に立つのは売春するに似た恥ずべきことだという風潮があり、女優の養成は遅れた。新派でも女形が立つようになり、後年まで続いた。

二月十四日からの歌舞伎座では村井弦斎の「食道楽《くいどうらく》」「阿古屋」が演じられた。芝翫は次に、東京座で「魔風恋風」をやりたいと言い出した。ヒロイン萩原初野を芝翫、高麗蔵がその恋人の夏本東吾をという目算である。

ところが高麗蔵が承知しない。養母のみつが新派ものを嫌っているからという。そこで『二六新報』の岡鬼太郎に高麗蔵を説得させようというので、新富座で見物していた岡を見つけて、芝翫の奥役の森成が岡を猿家へ連れ出して、先生が高麗蔵にぜひ出てやれと言えば承諾するに違いないから説得を頼む、と言ったのだが、岡も寝耳に水で驚き、森成とともに築地の芝翫の家まで行って使者を断った。だが芝翫が平伏して繰り返し頼むので、岡も負けて承知し、その脚で歌舞伎座の楽屋へ高麗蔵を訪ねた。

「食道楽」の打ち出し後に、岡は三十間堀の富貴亭へ呼んで話をした。高麗蔵は再三辞退したが、これまた根負けして、よろしいそれなら母は説得しましょうと言って応じた、という。

それで三月には東京座で「魔風恋風」が上演されて、この時期は高麗蔵―芝翫での小説原作もの全盛の趣きを呈した。

さて「露営の夢」の稽古は赤星とともに続けていたが、上演の五日ほど前になって、作曲者の北村が現れ、その稽古は間違っていると言い出したから、赤星は面食らって、高麗蔵も困ったが、もう広告も出しているから今からやめるわけにいかず、即成で北村の指導の下で稽古をやり直したが、おっかなびっくりの開演になってしまった。これが、日本の創作オペラ第一号と言われている。

歌舞伎座は三月二十九日開演で、「妹背山婦女庭訓」「御所五郎蔵」に続いて、中幕として「露営の夢」が上演された。もとのカンタータでは主役は無名の兵士だったが、高麗蔵が主役の兵曹長・倭勇《やまといさ》夫《お》、母が尾上菊三郎、隊長が吉右衛門、伝令が市川新十郎、軍隊調練が片岡市蔵で、慶應義塾ワグネル・ソサエティ合唱団がつき、北村が六、七人の洋楽団を蔭で指揮したというから、オペラと言って差し支えあるまい。はじめに客席を真っ暗にして客を驚かせてから幕を開き、青い光で照らし出すという演出で、まず戦場を出して台詞を言ってから、舞台が変わると勇夫が馬に乗っており、ここはどこかと思っていると故郷の家が見えてきて、母が出てくる。この時、北村の妻初子が、蔭で母の歌を歌っていた。

高麗蔵は確かに改革派だったが、これまでいわゆる新派劇をやってきて、新しいというのはこういうことではないだろうという不満があった。高麗蔵は踊りの家に育ったが、踊りには伴奏音楽がつく。この音楽からして改革しなければいかんだろうと思ったのである。日本人がいわゆる西洋音楽に触れるのは、教会で聴く賛美歌や、軍歌がはじめである。高麗蔵はソシアルダンスを習った時にも、オルガンで演奏される西洋音楽を耳にして、面白いなと思っていた。

あるいはその頃、キリスト教系の「救世軍」という組織が出来て、山室軍平などが率い、軍人の身なりをして吉原あたりでバンドを組んで行進し歌を歌っていた。「そはは らかを滅びより 救わんためのいくさなり 引くな進めよ救世軍」という、これを「ごんべさんの赤ちゃんが風邪ひいた」の曲で歌うのである。これはもっぱら廃娼運動だから、猿之助などは「うるさくてしょうがねえ」とぼやいていたが、高麗蔵はそのメロディーを面白いと思っていた。そういう下地があってのことだが、歌舞伎俳優が歌舞伎座で西洋音階の歌を歌ったというのは前代未聞で、好評だったようである。

この上演は好評で、最後の二日はソソリで勇夫の役が菊五郎に与えられたが、菊五郎はあまり歌詞を覚えていなかった。五月五日から九日まで歌舞伎座で行われた義勇艦隊創設大演藝会でも再演された。しかし新聞では酷評された。ダークの操り、酔っ払いの謡曲、幽霊の散策、風船玉の迷子、骨なしの一人運動などさんざんに言われ、高麗蔵がこういった試みを繰り返すことはなかった。赤星は、のち坂上要《よう》という女性と結婚し、赤星ようは、のちに四代目杵屋弥七を襲名する。

五月一日からは東京座で逍遙の「牧の方」が上演され、芝翫が牧の方を、高麗蔵が北条義時を演じた。これも逍遙が團十郎と菊五郎にはめて書いたものだった。一幕目の幕切れで、高麗蔵が一人舞台になり「心外一物なし、仁義骨肉、観すればみな方便」と台詞を言って、花道へ入りながら長ぜりふの後半を言ったが、初日にこれを観た逍遙から駄目が出て、二日目からは本舞台で腰かけたまま最後まで言うように改めた。

二十二日からは歌舞伎座で、菊五郎三回忌・坂東家橘十三回忌として、「白浪五人男」などが演じられ、高麗蔵は日本駄右衛門を演じ、六代目菊五郎が初めて弁天小僧を演じた。まだ二十一歳の菊五郎には早いと反対意見も出たが、押し切ってやった。

ロシヤはバルチック艦隊を派遣しており、いずれ日本近海で日本海軍と激突することが予想され、日本国民はじっと待っていた。バルチック艦隊は、日本の同盟国である英国が管理するスエズ運河を通らず、喜望峰を回ってやってくるはずだった。

二十七日午後四時過ぎ、日本連合艦隊がバルチック艦隊を破り、翌日まで逃走する旗艦を追撃し撃沈した。だが国民には公表されなかったので、この時国民は何も知らずにいた。二十九日朝になって、大本営は勝利を発表した。各新聞社では万歳の声が響き渡り、号外が出ると日本中が沸き返った。海戦を指揮した東郷平八郎大将は英雄となり、「天気晴朗にして波高し」と打電した若い士官の秋山真之《さねゆき》も広く知られた。「頑張る」という言葉が流行した。

そのあと芝翫は大阪へ行き、高麗蔵は六月一日から東京座で、鳥居常右衛門と毛剃を演じ、七月も東京座で文覚上人と「水滸伝」の史進《ししん》を演じた。この時は高麗蔵が書き出し、猿之助が止めで、猿之助は高野長英を演じた。

八月は京都の南座へ行って、五月歌舞伎座の演目を再演した。松華楼に泊まった高麗蔵は、そういえば十五年前に、ここで実父に会ったんだっけなあ、と感慨に耽った。

祇園へ行くと、これはもてた。歌舞伎の人気役者でいい男なのだから当然で、世間では軍人がもてはやされる世の中だったが、こればかりは別である。八月末に芝居が打ち上げて、役者がぼつぼつ東京へ帰ってからも、高麗蔵は流連《いつづけ》して遊び続けた。この時馴染みになったのが、饗場《あえば》おゆうという藝妓で、元京都市長だった内貴《うちき》甚三郎の愛人だったが、その頃は切れていて、ほどなく高麗蔵の娘を産んだ。時子と名づけられた。

日露の戦は、米国が間に立って講和条約が結ばれることとなり、外務大臣の小村寿太郎が米国のポーツマスへ出発していた。

九月五日になって、日露講和のポーツマス条約が結ばれ、その内容が明らかになると、国民は激昂した。国民は勝った気でいるから、賠償金と、樺太全土の割譲くらいを予想していたのが、賠償金もなく南樺太の割譲だけだったからである。実際には、日本軍はもう戦争を続ける余力はなく、シベリアのロシヤ陸軍が動き出したら負ける状況にあった。国民はそれを知らず、政府としてもロシヤに知られてはまずいので勝ったと宣伝していた。

六日、日比谷公園で条約に対する抗議集会が開かれたが、激昂した参加者は暴徒と化して警察署や交番を襲撃し焼き討ちした。各新聞はこぞって条約を非難したが、政府と近い「国民新聞」だけは条約を支持したため、同社も焼き討ちに遭った。

翌日の新聞でこの事件を知った高麗蔵は、汽車の時刻を問い合わせると、そそくさと帰京した。家族や朋輩が心配だったからだが、汽車の中でも、口角泡を飛ばして、「弱腰外交だ！」と議論している者がいた。

（これ以上、戦は続けられなかったのだろうな）

高麗蔵などは、福地からの情報が入るので、ある程度は内実を知っていた。日清戦争の和平交渉で、清国の李鴻章が下関に来た時、襲撃されて、天皇が勅語を出してこれ以上の襲撃を止めたことがあった。

日比谷事件でも、勅語を出すかという案もあった。だがそれでは、戦力がないことがロシヤにばれるという意見もあった。そんなことはとうにばれているという意見も出たが、やめにすることにした。

六日と七日は、戒厳令が敷かれ、市内騒擾のため、各劇場は休みになった。

九月は大阪で、中座、弁天座、朝日座の三座が「不如帰」の競演を行っていた。弁天座で芝翫が浪子、朝日座が新派だった。

歌舞伎座では九月末から、團十郎の追善興行をやることになり、新歌舞伎十八番のうちから、「高時」「大森彦七」「勧進帳」「矢の根」をやることになった。久しぶりに猿之助が出ることになったのだが、そもそも井上が市川宗家、つまり未亡人のますに話を持ち込んだ時、ますは井上が、「紅葉狩」のフィルムを堀越家に渡すと言ったのに渡さなかった、それで團十郎が死んだ時に貰いに行ったら、井上が七十円とったということがあって断ったのである。一方猿之助は、川上音二郎から、團十郎の銅像を造れ、そっちでやらないなら自分が造ると挑発され、八百蔵に相談したら、それは井上に任せてあると言われ、寿美蔵、團十郎の義弟の河原崎権之助と協力し、高麗蔵と相談して、役者は無給で、純益を銅像製作に使うということに決め、市川宗家の許しを得た。つまり功労者だった。

ところが井上がこの公演を妨害しようとして、梅幸と羽左衛門を関西巡業に出した上、八百蔵までつけたから、猿之助らは、八百蔵を説いて、開演までに戻ってくるようにした。

「勧進帳」の、富樫は莚升、義経は女寅と決まった。問題は弁慶で、團十郎門下で弁慶が出来るのは猿之助か高麗蔵だから、二人が日替わりで弁慶をやるという案が出た。ところが、猿之助夫人が乗り込んできて、

「藤間さんはまだ若いから、この先いくらも弁慶をやる機会はおありでしょう。うちの人はもう四十半ば、ぜひ通してやらせてくださいませ」

と、涙を流して田村や井上を口説いた。猿之助の妻は喜熨斗古登子といい、吉原の大店・中米楼の娘として生まれ、今も澤瀉楼を経営している女傑で、のちに『吉原夜話』を口述筆記させた人で、その言うことはおろそかにはできないのである。結局、堀越まさに裁断を仰ぐと、猿之助にやらせろということで、猿之助が通してやることになり、代わりに大森彦七を、猿之助、高麗蔵、寿美蔵の三人が交替でやることになったが、寿美蔵が病欠したので、高麗蔵と猿之助の交替になった。しかし高麗蔵からすれば、猿之助に恩を売った形になったとも言える。あと「高時」も高麗蔵である。

「大森彦七」は、最近上演されないが、南北朝時代の話を櫻痴が團十郎のために書き、踊りの部分を勘右衛門が振り付けをしたもので、北朝の大森彦七が楠木正成を討ち取るが、楠木の娘・千早姫（この時は女寅）が父の仇討ちと、家宝の剣を取り戻すために忍び込むが見表され、しかし彦七は、楠

木は覚悟の自害をしたものだと説明し、千早姫が納得したあと、剣を譲ってこれを逃がしてやる。そこへ道後の左衛門という武士が加勢に来るので、彦七は鬼女にとりつかれて狂った振りをして馬で走り去るが、最後が舞踊になっている。

高麗蔵は「大森」の書き抜きを持って川尻清潭《かわじりせいたん》のところへ行き、この狂言について知っていることは何でも話してくれと言って、川尻が言うことをいちいち書き込んで熱心に研究した。

最後に、実子と扶伎子が「二人道成寺」を踊ったのだが、これも一悶着あった。そもそも実子、扶伎子については、さる人物が堀越家を訪れて、実子を團十郎、扶伎子を海老蔵にして、舞台へは出さずに飾りとしておいて、のち息子でもできたら團十郎にしたらよかろうと言ったことがある。

その後、西園寺公望が團十郎びいきで、女優養成の必要を感じたところから、堀越姉妹を駿河台の邸に招いて、女優になってはどうかと勧誘した。扶伎子は承知したが、実子は、夫に相談してからと答えた。福三郎に相談すると、福三郎は、自分は構わないが実家の稲延家には黙っていようと言い、ついで西園寺が團十郎の門弟たちを自邸へ呼んで女優の必要性を説き、堀越姉妹も承諾した、と話をした。門弟らは驚いたが、西園寺の言うことなので黙っていた。

その結果、こうして舞台に昇ることになったのだが、開演の二日前になって、果たして福三郎の実家の稲延家から、銀行員の妻が舞台に立つのは外聞が悪いと苦情が出たというのである。福三郎が実家に問い合わせてみると、これまた井上の差し金だったらしく、稲延家に交渉したが埒があかず、遂に團十郎びいきの前橋の下村善右衛門という人に使いをやって稲延家を何とか説得した。

「井上ってやつは歌舞伎座をつぶしたいのか！」

猿之助はかんかんだった。高麗蔵も、井上の今度のやり方はひどいと思った。

しかし、井上と田村の関係がよく分からないが、田村としては、歌舞伎座を抜けた芝翫の両脇には猿之助と高麗蔵がいるから、この二人を有利な条件で引っ張って芝翫を孤立させようとしたという説もある。

團十郎追善口上は、口上看板を福地櫻痴が書き、最初に寿美蔵がやる「岩窟景清」のあとに、一門、親族が並んだ。中央に堀越姉妹が紫帽子に白の振袖、柿の裃を着て座り、寿美蔵、八百蔵、高麗蔵、宗三郎、団吉、女歌舞伎の市川九女八《くめはち》、小団次、猿之助、莚升、女寅、新十郎、升蔵、その他総勢が並び、主立った者が口上を述べた。高麗蔵は「である」調でやった。

戦争が終わって国民もほっとしており、ごたついた割にさすがにこの興行は大入りで、二日日延べして十月九日に打ち上げ、一同は青山墓地に詣でて報告をした。

「大森彦七」は櫻痴の作だから、作者部屋へ来ていた櫻痴のところへ田村が行って、上演料として包みを出した。櫻痴は、ふふんと言って手にしたが、百円という大金が入っていると知って、

「高麗蔵はうまくやっているじゃないか」

とお世辞を言ったという。この頃櫻痴は借金を背負って、こんなお世辞まで言うところまで落ちぶれていたという噂話である。だがそのあと櫻痴は、糖尿病に結核を併発して、病に倒れた。

十月二十二日からは東京座でまた「己が罪」を、大阪から戻った芝翫、訥升、猿之助と上演し、かけもちで十一月二日からは歌舞伎座で、梅幸、羽左衛門が巡業から戻って参加し、高麗蔵は河内山を羽左衛門の直侍で、また京人形を踊った。これは吉右衛門の名題昇進興行でもあって、吉右衛門は若

い時から井上竹次郎にかわいがられており、役もいい役を早くからつけてもらっていた。まだ二十歳である。

「高麗屋の小父さん、よろしくお願いします！」

などと言う。

「おじさんはないだろう。兄さんだ」

「あっ、すいません、兄さん」

しかし考えてみたら、自分が二十歳のころ、十五歳上の役者を「小父さん」と呼んでいなかったかと考えてみたら、呼んでいたのである。

（それだけ俺は年をとったんだな）

と、高麗蔵は感慨に耽った。

しかし、年相応に、というか団菊亡きあと、歌舞伎座でも主役を張れるようになったのは確かだ。だが、人気はあっても、劇評家からの評価はいま一つで、台詞がよく分からないと常々言われる。大声を出す時はいいのだが、小声で話す時に声が通らないらしい。義太夫もやってはいるのだが、うまくいかない。猿之助らに相談しても、

「喉の問題か知れねえなあ」

と言う。猟銃事件の時に吹っ切れたと思ったが、まだ何か残っているらしい。いっそ喉の切開でもしたらどうかと、帝大病院を訪ねてもみたが、それは保証できないからそんな手術はできないという。声がどうしようもないなら、それ以外のところで補うほかない、というわけで、踊りはもとより、

高麗蔵は化粧について熱心に研究し、文章にしたこともあった。女性日本画家の野口小蘋《しょうひん》に絵を習っており、そこから化粧の研究へ進んだのである。

十一月二十三日から東京座で「忠臣蔵」を掛け、芝翫が大星、高麗蔵は勘平をやった。芝翫と高麗蔵は、次狂言の選定のため、浜町の料亭・小常磐へ川尻清潭を呼び、何かいい原作小説はないかと訊くと、清潭は、渡辺霞亭《かてい》とか武田仰天子《ぎょうてんし》とかの新聞小説の筋を話す。だが芝翫が、

「これは前後の狂言が決まっていて間に挟むので、短いものがいい」

と言うので、中村春雨《しゅんう》（吉蔵）の短編集『角笛』の中の「木枯《こがらし》」を勧めた。これは軍人と、日清戦争の未亡人の赤子を連れたのとが出会い、赤子が軍人の胸につけた勲章をほしがるので与えるという甘いもので、軍人を高麗蔵、未亡人を芝翫と役割まで決めて、竹柴晋吉に脚色させたが、

「なんかこれァ古くさくないか」

と芝翫が言い、高麗蔵もいくら甘いものでも甘すぎると思ってお蔵入りになった、などということもあった。

明治三十九年（一九〇六）一月四日、福地櫻痴源一郎が、持病の糖尿病に結核、肺炎を併発して六十六歳で死去した。葬儀は八日に行われ、伊藤博文、井上馨、板垣退助、桂太郎ら政治家に、八百蔵、猿之助、高麗蔵ら俳優たちも参列した。

一月に歌舞伎座公演があったあと、天皇に勲章を授与するために来日した英国のコンノート公爵を歓迎するため、二月二十四日の一日だけ、歌舞伎座で公演があり、劇場は借りものの特別興行なので、久しぶりに芝翫が出た。渋沢栄一、益田孝らの東京実業家団体によるもので、益田の次男の太郎が、

益田太郎冠者の名で新作狂言「昔語日英同盟」を書き下ろした。これは家康とウィリアム・アダムズこと三浦按針《あんじん》を描いたもので、芝翫が家康を、高麗蔵が按針を演じた。

ここで高麗蔵は、「日本に来た西洋人」を演じたことになる。果たして例の「ワタシ、アリマス」式の西洋人言葉を使ったのかどうかは確認できない。あとで高麗蔵と芝翫は、この時の写真を写真帳にしてコンノートに寄贈したため、英国から礼状と金一封を貰った。

ところがこの公演は、開演が遅れたり、途中で停電があったりして、コンノートは別の用で途中退席せざるをえなかった。これをきっかけに、慶應義塾系の実業家たちの間で、新劇場建設の話が持ち上がり、帝国劇場へとつながることになる。

坪内逍遙は、明治二十年前後には、文学界の新進として活躍したが、小説の筆も折り、教育者として活動していた。根津遊廓の娼妓を妻としていたが、藝妓を妻にする者は政治家でもいくらもあったけれど、娼妓というのは逍遙だけである。不眠症の持病もあった。それがここへ来て自作戯曲が上演され、演劇への情熱が甦ったようである。一月からは弟子の島村抱月が第二次『早稲田文学』を復刊し、二月に逍遙は文藝協会を興して、芝の紅葉館で「沓手鳥孤城落月」「新曲浦島」などを上演した。踵を接して、三月二十日から、東京座で、高麗蔵、猿之助、芝翫らで「沓手鳥」を上演する。芝翫の淀君、高麗蔵の秀頼、猿之助の且元である。

歌舞伎座では榎本虎彦が立作者となり、四月十五日には、市川猿蔵が四十歳で死去、五月八日には寿美蔵が六十二歳で死去した。四月の歌舞伎座公演では、勘彌の遺児の八十助が七代坂東三津五郎を襲名した。

新喜楽の女将《おかみ》のとりなしもあって、五月二十七日からの歌舞伎座公演で、芝翫が復帰した。「助六」「勧進帳」と、團十郎の演目をやることになり、高麗蔵は初めての弁慶、八百蔵が富樫、義経は訥升である。助六は羽左衛門で、三浦屋揚巻が梅幸、曽我の満江《まんこう》が芝翫、高麗蔵は白酒売《しろざけうり》でつきあった。だがこれでは芝翫が不満で、一番目に榎本虎彦の新作「南都炎上」をやり、その主役平重衡を芝翫にした。

こうして高麗蔵の、生涯千六百回演じたという弁慶の第一歩が始まるのである。團十郎没後の堀越家では、衣装持物一切を堀越家から借りて、二十五日で三千円を同家に支払う取り決めになっていた。

養父・藤間勘右衛門は六十七歳になった。七月一日から四日まで歌舞伎座で、一世一代の温習会を開き、高麗蔵も出演した。藤間を名乗る舞踊家には、女性の藤間勘十郎がいて、この時五十前、菊五郎の踊りの師匠であった。いずれが家元とも定まってはいない。さらに藤間勘兵衛という名跡があったが、徳川時代以来女が引き続き名のって、今では絶えている。

この勘右衛門という人は偉大な人物で、冬の寒い日にも朝から起き出して、衣服を整えると神仏に祈願し、それから稽古場に出て、弟子たちを指導すること熱心かつ丁寧で、また自らも藝を磨くことを怠らなかった。高麗蔵は幼い頃から見ていたので、始めはこれが普通かと思っていたが、次第に、世間の人はこんな風にしないものだと気づいて、養父への尊敬の念が強まった。養母もまたよくできた人だった。だが、そういう養父母を持ち、團十郎を師匠に持って、自分はそういう身の冥加に値する藝人になりえているかと考えると、脚のほうからじわじわむず痒くなるような不安も感じるのであった。勘右衛門はまた、新舞踊運動を起こした坪内逍遙の信任も厚かった。

高麗蔵は、勘右衛門の名はどうするのか懸念していた。傑出した弟子があればそれに継がせるが、そうでないと自分が、歌舞伎役者にして踊りの師匠を兼ねることになる。

温習会のあと、高麗蔵は勘右衛門夫妻と、静養のため箱根塔之沢の鈴木旅館に滞在した。すると同地の新玉の湯に、友人の川尻清潭が、養父の川尻宝岑夫妻とともに滞在していて、高麗蔵が来ていると聞いた清潭が訪ねてきて、勘右衛門と三人で芝居ばなしに花が咲き、夕飯も食べて清潭が帰ると、宝岑が「どこへ行っていた」と訊くので答えると、宝岑は、では明日こちらへ高麗蔵を呼びなさいと言い、翌日帰京の予定だったのを日延べして、高麗蔵と川尻父子とでまた芝居話をした。宝岑は六十四になり、團十郎のために多くの脚本を書いた人である。

川尻一家が帰ったあと、高麗蔵は、勘右衛門と富士登山に出かけた。菅笠に金剛杖を突いての姿で、帰京してから高麗蔵はその同行二人の姿を絵葉書に書き、清潭に送った。清潭はここから、肉筆絵葉書の蒐集を始めることになる。

その頃、勘右衛門の弟子になった女があり、小柄だが美人でもあり、踊りも筋が良かった。訊いてみると、女團洲と言われた女芝居の市川九女八（粂八）の弟子だった女で、川上音二郎の『オセロ』にデズデモウナの侍女の役で出たこともあり、佐佐木信綱について短歌を学んでいるという、変わった女だった。内田静枝という藝名があるという。以前は新潟でも藝者をしていたが、文学藝者と呼ばれていたという。新潟の養母に、三年と起源を切ってカネをもらい、踊りの研究に東京へ出てきて、上野動物園の裏門そばの花園町の煙草屋の奥の六畳に間借りして自炊しながら、毎朝六時になると藤間へ来て門が開くのを待っている熱心な生徒だった。

高麗蔵は、この内田静枝に、最近なんか面白い小説があるかい、と訊いてみた。静枝はすぐに、「あっ若師匠、それなら夏目漱石先生の『吾輩は猫である』と、島崎藤村先生の『破戒』です」と言うから、へえそりゃどんな話だい、と聞いて、借りて読んでみた。『猫』は上巻だけで、まだ連載中だというが、何だかちゃらっぽこ話めいていて、面白いんだか落書きなんだか分からなかった。ところが『破戒』のほうは面白くて、一日で読んでしまい、えらく感心した。これは芝居になるかなあと考えて、場割まで想像して、幕切れで丑松と志保が花道を下がっていくところも思い描いたが、どうもちょんという柝《き》が合わない。こりゃあやっぱり新派劇のほうかなと思ったが、弦斎とか蘆花とか、天外、紅葉といった、これまでやった芝居の原作小説のどれとも『破戒』は違っていた。だから、こうして新しい時代が来るんだなあ、と高麗蔵は思ったことであった。

九月に明治座で、左団次の三回忌追善興行があり、息子の莚升が二代目左団次を襲名し、高麗蔵は芝翫、猿之助とこれに出て、「紅葉狩」で新左団次の平維茂《これもち》に対して戸隠山の鬼女を踊った。俳優連に嫌われた井上竹次郎は鴈治郎を大阪から連れてきて九月歌舞伎座に出し、ついで十月に井上の引退公演をすることになった。

鴈治郎は、京都の歌舞伎劇場をほぼ手中に収めた白井松次郎に万事任せていたので、この時、白井が上京してきた。演目は「心中天網島」で、鴈治郎が治兵衛をやるのだが、井上、田村が八百蔵と下阪した際、鴈治郎は八百蔵に、孫右衛門を頼む、と言っていた。ところが、東京座の経営が悪化したため、同座を根城にしていた猿之助夫人が田村を訪ねて、夫を歌舞伎座へ復帰させるよう頼んでおり、見返りに猿之助は地方巡業をして田村を儲けさせたのだが、五月の中座で鴈治郎の富樫に猿之助の弁慶で「勧進帳」をやり、その時鴈治郎が、やはり、孫右衛門をやってくれと猿之助に言っていた。

東京へ来た鴈治郎は、ほどなくこのミスに気づいた。かねて親しくしていた福三郎と、高麗蔵と猿之助とが、新橋の料亭で宴をもち、そこで猿之助に改めて孫右衛門を頼んだのは、福三郎と高麗蔵から、井上と八百蔵は仲がよく、井上が引退して芝翫が戻ってきた歌舞伎座では、八百蔵より猿之助をとるべきだと説得されてのことであった。

結局は猿之助が孫右衛門をやったが、八百蔵としては鴈治郎に恨みを遺した。高麗蔵は九月末から芝翫とともに東京座へ出たが、芝翫は「京鹿子娘道成寺」を踊り、歌舞伎座とともに大入りになったのは、戦争が終わって国民が娯楽を求めていたからである。

日本は北清事変に続いてロシヤを破り、西洋列強に伍した一等国となった。国民はそう思い、一部の知識人は、日本人の思い上がりを懸念した。

井上は歌舞伎座の株をすべて売り払い、買い取ったのは井上角五郎、大河内輝剛《てるたけ》、藤山雷太らで、大河内が社長となり、田村成義は営業相談役となった。大河内は、高崎の殿様だった大河内子爵家の次男で、片足が不自由だったが堂々たる偉丈夫である。大河内は新橋花月《かげつ》に俳優たちを集めて、今後のことを相談した。高麗蔵のほか、芝翫、八百蔵、梅幸、猿之助、羽左衛門、訥升、鴈治郎が幹部技藝委員となり、委員長は芝翫が務めることになった。吉右衛門、菊五郎は準幹部である。芝翫は四十二歳になっていた。当時の俳優は、鉛を含んだ白粉をつけるため、鉛毒に冒されることがあり、芝翫も鉛毒に悩んでいたが、これで八百蔵を追い落として座頭になった、と思った。実際翌年から歌舞伎座公演の書き出しは芝翫、二番目が八百蔵になる。

「成駒屋の権力欲には驚くね」

女中が剥いてくれた柿を食べながら、藤間家の縁側で高麗蔵が言う。相手は福三郎だ。

「銀行だって同じですよ。あいつが先に課長になったとか、そんなことでもめてます」

「小さい世界でもそうらしいねえ」

「藤間の兄さんは、そういうところのない恬淡さがいいんですよ。だからまあ、兄さんを妬んだり恨んだりする者がない」

「ホントにないのかね」

「……どうですか。兄さんこそ徳川家康だって人もいるようですよ」

「ん？」

「成駒屋が豊太閤で、それが鉛毒で死ぬのを虎視眈々と待ってるんだって」

「ちょっ、俺が家康って柄かい。今度の慈善興行じゃ俺は真柴久吉、芝翫が武智（光秀）だよ」

「ああ、そういやそうでしたね」

例の内田静枝は、藤間の妻みよが世話して、生活のために新橋の沢海家から藝妓・八重として出ていた。高麗蔵は、そのうち静枝の八重に客として上がるか、と考えていた。

十月十八日に、帝国劇場株式会社発起人大会が開かれ、創立委員長に渋沢栄一、委員に福沢諭吉の次男の捨二郎、荘田平五郎、諭吉の女婿の福沢桃介《とうすけ》らがいた。桃介は、「ももすけ」と呼ばれ、川上貞奴の愛人として知られるが、実業家としても、ダムを建設して電力王と呼ばれた男である。

十一月は、高麗蔵は明治座と新富座をかけもちしたが、新富座では、守田勘彌の三男の坂東三田八が十三代守田勘彌を襲名した。これは菊五郎と同い年で、二十二歳である。

　こうして、大正から昭和にかけての「菊吉」時代の俳優たちが顔を揃えていく。羽左衛門、五代歌右衛門に、勘彌、梅幸といった若者たちだ。高麗蔵はその端にいる。

　十一月十日に、逍遥の文藝協会が歌舞伎座を借りて第三回公演を行った。「桐一葉」「ヴェニスの商人」と、歌劇「常闇《とこやみ》」である。土肥春曙、東儀鉄笛《とうぎてってき》らの出演だが、「常闇」の少女たちの中には、内田静枝も出演していた。

　十二月十日からは、岡山孤児院慈善演劇が歌舞伎座で上演され、高麗蔵も出演したが、その二日目、片岡市蔵が五十六歳で死去、翌十二日には、二代左団次が松居松葉とともに洋行に出発した。

　明治四十年（一九〇七）一月、歌舞伎雑誌『演藝画報』が創刊され、歌舞伎座も勢揃いで大当たりだった。猿之助の子の団子が三年ぶりに出演した。

「や、まあちゃん、久しぶりだね」

　と高麗蔵が声をかけると、団子はにっこり笑って、「よろしくお願いします」と言った。かわいいなと思ったが、十六歳になったという。

「学校ではどんな勉強をしたんだい」

「僕は、幾何や代数をよくやりました」

「へえ、そうかい。俺は若い頃、飛行機の設計に熱中したことがあったよ」

「あっ、そうなんですか。僕、また戦争があったら、軍人になって出征したいんです」

「そうかい。俺も若い頃、芝居なんかやめて軍人になろうと思ったことがあったよ」

「ええっ、僕とおじさんって似てるかも」

そんな話をしつつ、高麗蔵はちょっと眉を顰めた。

今では日本中の少年たちが、軍人になりたいと言っている時代だ。しかし政治家たちは、これを苦々しく思っていた。

伊藤博文は、日露開戦にも反対だったが、今問題になっている朝鮮併合にも反対していた。高麗蔵は、伊藤がそう言うのを聞いていたのである。

「戦争というのは、なるたけやらず、始めてしまったら勝つことに専心する。だが始めた時には、どうやってやめるか考えておかねばならん」

と伊藤は言っていた。桂から代わった西園寺公望も平和主義者だった。

一月興行は大入りで、二十五日の予定を五日日延べして二月十二日に打ち上げ、大河内は築地の新喜楽へ幹部俳優を招いて祝宴を催した。そのあと二十五日、西園寺総理官邸に俳優連が招待された。西園寺はその名が示すとおり公家の出身で、五十八歳。文化事業に熱心で、雨声会《うせいかい》というのを作って、文士を招待したりした。芝翫、八百蔵、高麗蔵、梅幸、羽左衛門らが招かれて、羽織袴姿で馬車に乗って、永田町の総理官邸まで出かけた。

三月は高麗蔵は歌舞伎座だったが、明治座で前の寿美蔵の養子の市川登升《とうしょう》が寿美蔵を襲名し、「墨塗り女」で披露した。この襲名については、市川宗家から名跡について注意があったが、円満解決し、登升が高麗蔵に相談に来て、

「何かいい披露狂言はありませんか」

と訊くと、

「これは僕がやろうと思っていたのだが……」

と言って「墨塗り女」の台本を貸してくれ、それを竹柴其水《きすい》が直して、「墨に縁あるその名も寿美蔵」の文句を入れてくれた。のち関西歌舞伎に移って寿海となる人で、この時は二十二歳。

四月の歌舞伎座では、「勧進帳」の弁慶を、猿之助と一日替りで演じた。富樫は初役の羽左衛門、義経は芝翫である。高麗蔵の弁慶は、鼻を鳴らすのが多く團十郎の真似だと言われたが、そうそう新しい弁慶ができるわけはない。しかし「臨兵闘者皆陣列在前《りんぴょうとうしゃかいじんれつざいぜん》」の最後を「前行」とやったのは、間違えたのである。

五月二十八日には菊五郎の結婚式が、品川の梅幸宅で、富貴楼主の媒酌で執り行われた。新婦はこれも新橋の藝妓三島屋勝利二十四歳、菊五郎が二十三歳である。

六月の歌舞伎座では、弟子の桃吉が、市川高麗三郎《こまさぶろう》を名のって名題に昇進した。二十三歳である。門閥ではないから、脇役ながら、番付に名前が出る。

八月は休みだったから、高麗蔵は人の勧めで、伊香保へ避暑に出かけた。高崎線で群馬県前橋駅まで行き、そこから鉄道馬車で渋川まで行く。高麗蔵は、鬘をつけるために登頂を丸く剃り、白い羽織を着ている。伊香保行きの馬車の中は東京の富裕層が多いから、高麗蔵の顔を見知った者もあって、「おい、あれ」「高麗蔵?」などというひそひそ声が聞こえるから、困ってソフトの中折れを目深にかぶった。

東雲館《しののめ》という宿屋に泊まって、持参した島崎藤村の『若菜集』という詩集を読み始めた。なかなか清新なものだ、と感心したが、いくらか退屈して廊下を歩いて行くと、向うから紺地の浴衣を着た美しい女が歩いてきた。髷からすると人妻らしいが、高麗蔵を見てはっとしたのは、やはり高麗蔵を見知っていたからだろう。高麗蔵は困ったが、そのまますれ違った。ところがほどなく、バタバタっと女が駆けてきて、

「あの、違ったら失礼ですが、市川高麗蔵さんでは」

と言う。ここで、いえ人違いです、と言ってしまえばいいのだが、ひいき客なら失礼だし、何より女が美貌だったから、つい、ええそうですと言ってしまう。女は、まあわたくし慈善興行の時に一度お目もじいたしました、いつもお芝居拝見しております、今日は何ですか避暑で、まあ、などと言って、名残惜しそうに振り返りながら行ってしまった。

高麗蔵は部屋へ帰って『若菜集』をとりあげたが、色っぽい詩を読んでいると、どうもさっきの女を思い出していけないから、『伊香保案内』を見てみたり、泉鏡花の『誓之巻《ちかいのまき》』なんかを読んでいた。それから温泉へ入りに行った。するとあとから入ってきた女がいて、あれっと思ったが、これは三人連れで、先の女とは違っていた。いかんいかんと思いつつ、ずいぶん長く湯に浸かっていたのは、先の女が来るかもしれないと思ったからだ。

夕飯が済んで、腹ごなしに踊りをやっていると、汗が出てきた。すると、ほとほとと襖を叩く音がする。仲居かと思って声を掛けると、襖がそろそろと開き、顔を出したのがさっきの女だ。高麗蔵は驚いて、手拭いで汗を拭きながら「どうしました」と寄っていくと、

「あの私……夕方主人がこちらへ参る予定でしたのが来られなくなりまして……あの一人でおりま

すと何やら寂しくなりまして」

などと言うから、敷居際では何ですからこちらへ、と座敷へ上げた。

高麗蔵も、あまりに外が静かなので、ちょっと怖くなっていたところだったから、ではまあしばらくここにいらして、世間噺でもしていらっしゃい、と言ったのだが……。

意馬心猿。世間噺で済むはずもなく、二人はその晩できてしまった。

女は実業家で、天下の糸平と言われた田中平八の孫の田中銀之助という、当時三十四歳の男の夫人で綾子という二十七歳の女だった。高麗蔵も、その男の名なら知っていた。新橋で派手な藝者遊びをしている当代名士だった。

だんだん聞いていくと、綾子は夫の藝者遊びに耐えかね、かねてひいきの高麗蔵がこの旅館にいるのを知って、口実を設けて忍んできたということのようであった。

当時は姦通罪というのがあるくらいだが、女はもう夢中である。翌日夫がやってきたが、東京へ戻ってから、二人は逢瀬を重ねるようになってしまった。高麗蔵も、素人女性は初めてだったから、いささか勝手は違ったが、女は女であった。

十月は歌舞伎座に出る。九月末に高麗蔵は新橋の藝妓茶屋へ行って、沢海家の八重を呼び出した。煙管に火を入れて待っていると、「こんばんわあ」と言って八重が来た。

「若師匠、ごぶさた」

「おう、元気でやってるかい」

八重はいきなり声を潜めて、

「……いえね、若師匠」

「若師匠は、ここじゃあやめてくれ。俺は金さんと呼んでくれ」

「じゃあね金さん」

あとから三味線が来るから、八重は急いで、

「噂ンなってますよ。糸平の、銀さんのとこの奥さん」

高麗蔵はどきんとしたが、おどけて、

「そりゃ、ぎっくり、ってとこだな」

「あら銀さん、このあたりじゃ顔ですからね。最近酔うと、コマゾウだかコマイヌだか知らねえが、とかぶつぶつ言ってるのよ。そりゃ自分は藝者遊びがお盛んだし言えやしないだろうって朋輩衆も言ってるし本人もそれゃ分かってるからあれだけど、金さん……あら、金さんと銀さんになっちゃった」

ぷっと、高麗蔵は吹き出した。

「笑いごっちゃないわよ、姦通罪だってあるんだから。訴えられたらこれよ」

いつの間にか言葉つきも変わって、八重は両手を手首で合わせてお縄の形にした。

「なァに、監獄ならいっぺん入ったことがある」

「あら、そうだったの」

そこへ三味線を持った藝者が二人入ってきたので、話はそれきりになった。

藝者に酒を差されて、ぐいっと飲み干し、八重、踊らないか、と声をかけた。これは、一緒に踊る、

ではない。

「あい……ええっ⁉」

八重は今さら気づいたという顔つきで、

「何だい、金さん、あんたいつも藝者を踊らせてるの？　藤間の若師匠のあんたが？　そりゃあんまりじゃござんせんか」

ほかの藝者も、客が高麗蔵なのは知っているから、にやにやして聞いている。

しかし八重は、この時同じ藤間門下で、新橋藝妓のお竜と名のる、藤間政弥の一派から激しい圧迫を加えられていた。政弥は八重の一つ上で、嫉妬も手伝って、八重を新橋から追い出そうとしていたのであった。

人妻一件も、冗談では済まなくなってきた。これはあまり人の知らない浜町の待合に、ストールで顔を隠した綾子がやってきて、それをとると、アザができていた。夫にばれて殴られたのだという。相手が高麗蔵であることも知れていて、姦通罪で訴えるか、女房から手を引いて賠償金を払うか、訊いてこいと言われたというのだ。さすがの高麗蔵も青ざめた。だが女のほうはいくらか精神に異常を来したか、一緒に死のうと言って、毒薬のようなものを持ち出したから、高麗蔵はほうほうの態で逃げ出した。

十月三日から歌舞伎座に出ることになっており、演しものは榎本虎彦作「葵上《あおいのうえ》」で、梅幸が葵上、芝翫が六條御息所、高麗蔵は横川《よかわ》の阿闍梨《あじゃり》である。しかし気もそぞろで、芝翫らが「高麗蔵はどうしたんだ」と思ったくらいである。

高麗蔵は弁護士の斎藤を田中家へやっていたが、田中が帰ってきて言うには、田中は九月十八日づけで綾子を離縁したとのことで、高麗蔵は、離縁したなら姦通罪で訴えるのは難しいと聞いていくらかほっとした。

だが、今度は新聞がかぎつけたらしく、「おい、記者に訊かれたぞ」と役者仲間から言われる。高麗三郎によると『萬朝報』が熱心に取材しているらしい。『萬朝報』は「マンチョウ」と呼ばれている。高麗蔵は、明治座へかけつけて、左団次とともに洋行から帰ったばかりの松居松葉に会い、何とかとりやめてくれないかと頼んだ。だが松葉は、いや……と首を振って、何しろ社主の黒岩涙香が断然この際高麗蔵を膺懲《ようちょう》するのだと息巻いている、と言う。

翻訳や小説でも知られる黒岩涙香は「まむしの周六」の異名をとり、狙った獲物は逃がさないことで知られている。なかんずく、名士の性的放埒には厳しく、十年前、マンチョウに「弊風一斑　蓄妾の実例」を連載、名士らの妾囲いをすっぱ抜いて政界財界を震え上がらせたことがある。森鷗外でさえ、最初の離婚のあと、妾を囲っていると攻撃されたものだ。

青くなって唇を震わせている高麗蔵に、松葉は、

「まあ高麗屋さんはおもてになるが、他人の女房はよしにするんでしたな。しかし、離縁したならお前さんも独身だ、いっそ結婚なすっては」

と言われ、高麗蔵は浄瑠璃風にいえば、はあはっと驚いて、ダメです、あの女は怖い、とこれまでの一部始終を説明すると、

「ああ、そりゃ色情狂ですな、一種の」

と言ったきり、松葉は煙管に火を入れている。

高麗蔵は、もうあの女には会うまいと決意した。離縁された女は、普通に考えたら実家にいるのだろうが、軟禁でもされているのか連絡がない。

気にしないように舞台を勤めていたが、あと数日で打ち上げるという二十六日の日曜日、開演は午後一時なので、自宅で準備をしていると、高麗三郎が転げるようにやってきて、

「しし、師匠」

と言って手渡した『萬朝報』を手にして、すうっと顔から血の気が引いて、目の前がぐるぐるっとして倒れそうになったから、高麗三郎が支えた。

「ダイジョブだ」

とかすれ声で言った。三面記事トップから「高麗蔵を葬れ　大《おお》いに貴婦人を警戒す」とあって、四段書いてある。

「水」

と言って、ソファに倒れ込んだ。高麗三郎がコップに水を入れて持ってきたからぐいぐいっと呑んだが、噎《む》せた。高麗三郎が背中を叩いたのも鬱陶しかったが、とにかくざっと全体を見渡して、気を失いそうになった。田中銀之助が妻綾子を離縁した、ともあるし、以前にも高麗蔵は有夫の貴婦人と関係した、ともある。

「あっ！」

と言って高麗蔵が突っ立ったから、とうとう気がふれたかと高麗三郎は思った。

これは新聞である。天下のマンチョウである。養父母はもとより、秦の実母が見る、兄が見る、そう思ったからだが、脚がわなわな震えた。

明治四十年というのは、新旧思想の交代期に当たる。二十年ほど前に、北村透谷らが徳川期的な遊廓中心の色恋を批判し、素人男女の一対一の恋愛を称揚したのだが、透谷は結婚したあと絶望して自殺してしまった。これから二十年ほどあとに、厨川白村が『近代の恋愛観』をベストセラーにして恋愛結婚を称揚するのだが、これらは知識階層の建前にとどまり、一般人は依然として遊廓へ行き藝者をあげていた。恋愛結婚至上主義が一般人にまで行き渡るのは昭和三十年代だが、それから二十年ほどして「性の解放」が訪れ、恋愛結婚至上主義だけは残った。

だが、これは別に日本だけの話ではないし、西洋でも人妻の姦通などというのは日常的にあって、今でもある。

歌舞伎役者というのは、今でもそうだが、性的には自由奔放である。それに歌舞伎の世界は男色も盛んだから、時にはそういう関係も外に漏れてくる。ただ藝者相手に子供を産ませても、人妻と関係するとなると、これまた「役者買い」というのがあるくらいで実は珍しくはないし、それどころかそのために離縁されるといったことも間々ある。新聞記者でも、演藝記者はそのへんが分かっているが、涙香あたりはそんな「特殊倫理」を断固として認めようとはしないのである。

記事は、慈善興行のことから始めて、これをきっかけに歌舞伎役者と貴婦人との不倫な交際が始まることがある、と進め、その顕著な例として高麗蔵の素行をあげつらう、というものだった。さらに見出しを改めて、田中銀之助が妻綾子を離縁したのは、高麗蔵との不義のゆえであるとの風聞あり、と書いてある。

高麗蔵は馬車を呼ばせて、幹部技藝委員長たる中村芝翫の築地の自宅を訪ねた。芝翫は存外のんきに、

「艶種のでかいのが来た感じだな。ほかの新聞があと追いをするかどうか。それ次第だ。まあ世間の連中は役者の生活の実際なんか分かっちゃいない」

と言うから、高麗蔵はとりあえずほっとした。

「兄さん、よろしくお願いします」

「しかし……」

と芝翫は『萬朝報』の当該記事を見ながら、

「『甚だしきに至っては、現にその夫人と高麗蔵と関係あるを知りながら、婿養子の悲しさに忍びてなすままに任せし紳士もあり』……。そんなこともあったのかい」

「いえ、いえ、それはもう……」

高麗蔵は、赤面してひたすら頭を下げる。

「ふん、そっちの事情なんざァ知らねえだろうが……。あとまあ、幹部連中には、おいおい、お騒がせしました程度の挨拶はしておくんだな。それと……」

芝翫は、高麗蔵を見据えて、

「今度こそ、結婚することだ」

と、言った。

高麗蔵が辞去しようとすると、芝翫は、

「ま、人の噂も七十五日だ。堂々としてな。今日の芝居はしっかりな」

と言った。

藤間家へとって返し、養父母に平身低頭して詫び、それから歌舞伎座へ行くと、やっぱり記者が裏口で待ち構えている。押しのけて中へ入り、八百蔵、猿之助といった年長者に挨拶する。猿之助は、

「これで今日は客が増えるかもしれねえ」

などと言っている。

この月の一番目は、黒田騒動を菊池家に作り替えた黙阿弥の「箱崎文庫」で、高麗蔵は浦橋十太夫である。序幕を楽屋で聞いていると、芝翫の筑紫大領貞行と、その弟子の翫作の郷田官蔵の台詞のやりとりがあって、

「まこと女犯《にょぼん》の罪は免れぬところ」

などと言っているのは、毎日聴いてきた台詞だが、今日は汗が出る。

次の場で、菊五郎と羽左衛門がやりとりしているところへ、

「その貸し主は拙者でござる」

と台詞を言いながら高麗蔵が出ていくと、わっと拍手が起こるが、「高麗屋！」に混じって、

「色男！」

などというかけ声もかかる。

これはあと三日で終わるが、どうもよその新聞へ問題は波及していく。高麗蔵は引き続き三十日か

ら横浜の喜楽座に出て、大森彦七と遠藤盛遠をやっている。

そのころ二代左団次は、二十七歳、洋行から帰って芝居には出ぬまま、松居の勧めで演劇改革案を練っていたが、洋行して気炎が上がるどころではない、何が何だかワケが分からないという頭脳の状態にあった。この日新聞を見ると、かっとなり、歌舞伎座の高麗蔵の部屋へ押しかけてきた。

高麗蔵が、出演俳優でもない左団次が現れたので唖然としていると、

「こんなことだから日本の演劇はダメなのです」

と演説をぶち始めた。座ろうともしないで、

「茶屋だ、藝妓だ、そんなもので雁字搦《がんじがら》めになっていて、純粋な藝術を提供しようという精神が足らんじゃありませんか」

などと口角泡を飛ばして言う。

劇界の習慣として、十歳も上の高麗蔵に、左団次がこんな口を利くのは普通ではない。左団次は当時さながら劇界の孤児に近かった。高麗蔵は呆れて、こいつは頭がおかしくなったかと思っていたが、左団次は話のもっていき場がなくなり、「ごめん」と言って帰ってしまった。

左団次の姿を見た者もあって、そんなところから、火元が萬朝報だから、松葉と親しい左団次がマンチョウにネタを売ったのだろうという噂が広まった。慈善会の婦人連も、色々と脛に傷持つ身が多いから困っている。

福沢桃介などは、川上音二郎の妻と通じているのだから、脛に傷持つ身で、高麗蔵一人のことではないのに人身御供にされるのは気の毒だと思っているが、表だって言うと自分まで類焼しかねないか

ら、蔭で運動する。伊藤博文だって人の女に手を出すについては前科者もいいところだ。結局内部では高麗蔵への同情の声が大きいのだが、十一月三日午前九時から、歌舞伎界の幹部俳優や重役が、俳優組合の顧問弁護士の斎藤孝治の邸へ集まって高麗蔵の処分を決することになった。その日の「読売新聞」には「高麗蔵問題の火の手」という記事が出ていてこのことを伝えているが、「遂に高麗蔵は彼等社会の犠牲に挙げられ」とやや同情的に書いている。

結局この問題が事実かどうか、斎藤に調査させるということになったが、当面高麗蔵は謹慎ということで、十一月半ばから歌舞伎座で、主立った俳優が日替りで「忠臣蔵」をやるのには出演しないことになった。もっとも横浜喜楽座は、途中で抜けたら劇場に迷惑だから出続けたが、十日の「朝日新聞」には芝翫が談話を載せて、記者からそこを突かれて、謹慎すべきですねえ、などと言っている。高麗蔵もこれより先新聞に談話を載せたのだが、伊香保で誘惑されたかのように話したものだから、芝翫は「あれではまるで先様が色気違いのように見えます」と高麗蔵の談話を批判した。しかしこれは芝翫のポーズである。

その間、高麗蔵の結婚話が進んでいた。高麗蔵には藝妓の愛人がいるが、こんな時に藝妓と結婚させてはいかんから、それらとは結婚させない。例の今藤長十郎の姪の青木すえが、当年数え二十二になっていて、前に結婚話があったのが立ち消えになっていたのを、再度持ち出して、とんとん拍子にまとまった。この末子は声が良く、長十郎の妻や吉右衛門とよく小唄を歌ったりしていた（注：関容子著では、新橋藝者だったすえの姉となじみ、その妹を懇願してもらったとある。幼い頃から知っていたとしているのは『松緑芸話』）。

十一月二十三日の「読売」には「高麗蔵問題の其後」というのが出て、斎藤弁護士の談話として、二十一日に高麗蔵と話したが、箱根への湯治に行くつもりだったが謹慎している、とあり、既に十分社会的制裁を受けた、とこれも高麗蔵にやや同情的である。

高麗蔵は藤間家で、本など読んでいたが、郵便が届いて、見ると『新小説』という雑誌の九月号である。差出人は八重次であった。八重次の手紙があって、これに載っている田山花袋という文士の「蒲団」というのが、今評判で、花袋は色魔とか恥知らずとか罵られていますがこれは名作です、とあった。

読んでみて、何だこれは「紙治」だなあ、と高麗蔵は思ったが、こういう恥ずかしいことを自分のこととして小説にする、というところに、新しい時代が来ているのをやはり感じた。

十二月十六日には、斎藤弁護士の報告を聞くため、芝翫、副頭取の梅幸、評議員の八百蔵、訥升、猿之助が出席し、羽左衛門は梅幸に委任して欠席、斎藤の報告を得てこれを公表した。

報告書

組合員市川高麗蔵氏が一身に関する風説並に新聞の記事に就て調査を遂げたる所同氏が　不倫の行為ありしと云ふ事実に就ては是を認むるに由なしとす

という、芝翫宛の報告書であった。各新聞は、うやむやに終わった、と書いたが、時日がたつにつれ、高麗蔵へはむしろ同情の声が上がるようになった。

明けて明治四十一年（一九〇八）一月十日、日比谷大神宮で、高麗蔵と青木末子の結婚式が行われた。媒酌は斎藤孝治弁護士で、高麗蔵は黒羽二重の紋付に仙台平の袴、末子は黒地羽二重の三紋付《みところもんつき》に白紋羽二重の二枚襲《がさね》、赤地《あかじ》綾錦《あやにしき》に古代唐草模様の帯を締め高島田、午後三時より、高麗蔵には勘右衛門とみつが付き添い、嫁側には父青木順吉夫婦、その長男信彦夫婦、次男文苗夫婦、今藤長十郎夫婦が付き添い、神式で行われ、秦家のりょう、兄の専治、大河内、田村、芝翫、梅幸ら俳優らが出席した。末子は、近代的な顔だちの美人で、おとなしい女だった。高麗蔵はこの年数えで三十九になったから、十八歳年下の新妻である。

（大事にしてやらねばな）

と、高麗蔵は思った。

翌十一日、高麗蔵は帝劇設立の招宴で築地の瓢家《ひさごや》へ行っていたが、父・勘右衛門が大怪我をしたという電話で、病院に駆けつけた。

勘右衛門は、それまで花柳勝次郎がやっていた明治座の振り付けを引き受けていたが、稽古場になっていた明治座の中村屋という茶屋の階段を踏み外して転げ落ち、階下の足駄箱の角に顔をぶつけてかなりの外傷を負ったのだった。十一針も縫った。

歌舞伎座と明治座が十四日に初日で、明治座は新帰朝の左団次が研究の成果を発表するはずで、実子と扶伎子も出ることになっていた。

梅幸が、隣の羽左衛門に、

「明治座はなんか荒れるらしい」
と囁いた。芝翫が聞いていて、
「それは俺も聞いた」
と言う。左団次は、劇場を近代化するため、茶屋と出方を廃止しようとした。出方《でかた》は、茶屋から出て、客を席へ案内したり飲食物を運ぶ人々である。その上、歌舞伎を支える魚河岸、花柳界への挨拶回りをしなかった。

ちょうどその日、劇評家の三木竹二が、前年末から喉の具合が悪かったところ、四十二歳で急死していた。兄の鷗外は小倉から駆けつけたが、存外に盛大な葬儀になったので、「弟は幸せものです」と寂しそうに言った。

十四日正午に開幕した歌舞伎座では、高麗蔵の人気回復のため、「地震加藤」をやらせようとしたが、八百蔵が苦情を言ったので高麗蔵は秀吉に回り、八百蔵が清正をやった。ほかに榎本虎彦の新作「競馬春野魁《くらべうまはるののさきがけ》」は現代もので、その頃競馬が流行していたのを取り入れ、舞台に本物の馬を登場させ、大切の「西遊記」では孫悟空の猿之助が宙吊りをやって評判になった。宙吊りは五代目菊五郎もやったが、宙乗りで知られる三代目猿之助（二代猿翁）はこの猿之助の曾孫である。

大河内は通人で、藝者遊びも盛大にやるような男だったから、歌舞伎座も白襟の藝者を総見で並べたりしたため、歌舞伎座もぐっと華やかさを増した。

同じ日に開いた明治座では、松葉作「袈裟と盛遠」、「ヴェニスの商人」などを上演し、実子が市川翠扇《すいせん》、扶伎子が市川旭梅《きょくばい》を名のり、河原崎権之助の娘定子が紫扇《しせん》、左団次の妹幸子が市川松蔦《しょうちょう》と名のって女優として出演した。これも西園寺総理が肝煎りでの出演であった。翠扇は二代目團十郎の妻が俳名として名のったもので、だから二代目になる。翠扇は袈裟御前、旭梅が「ヴェニスの商人」のポーシャを演じた。しかし稲延家では、息子の妻が女優をするというのがやはり気に入らず、稲延家と堀越家は疎遠になった。

客席には眉目秀麗な若者がいた。東京帝大英文科を卒業し、前年同人誌『新思潮』を創刊した小山内薫という、二十七歳の青年である。小山内は左団次の一つ下で、十七歳のころ、雑俳《ざっぱい》の運座《うんざ》で知り合ったのである。

だが、上演の出来とは別に、茶屋出方の廃止などで左団次は憎まれており、四日目には客席で騒ぎが起きた。高麗蔵問題でも、左団次が黒幕だと噂されて、その評判は、高麗蔵への同情に反比例して悪かった。だが騒ぎを煽動したのは国民新聞の松崎天民《てんみん》で、左団次が洋行から帰った時、天民は記事を書くため面談を申し込んだが、松葉が先だというので断られ、それを根に持っていたのである。

小山内などは好意的な劇評を書いたが、興行的に失敗だった。松葉は責任をとって朝報社も辞し、東京を去って東海道の原宿に隠遁してしまった。

高麗蔵は新妻を伴って、浜町二丁目十一番地に越した。今の浜町公園のど真ん中へんである。ここは明治座のすぐそばなので、高麗蔵は明治座へ移るつもりなのではないかと噂が立った。

三月の明治座では、翠扇が鷺娘《さぎむすめ》を踊ったが、福三郎は、妻が女優をしているのが銀行員として体裁が悪く、とうとう銀行を辞職してしまった。銀行の重役連が萎《しお》れている福三郎を気の毒がり、雪の日に実子を呼んで、どうしても女優をやめる気はないかと問い詰めたが、翠扇は、

「亭主がかわいいのは分かっていますが、父が元気でやっています頃は家に人が毎日来て賑やかでしたのに今では門前雀羅《じゃくら》を張る寂しいありさま、それに収入の面から言っても夫《やど》の給料は六十円ぽっち、手当を入れても百円、それに交際費も掛かります。私は今度明治座へ出て三千五百円貰いました。二度目はまけてくれと言って二千五百円になりましたよ。私が男なら役者になって成田屋の繁盛を見せますものを、音羽屋さんなんか賑わってらっしゃるじゃありませんか、夫が銀行へ出にくいと申すならそりゃやめたらよろしいんですよ、私は市川宗家の娘として立派に家計を支えます」

と言って動じず、四月、十月にも明治座へ出た。

三月二十四日からの歌舞伎座公演で、都新聞懸賞の当選脚本「醍醐の花見」が上演され、高麗蔵は関白秀次の霊を演じ、歯医者に入歯を作らせて、ゾッとするほどの迫力を見せた。これはのち「桐一葉」の「畜生塚」でも用いられた。高麗蔵はメイキャップに懲り、変装の名人とも言われたものだ。シラノ・ド・ベルジュラックの鼻や、西郷隆盛を演る時の肉の盛り上げには、チューインガムを微温湯に溶かし、砥《と》の粉を練り合わせて肌の色にして使ったものである。

第四章　帝劇

明治四十二年（一九〇九）一月七日、よく晴れた七草の日に、妻の末子が男児を出産した。高麗蔵はじめ家族の喜びは言うまでもない。これで跡継ぎができたのである。

高麗蔵は、この子を「治雄」と名づけた。実父の秦専治、また兄の名から一字とったわけである。浜町の家は、始めは隠れ家のように小さかったが、裏手の藝者置屋がつぶれたのでそこを買い取って広げ、庭、稽古場、書生部屋などが揃った邸宅にして、書生部屋には高麗三郎や桃太郎が出入りし、女中が一人いたが、治雄が生まれたので乳母を雇った。末子は温順な女で、家庭は穏やかだ。しかし、時おり一年前の、伊香保の女で大騒ぎしていたころなどが懐かしくなる。

妻の末は、並外れて内気な女で、養父母への気兼ねから、夫婦並んでご飯を食べることもなく、大声で笑うこともなかった。

家の近くには、あいにく天理教の教会があって、毎朝六時にドンツクドンツク太鼓を叩き始めるから、朝寝ができない。隣の家は琴の師匠、筋向いに歌沢の芝清がいた。裏のほうには義太夫の師匠がいて、毎日稽古の声、三味線の音が聞こえるという、まさに江戸下町らしいところだった。この年六月に、隅田川の向こうに両国国技館が初めての大相撲の常設館として開館した。当時は年二場所で、一月か二月と、五月か六月に十日ずつ開催された。本場所になると、国技館で打ち出す櫓太鼓の音が聞こえてきた。

自分のところに男子ができたのはいいが、團十郎家にはできていない。福三郎は洋行から帰ってきたが、兆しもない。左団次、菊五郎、勘彌と、昔の名前が襲名されているが、團十郎だけはない。そういえば、團十郎に並ぶ大物で、渋い團十郎といった意味で「渋団」と呼ばれる市川團蔵が九年ぶりに大阪から戻ってきて歌舞伎座に出ている。とはいえすでに六十過ぎだ。明治座では片岡我童《がどう》が仁左衛門になって出ている。あるいは明治座では吉右衛門の父の時蔵が歌六を襲名し、その養子の歌昇《かしょう》が時蔵になった。四十一年十一月からは、吉右衛門と菊五郎が市村座に入った。

明治座は家から近いので時どき覗きに行くが、苦労しているようで、左団次は一時は川上一座に身を投じて批判された。その川上も洋行から帰って、俳優をやめて興行師に転じた。十一月の歌舞伎座で高麗蔵は「牢破りの景清」をやったが、これは記録的な不入りになった。田村成義は市村座を歌舞伎座の控え櫓にすることにして、勘彌、三津五郎に、菊五郎と吉右衛門を上置きにした。大阪では松竹が破竹の勢いで劇場と俳優を傘下に収めつつある。

「四十に近き身をもって、か……」

と「桂川」の台詞を言って、

「四十近くなってできた治雄が成人するころには俺は六十、まともな役者に育つ頃には俺はこの世にいないだろう……」

高麗蔵はこの頃、絵筆を執り、妻をモデルにして描いたり、ついには團十郎の似顔絵を描いて世間を驚かせていた。梅幸や羽左衛門が観に来て、うまいうまいとからかい半分で褒め、文展か太平洋画会にでも出したらどうだ、などと言ったが、高麗蔵は苦笑していた。

ほかに竹から茶杓《ちゃしゃく》を削り出すのも趣味で、これなどは茶人の間で流通するほどのできばえだった。

一月十四日からの歌舞伎座では、堀越姉妹が出演して「鏡獅子」を踊ったが、これは変則「連獅子」で、翠扇と旭梅が前場の小姓弥生と春路を踊り、後場は高麗蔵と猿之助に変わるというものだった。

高麗蔵は、秘密を抱えている。藤間の門弟の藤間政弥という、これは女だが、三十一歳になる。一度結婚したが離婚して、新橋藝者のお竜として出た。それから曽根荒助という政治家の世話で踊りの師匠になって政弥を名のり、前年歌舞伎座で名披露目《なびろめ》の会をやった。以前この女は、二代河原崎権十郎との間に女児を儲けていた。これが吾妻君子（春世）である。それが今では、大河内の愛人になっていて、お竜時代からのなじみである。

この女がいま、妊娠している。大河内の子である。しかし大河内として、公にはできない。そこで、羽左衛門に白羽の矢を立てた。羽左衛門の子だということにしてくれと言うのである。男の子なら、将来羽左衛門になる。女なら、何かで身の立つようにしておいてやる、というのだ。羽左衛門は承知した。二月十五日に、女児が生まれ、約束通り、羽左衛門の庶子ということになった。このことは、別に高麗蔵だけの秘密ではなく、歌舞伎座の関係者はみな知っていた。この女児が、舞踊家の吾妻徳《あづまとく》穂《ほ》である。

敗戦の年、羽左衛門が疎開先の信州湯田中で死んだあと、里見弴は『羽左衛門伝説』を書いて、羽左衛門がル・ジャンドルの子であることを明らかにしたが、その際、吾妻徳穂が羽左衛門の子だというのも疑わしい、と書いた。だがその詳細はついに書かずにしまった。

この年のうちに、大河内は胃がんで死ぬが、当時団子が、大河内の具合を聞くため、政弥に電話を掛けたと『猿之助随筆』などに書いている。また田村成義の『無線電話』を読むと、政弥が大河内の愛人だったことが分かる。これらを考え合わせれば、吾妻徳穂は大河内の娘なのである。徳穂とその息子の五代目中村富十郎はそっくりだが、羽左衛門には少しも似ていない。むしろ大河内にそっくりなのである。

四月の歌舞伎座は、榎本作の新作「清正公《せいしょうこう》」をやったが、これは三月に加藤清正に従三位の贈位があり、それを契機に清浦伯爵の発意で、榎本と高麗蔵は同気倶楽部へ出て、歴史学者の三上参次《さんじ》の清正論などを聞いて勉強したが、概して不評だった。

その年の高麗蔵は、地方へ出ることが多かった。二月は吉右衛門、宗十郎と名古屋新守座、五月は羽左衛門、梅幸、翠扇、旭梅の堀越姉妹と大阪角座の鴈治郎一座に出て、九月も同じ顔ぶれで名古屋御園座《みそのざ》、ついで岡山であった。

日本中にたちまちに鉄道が四通八達したから、一方では便利になったが仕事も増えた。高麗蔵は頑健だからいいが、水や食べ物が変わるから体調を崩す役者もいて、現に吉右衛門は名古屋で胃腸を悪くして休演した。

六月二十六日に、井上竹次郎が六十歳で死んだ。嫌われていた井上だが、田村が、歌舞伎座の功労者だからと言って盛大な葬儀をやり、俳優らは馬車に二人ずつ相乗りで向かった。高麗蔵は吉右衛門と相乗りだった。陰鬱な雨の降る日だった。

大河内はそれなりの手腕を発揮していたが、この夏、病の床に就いた。どうやらガンらしく、先に述べた通り、愛人の藤間政弥が、猿之助の子の市川団子に電話で、赤トンボが病気に効く、と言ったので団子が赤トンボを捕まえて持っていくと、かつがれたことが分かり、その後、政弥が、薊《あざみ》の陰干しが効くと、これは本気で教えたのだが、団子は俳号を薊というので、またからかわれたと思って本気にしなかったということがあった。

夏目漱石は東大講師を辞任して東京朝日新聞社に入り、この九月から「三四郎」の連載を始めていた。京都帝大では漱石を英文科教授として迎えようとしたが、漱石は「ほととぎす厠半ばに出かねたり」と詠んで断った。代わりに幸田露伴や上田敏が京大へ行ったが、文学に関心のない京都の風土に失望し、露伴はほどなく辞職していた。東大英文科が日本人の市河三喜《さんき》を助教授として迎えるのは、漱石と敏が死んだ大正五年のことである。

九月には、いまだ完成しない帝劇附属の女優養成所が、川上貞奴を所長として開場した。実は帝劇の軍師的存在になっていた「時事新報」の伊坂梅雪は、翠扇や旭梅のいる團十郎の遺族に女優養成所を作らせようとした。それで梅雪が堀越家へ行くと、未亡人のまさは最初は承知したのだが、土壇場になって、

「もう舞台で活躍しているのですから、帝劇へ入ったら舞台へ上れるのが何年も先になりますから」

と言って断ってきた。

梅雪が帰って帝劇専務の西野恵之助に復命すると、西野は、

「あちらで立派になってからこちらへ出ればよろしい」と言った。結局堀越家養成所の話はこれでなしになったのである。その後、洋行から帰ってきた音二郎と貞奴に梅雪が取材に行くと、貞奴は女優養成所を茅ヶ崎に作るつもりだと言うから、帝劇の養成所をやってみないかと持ちかけると、渡りに船と乗ってきたというわけであった。

十月三日からの歌舞伎座興行で、高麗蔵はどういうわけか平宗盛一役しかつかなかった。この時は鴈治郎と芝翫が「封印切」をやっていた。九日に、とうとう大河内は死んだ。五十六歳だった。

この頃、兜町の相場師の矢沢弦次郎という男が、株で大儲けをして、明治座の裏の佐藤病院に入院していたのだが、院長の佐藤長祐が、明治座で苦労している左団次の話をすると、矢沢はかねて高麗蔵びいきだったので、左団次と高麗蔵と一緒にやらせたらどうかという話になり、ちょうど作者の木村錦花《きんか》も入院していたのが来合わせて、相談が一決した。

高麗蔵は一昨年に明治座へ移る話があったのが流れていたので、矢沢らは、あれはどういうことかと説明を求め、では今から明治座へ出る気はないかと言った。一方錦花がこのことを左団次に話して、二人は病院の階段で落合って今後を相談し、握手した。

役者が他劇場へ移るのは、役不足もあるが、給金を上げて呼び戻されることを期待してもいる。ところが歌舞伎座が市村座を傘下に収め、新富座も入手しようとしている今、俳優はトラストに囲い込まれようとしている。一方、帝劇建築の話もあるから、歌舞伎座に対して牽制をしておく。

高麗蔵は、話が決まってから大分遅れた十一月七日、田村に会いに行って、歌舞伎座を抜ける話をした。田村は、

「大河内社長は君が好きだったから、移りたいと思うのは無理もない。だが喧嘩別れのようになるのは良くない。前に日替わりで『忠臣蔵』をやった時に君は出られなかったから、十一月に大石神社の寄付興行で『忠臣蔵』をやるから、由良之助と若狭之助をやって最後にしたらどうか」

と言う。その代わり、幹部技藝員からは名前を抹消する、と言った。

ところでこの時、田村が、ちょうど大河内の百ヶ日になるから、と言ったと、諸書いずれにも書いてある。だが十月九日に死んだ大河内の百ヶ日では、年を越えてしまって話が合わないから、田村が『無線電話』で書き違えたのを踏襲しているのだろう。

しかしさらに、高麗蔵が十一月歌舞伎座へ出ると聞いた矢沢が怒り出した。田村がまだ入院中の矢沢に高麗蔵とともに会いに行って、話をすると、矢沢は、

「それは分かったが、まさか高麗蔵が今ごろまで田村さんに話をしていないとは思わなかった」

と、今度は高麗蔵を責め始めた。

そこで田村が取りなして、何とか収まり、翌日矢沢と佐藤と高麗蔵と田村とで、築地の小常磐で会食をして話の決め式とした。

田村は「出る月は迎えるが、散る花は追わない」と言い、左団次に「玄人でなし素人でなし、鼠色の人に相談してはだめですよ」と伝言してきたが、これは矢沢のことを言っていたのだ。

三宅周太郎の『演劇五十年史』は、ここのところで、次のように書いている。

当時高麗蔵は嘖々《さくさく》たる一部の人気を負ひ実に颯爽としてゐた時代である。（略）人も知る如くこ

の高麗蔵の名は、一部の当時の女性にどんなに人気があつた事であらう。それは多く高貴の貴婦人を生命的に翻弄したやうな形があつた。この高麗蔵なる名は、名それ自身に我々に何となく「世之介」とか、「業平《なりひら》」とかを連想せしめるやうな色彩さへあつた位だ。

十月二十六日、朝鮮併合問題の話し合いのため大陸へ渡った伊藤博文が、ハルピンで安重根に射殺された。併合反対派の伊藤を殺したことで、翌年朝鮮併合が行われることになったのは皮肉である。しかも帝劇を将来帝室つきにするという話が伊藤を仲立ちにしてあったのが、これで立ち消えになってしまった。

十一月十六日から「忠臣蔵」大序から七段目まで、高麗蔵は初役で由良之助を勤めた。師直を團蔵、顔世を芝翫、おかるを梅幸、勘平を羽左衛門、平右衛門を猿之助、定九郎を八百蔵、判官を宗十郎というメンバーである。

二十七、二十八日の二日、左団次と小山内薫が組織した自由劇場の第一回公演が有楽座で開かれ、イプセンの「ジョン・ガブリエル・ボルクマン」が上演された。これには市川団子も出演していた。その夜、高麗蔵が帰宅すると、あとから制服姿の秦豊吉がやってきた。十八歳になり、東京府立一中の生徒だった。豊吉は、博文館の『文章世界』に投稿し、常連になっていた。そして編集長の田山花袋にも会いに行って激励されたという。

豊吉は、自由劇場の舞台を観て、興奮のあまりやってきたのだった。小山内の演説がいかにかっこ良かったか、豊吉は語った。

高麗蔵は、甥がこんな青年になったかと目を細めつつ、左団次と提携して間違ってはいなかったようだ、と思った。

「田山花袋ってのは、偉いのかい」

「ええ、偉いとは思いますが、死んだ国木田独歩のほうが偉いでしょう。若いやつはみんな『独歩集』を読んでいますよ。あとは永井荷風ですね」

「ほう」

「歌舞伎座で作者見習いをしていたことがあるそうですよ」

「あっ」

そういえば永井というやたらと顔の長い男がいたのを、高麗蔵は思い出した。

高麗蔵が入るというので、怒ったのは仁左衛門である。もともとあまり高麗蔵を快く思っていないところへ、東京では高麗蔵のほうが人気はある、弁慶ができる、仁左衛門は日野屋という奥役を使っていたが、日野屋が矢沢と左団次にしてやられたのである。仁左衛門は山下清兵衛の誘いもあり、入れ替わりに歌舞伎座へ入った。

当時高麗蔵は歌舞伎座では二十五日間出て千円から千三百円の給金だった。これを明治座では一日百円として、その六分、儲かったら全部貰いたいというのが、養母みつの要求だったが、結局は千五百円で折れ合い、ほかに本人の小遣いとして二百円を出すことになった。銀行員の初任給は当時四十円、夏目漱石が朝日新聞へ入った時の取り決めは月給二百円、賞与二回である。合算すれば三千円近いだろう。実は帝劇の給金は安かったのだが、年五回の公演が保証された上、劇場の都合で休演したら給金は払うという半ば俸給制だったので、俳優が喜んだという面があった。

明治座は矢沢が一切の経営を引き受け、佐藤長祐、兜町の井上鎧三郎、会田英司が後援し、興行は木村錦花が引き受け、岡鬼太郎を軍師に迎えた。そして十二月二十一日に芝の紅葉館で渡米実業団歓迎会があり、余興として「勧進帳」を、高麗蔵の弁慶、左団次の富樫、莚若《えんじゃく》（のち二代松蔦）の義経で演じた。

ところがそこへ、福三郎が大変なことを言い出した。大阪の鴈治郎のもとで役者になり、十代目團十郎を襲名したいと言うのである。

堀越家でも團十郎一門でも猛反対していた。福三郎は、それなら離縁してもらってもいい、と息巻いているという。高麗蔵は福三郎を自宅へ呼んだ。

「兄さん、私はやっぱり役者になりたい」

と、福三郎は言う。

門閥の出でも「大根」と言われることのある劇界で、三十歳から役者を始めていったい何ができるか、何を言われるか。

福三郎は、銀行の重役になってある程度満足していたが、妻が女優道を邁進し始めて、夫婦関係もうまく行かなくなった。それならと、自身團十郎になることを発願し、かねて知り合いの鴈治郎を頼って大阪で修業しようというのである。

高麗蔵は目をつぶって、福三郎の熱弁を聞いていたが、

「お前さん、大谷に会ったね」

と言った。福三郎の顔色が変わった。

やはりそうか……。

團十郎の女婿をとりこみ、いずれは十代團十郎にすると囁いて、鴈治郎とともに東上させる……それが松竹兄弟の狙いだろう。

福三郎は、涙を拭った。

「兄さん、うちには子供ができない。このままでは團十郎の名が埋もれる。いやさ、おためごかしな言い方はよそう。俺は團十郎になりたい。名を汚すことになるかもしれない、だがこの、菊五郎もいる左団次もいる勘彌もいる、團十郎だけいない、という現状に、俺は責任を感じているんだ」

果たして福三郎が團十郎を襲名することを、ほかの役者が認めるかどうか。高麗蔵は福三郎が若いころから藝に励んでいたのは知っている。舞台に立って、舞台度胸さえつけば、けっこうやるじゃないかと言われるだろうが、「けっこうやる」と「團十郎」の距離は果てしなく遠い。

「歌舞伎界の徳川家康」と、当時すでに新聞にも書かれていた高麗蔵である。

「あの……な」

と口を開いた。

「今度うちにはまた子供ができる。それが男の子だったら、将来養子にしてくれまいか」

「あ」

と福三郎が声をあげた。

もし福三郎が團十郎になれなければ、その子を團十郎にする。遠大な計画である。福三郎は少し考

えて、

「ありがとうございます。兄さんの子をわっちの養子にして團十郎にする、それなら世間は納得しやしょう。それは三十年先のことか……」

「それでいいなら、大阪へ行きなさい」

「よござんす。……兄さんはやっぱり家康だ」

高麗蔵は苦笑した。

かくして明治四十三年（一九一〇）一月は、高麗蔵は明治座で、「曽我」の工藤祐経、岡本綺堂の新作「承久戦絵巻《じょうきゅういくさえまき》」などをやった。これが大入りで、田村は「素人ほど怖いものはない」と言ったという。それからは続けて明治座に出ている。

その一月、病に倒れた白井松次郎に代わって、大谷竹次郎が上京し、中村伝九郎（芝鶴《しかく》）からの新富座の買い取りに着手した。ついに「松竹」が東京へ進出したのである。二月には川上音二郎が大阪に新派専門の劇場・帝国座を開場した。

二月からは、田村成義が病気になり、息子の寿二郎（小田村）と関根黙庵らが指揮をとったが、歌舞伎座は開かなかった。

福三郎は下阪し、大阪で團十郎の世話をした新井半二を頼って、六月に、林長平と名のり、九州小倉の常盤座の鴈治郎一座の巡業で初舞台を踏んだ。林は鴈治郎の本名で、その頃九歳の鴈治郎の子が林好雄を名のっていた。のちの二代目鴈治郎である。のち林長二郎が出て、松竹から脱退したため長谷川一夫と改名している。

六月の歌舞伎座では、市川女寅が門之助を襲名した。のちのことだが、二代目左団次は後継者がなく、門之助の系統から三代目が出たため、今も左団次は高島屋だが、息子は門之助の滝野屋で、男寅《おとら》から男女蔵を名のっている。同月明治座では、高麗蔵の門弟市川鼻升が虎蔵を襲名し名題に昇進した。

この頃、大逆事件で、幸徳秋水、管野スガ、宮下太吉ら社会主義者二十六人が、天皇暗殺を計画したとして逮捕され、世情は騒然としていた。

七月七日に末子が産み落としたのは、男児だった。順次郎と名づけた。七夕の生まれだから彦次郎とでもしたら、と言われたのだが、それだと坂東彦三郎の兄のようだ、というので順次郎にしたのだが、これは手放した最初の子・純太郎を偲んでつけたのである。女児ばかり生まれて困る役者もいる中で、とんとんと男児二人も産んでくれて実にありがたい女房である。

北海道へ巡業に出るので、七月末に準備をしていると、外で、

「号外号外、中村芝翫逮捕」

と言っているから、若い者に買って来させると、何やら競馬の私馬券を買ったというので逮捕されて拘留されているとある。しかし号外が出たのには驚いた。芝翫はかねて競馬好きで、前々日に目黒の競馬場へ行くために避暑から帰京して、難波登発という競馬仲間から、自分らで作った馬券を買わないかと言われ、いったんは断ったが押して言われたので買ったところ、品川署から警察が来て拘引されたとのことである。

高麗蔵はそのまま北海道へ行ったが、芝翫は一晩拘置所に泊まって翌日の夜、罪を認めて釈放され、

罰金五百円を払ったという。あの高慢な芝翫が牢屋で一晩明かしたかと思うと、高麗蔵は思わず苦笑が漏れた。

八月は門之助、堀越姉妹(翠扇、旭梅)、片岡市蔵らと札幌、小樽を回った。その月、関東地方は降雨が続き、河川が氾濫して大洪水に見舞われ、東京でも床上浸水があった。俳優らは東京の家族のことを心配したが、特段の被害はなかった。その月末、日韓併合が行われ、朝鮮半島は大日本帝国の一部となった。

九月十一日、富貴楼のお倉が七十五歳で死去した。政財界の人物のほか、劇界では音羽屋系の人たちが主に葬儀に参列した。

京都で高麗蔵の娘を育てていたおゆうが死んだので、例の松本佐多に、貰ってほしいという話を高麗蔵から持ちかけた。佐多は左団次びいきだったから、高麗屋の世話をするのも変だと思ったが、東京へ行って、勘右衛門の子として養女とし、藝妓とすることを承知させて、十六歳で藝妓に出した。それで高麗蔵と佐多に交渉ができ、京都へ行くと佐多のところに寄り、時子も呼ぶという関係になった。

九月、秦豊吉は第一高等学校の独語科に入学した。同級生には芥川龍之介、久米正雄、菊池寛、山本勇造(のち有三)、土屋文明、藤森成吉らがいた。前年、鷗外、吉井勇らが「パンの会」を結成、文藝雑誌『昴《すばる》』が創刊され、この年は学習院出身の東大生・志賀直哉、武者小路実篤らを中心に『白樺』、東大の谷崎潤一郎、和辻哲郎らによる第二次『新思潮』が創刊されていた。「読売新聞」では、島崎藤村が「家」を連載していた。時代は激しく、大正の新時代へと動いていた。

十月、大阪中座の鴈治郎一座に堀越福三郎が出演した。十一月も引き続き、林好雄の中村扇雀襲名披露に参加した。十月の歌舞伎座では、猿之助が二代市川段四郎を襲名、団子が二代猿之助を襲名した。

この頃、内田静枝は勘右衛門から名取を許され、藤間静枝を名のっていたが、同じころ巴家八重次《ともえややえじ》として一本立ちの藝妓になり、永井荷風の愛人になっていた。荷風はこの年、慶應義塾大学の教授になったところだった。政弥といい静枝といい、藤間の女弟子には激しいのが多いが、古典藝能の世界に生きる女が概して激しいのである。

丸の内の帝国劇場は完成間近で、いったい誰が帝劇へ流れるのか、歌舞伎座としては戦々恐々たるものがあった。さらには松竹の肉迫である。帝劇専務の西野は、伊坂梅雪に指示して、俳優の引き抜き工作をした。女優養成所のほうは、途中で貞奴と帝劇の関係がまずくなって貞奴は抜けていた。

明治四十四年（一九一二）一月、明治座で、桃太郎が高麗之助を襲名し名題昇進した。この時の演目は岡本綺堂作の「貞任宗任《さだとうむねとう》」で、前九年の役を描き、高麗蔵が兄の安倍貞任と八幡太郎義家の二役、左団次が弟の宗任をやった。綺堂は門外作者の新人だが、はじめは高麗蔵を目当てに書いたらしく、結局は左団次と組んで「修禅寺物語」などをやることになる。

その一月半ば、高麗蔵と澤村宗之助は、明治座を出て帝劇入りすると表明したのである。澤村姓の俳優は、屋号は紀伊國屋で、宗之助は澤村訥子《とっし》の子、宗十郎は先代宗十郎の子で、従兄弟に当たる。高麗蔵から話を聞いた矢沢は引き留めたが聞かず、それっきり矢沢も劇界の人でなくなってしまった。

帝劇は、歌舞伎近代化の試みの最大なるものだった。明治座で問題となった茶屋制度を廃止して切符制にし、女優を養成してこれを舞台にあげたが、問題は花道である。

もともと、現在の歌舞伎劇場におけるような花道が、徳川時代の芝居小屋にあったわけではない。高麗蔵は、人に訊かれて、途中から斜めにつければいいと答えた。結局その通りになった。また桝席に変えて椅子席にし、のちにはマチネーを取り入れたりもした。

だが、高麗蔵に見込み違いがあったのは、堀越家の翠扇、旭梅姉妹を帝劇へ入れようとして、女優は養成しているので余っていると断られたことである。これは先に、堀越まさが女優養成所を断った件が祟ったのであろう。

一月の歌舞伎座興行中に、梅幸、宗十郎、尾上松助の三人が帝劇入りを発表し、変節漢と言われたりした。ほかに僊治郎が参加した。帝劇は早くから芝翫にも声をかけていたが、給金の折り合いがつかず、歌舞伎座では芝翫専用の自動車の駐車場を作ったから、芝翫の去就を気にかけていた人々は、芝翫は動かないのだなと思ったという。

梅幸は、

「父（五代目菊五郎）は私を立女形にするつもりで育ててくれました。歌舞伎座にいたのでは芝翫に立女形をとられてしまい、『先代萩』をやっても政岡は成駒屋さんで、私は八汐です。父は私を政岡をするために育てたので、八汐をするために育てたのではありません」

と、当時語ったと言われている。梅幸が動いたのは、恩人である福沢捨次郎の説得が功を奏したともいう。福沢一族は、五代目菊五郎の時分からの音羽屋びいきだったから、菊五郎も帝劇へ行くものと思われており、そうではなかったので却って驚かれた。

かねて高麗蔵をかわいがっていた松助は、もう六十八になっていたが、高麗蔵と一緒になれて喜んでいた。松助には、のち幸四郎の三男が継ぐ松緑になる話もあったのだが、とんでもないと断り、「耄碌《もうろく》」などとしゃれて称していた。

高麗蔵が動いたため、藤間勘右衛門も帝劇の振り付けを担当、翌年には常磐津松尾太夫も移籍し、大正二年には長唄の杵屋勘五郎、杵屋六左衛門（寒玉）、岡安南浦《おかやすなんぽ》、吉村伊十郎、田中伝左衛門《でんざえもん》、常磐津文字兵衛らが歌舞伎座から移動して、長唄、鳴物方も獲得した。勘右衛門は歌舞伎座の振り付けも続けたから、男の舞踊家としては当時随一の存在だったということだ。

帝劇の座頭は、梅幸である。だが、女形の座頭というのは従来はないものである。しかも高麗蔵と梅幸は同年で、ただ帝劇は慶応閥で作ったもので、福沢家が音羽屋びいきだから、梅幸が座頭になったので、立女形が梅幸、立役が高麗蔵である。高麗蔵は「副座頭格」である。しかし梅幸は、いつも一歩下がって高麗蔵を立てた。

三月一日、二日に帝劇の開場式があり、二千人近くが招待されて、両日とも午後四時から始まり、最初に渋沢栄一の式辞、総理桂太郎の祝詞代読、それから「式三番」があり、翁を梅幸、千歳《せんざい》を宗之助、高麗蔵は三番叟を踊った。ついで本興行でも上演される山崎紫紅《しこう》の懸賞当選作「頼朝」の一幕だけ、松居松葉翻訳のシェイクスピア喜劇「最愛の妻」を新派俳優が演じ、最後に専属女優による「フラワー・ダンス」であった。

四日の本興行開場の日は、午後三時半に開場すると当日売りの四階席はたちまち埋まり、次々と入ってたちまち満員になったので入り口を閉鎖したが、閉め出された群衆は開けろ開けろと騒いだため、劇場前面のガラスが割れる騒ぎとなった。

「物見高いからね。勝負は来月からだ」

高麗蔵は楽屋で言った。

帝劇では座席番号入りの切符を十日前から発売し、東京市内に限ってこれを無料配達した。また出方を廃して、男の接待係と女の案内人を置いた。だから案内人が切符の番号を見て席まで案内する。出方には茶代などというチップをやることになっていたが、案内人にはそれは要らない。茶屋出方の廃止は明治座で左団次がやって失敗したものだが、帝劇がそれをやり通したのは、経営者が芝居の外の人間だったからである。

西洋には今でもチップの習慣があるが、日本でも昔はあったのだ。それが大正頃から、鉄道会社などで茶代廃止の動きが起こり、それが定着して今日にいたっている。

また帝劇では客席での飲食喫煙を禁じたが、のちのちまで歌舞伎座では飲食は自由であった。それと、従来歌舞伎の開演は月半ばだったりまちまちで、いったん打ち上げると次はいつ開くか分からなかったが、帝劇は月一日に開演するように改め、ほかの歌舞伎劇場も次第にこれに倣って月始め開演とするようになった。

演目は「頼朝」三幕、「伊賀越道中双六《いがごえどうちゅうすごろく》」、右田寅彦作「羽衣」である。高麗蔵は一番目の頼朝と、「羽衣」では梅幸の羽衣天女に対して、宗十郎と漁夫を演じて踊りを見せた。鴈治郎が特別出演して「伊賀越」の唐木《からき》政右衛門を演じた。「羽衣」では専属女優たちが幕切れに宙吊りになるのだが、舞台稽古で初めて宙吊りになった時は悲鳴があがったという。

初日大入りで、終演後、みなで楽屋でシャンパンを抜いて祝った。

大入りは続いて、二十五日を越えて四月三日まで日延べした。幕間《まくあい》の時間を掲示し、開幕のベルを鳴らすなど従来にない改革がなされており、のち歌舞伎座もこれに倣う。しかし花道の短いのや、西洋風のプロセニアムアーチの舞台は、劇通や批評家からはさんざんに言われた。

堀越姉妹は、上方の實川延二郎《じつかわえんじろう》が世話をして、三月は京都明治座に出演し、「道成寺」を踊った。が、ゴシップでは、延二郎は色悪で、妹の旭梅の婿になって團十郎になるのを狙っているのだと言われた。のちの延若である。

「しかし、妙な夫婦になっちまったもんだなあ」

高麗蔵は思う。実子と福三郎のことだ。福三郎は相変わらず鴈治郎の下で大阪あたりの舞台に出ている。

帝劇が日延べ上演をしていた四月一日、吉原で大火があった。吉原の火事はよくあることだが、この時は大きく、娼妓が何人も死んだ。この頃、志賀直哉と里見弴は連れ立って吉原へ遊びに行っていたが、この日、志賀が大火を見に行くと、妓楼の二階から里見が手を振っていた。志賀二十九歳、里見二十四歳であった。

段四郎が歌舞伎座で「勧進帳」の弁慶をやって「焼亡し畢《おわ》んぬ」と言った時に、その澤瀉楼も焼け、段四郎はこれを機に妓楼経営をよし、娼妓たち七十三人を無償で解放し、美談と讃えられた。もはや歌舞伎役者が妓楼を経営する時代ではなくなりつつあったのだ。段四郎は五十二歳である。

高麗蔵は、前の時のようにすぐ歌舞伎座へ戻ることはなく、次に歌舞伎座へ出たのは特別出演した七年後、本格的に歌舞伎座へ戻るのは、十九年後のことであった。つまり四十一歳から六十歳まで、俳優の円熟時代を帝劇で過ごしたのである。高麗蔵の広い楽屋には大きな三面鏡があり、高麗蔵はその前で椅子に座って化粧をした。

一方、市村座は、菊五郎と吉右衛門の本拠地となったから、歌舞伎座に残ったのは、芝翫、八百蔵、羽左衛門である。市村座は下谷二長町《にちょうまち》にあったから、通称二長町と呼ばれた。

五月十日から十七日まで、帝劇では初の女優劇を上演した。益田太郎冠者が書いた喜劇が演じられ、この太郎冠者の女優劇は、帝劇の売りものの一つになった。またこの頃、劇作家として一世を風靡したのが、長谷川時雨《しぐれ》である。のち年下の通俗作家・三上於菟吉《みかみおときち》と結婚し、『女人藝術』を主催して女性作家を育てた。

七月、詩人の北原白秋が、隣家の妻との情事のため姦通罪で夫から告訴されて下獄した。新聞記事を見た高麗蔵は、これはわがことであったかもしれないとぞっとした。

その十一月、高麗蔵は帝劇で七代目松本幸四郎を襲名した。同じ月に歌舞伎座では、芝翫が六代目中村歌右衛門を襲名していた。その襲名興行中、川上音二郎は盲腸炎の悪化で、大阪帝国座の舞台で倒れ、入院していたが、いよいよ最期が近づき、舞台で死にたいと言うので帝国座の舞台上へ運び、そこで事切れた。四十八歳であった。

幸四郎の配り物は扇と摺物《すりもの》だけで、扇面は西園寺侯の題字に野口小頻女史が絵を描き、摺物は二枚続きで、蒐集《しゅうしゅう》した西洋絵葉書を三枚ずつ袋に入れて三階の客席に配った。歌右衛門、八百蔵、羽左衛門、段四郎、小団次、左団次、菊五郎、英造、梅幸、宗十郎の句が並び、幸四郎の句は「目と鼻も及ばずながら案山子哉《かかしかな》」とあった。幸四郎という大名跡は案山子のようなものだという謙遜であり、案山子は秋の季語である。あわせて、市川姓の門弟らも松本姓に変わった。

五代幸四郎の弟子だった松助は、高麗蔵の襲名をわがことのように喜び、

「染ちゃんが幸四郎になるとはねえ」

と涙にむせんだ。

歌舞伎俳優には、いくつかの姓がある。徳川時代の座元名である中村、守田、市村、河原崎、團十郎の市川、菊五郎の尾上、大阪の實川などである。松本というのはしかし、松本幸四郎とその門弟以外にはほぼいない。坂東となると、守田の一門に坂東三津五郎や玉三郎があり、市村の係累の坂東彦三郎などもあり、屋号も大和屋、音羽屋などさまざまである。

高麗蔵の幸四郎襲名はすんなり行ったが、歌右衛門のほうは、鴈治郎と争った結果である。しかし中村歌右衛門というのが、争うほどの大名跡だったのかは疑問である。名跡争いというのは、いわば動物が、群れの中での順位争いをするようなもので、この名跡がすごい、ということにして争うだけである。今日歌右衛門が大名跡のように思われているのは五代目がいたからで、吉右衛門など一代でこれを大名跡にしてしまった。鴈治郎は翫雀の子だがついに翫雀は襲名せず、孫の三代目が息子に継がせ、自分は明らかな大名跡の坂田藤十郎を名のり、翫雀を鴈治郎より下にしてしまった。落語の桂米朝も、父は米団治《よねだんじ》だがこれを襲名せず、最初から米朝で、これを大名跡にした。

歌右衛門は立役女形を兼ねる役者だったが、次男の六代目歌右衛門の印象操作で、女形専門だったように思われている。ともあれ、菊吉時代と言われても、歌舞伎座に君臨したのはこの五代目歌右衛

門であった。

歌右衛門は鉛毒で不自由な体ながら「京鹿子娘道成寺」を踊り、八百蔵、羽左衛門、仁左衛門のほか、菊五郎、吉右衛門も参加した。その意味では、幸四郎は歌右衛門の政治力にかなわなかったとも言える。

鴈治郎はその後、江戸三座の一つ、中村座の太夫元である猿若勘三郎を襲名しようとして、遺族に交渉を行ったが、不調に終わった。

この襲名披露興行を打ち上げたあと、逍遙の文藝協会がイプセンの『人形の家』などを上演し、松井須磨子がノラを演じた。

明治四十五年（一九一二）一月、堀越姉妹は宮戸座に初出演した。二月の帝劇では、シェイクスピアの「ウィンザーの陽気な女房たち」を「陽気な女房」として松居松葉の訳で上演し、幸四郎はフォルスタッフで、初瀬浪子《はつせなみこ》、河村菊枝（菊江）、森律子、村田嘉久子、田中勝代ら女優たちに囲まれてこれを演じた。また声楽家の柴田環《たまき》が歌劇「熊野《ゆや》」を上演した。『魔風恋風』で、自転車に乗って颯爽と通学する萩原初野は、学生時代の環がモデルだったと言われている。

二月、帝劇設立の功労者の西野が専務を辞任し、手塚昌毅が後任に就いた。三月の帝劇では、幸四郎の門弟高麗太郎が名題昇進し、松本小治郎と改名した。

この頃、團十郎の十年忌追善興行を歌舞伎座でやる話が出ていた。築地の成田屋で発起人会を開いたが、堀越一家に、菊五郎、羽左衛門、幸四郎、八百蔵、段四郎が集まった。堀越家では、よろしく頼むという話だったが、幸四郎は、

「カネを取らずに一、二日出るなら構わないが、営利興行としてやるなら、帝劇側で承知しないから出るわけにいかない」

と言った。梅幸はその時欠席していたが、田村に訊くと、梅幸はそうは言わないだろう、先代菊五郎が死んだあと梅幸にしてもらった恩があるから、と言った。

また福三郎は、自分は鴈治郎の世話になって役者をしているから、鴈治郎に東京のお客様に紹介してもらう、つまり鴈治郎一座で東京の劇場に立つまでは十年祭に出るわけには行かないと言った。

幸四郎は六月に京都南座に出て、鴈治郎の武部源蔵に松王丸を演じたが、この芝居には福三郎も出ていた。

「誰が考えたって」

幸四郎は、河原町の料亭へ福三郎を呼び出していた。

「こんなおかしな夫婦《めおと》はねえだろう」

妻は團十郎の娘で女優を目ざしているが、出る劇場は決まらないで独身の妹と二人でまるで風来坊のよう、夫は女婿で團十郎を継ぐと言いつつずっと大阪で脇役役者をやっている。

「へえ」

福三郎はもう恐縮している。

「どういうことなんだ」

「へえ」

「お前さん、女がいるね、大阪か京都か知らねえが」

「……います。祇園の……」

「俺に遠慮するこたねえやな。高麗蔵を葬れと新聞に書かれた人間だ。姦通罪で訴えられかけた役者だ」

「それだけじゃねえんで」

幸四郎には、ぴんと来るものがあった。

「女が子供を産みやんして」

大阪弁になっている。

「女の子だったんですが、てことは、俺にゃあ子供を作る力があるってことで」

幸四郎の目が険しくなった。

「実子もそのことは知ってます。だからあんな、女優業に打ち込んでるかと思うと、わっちぁ、あれが不憫でならんのです」

「……」

世間では、もう團十郎なんて名前は忘れられつつある。だがここに、團十郎という名前に振り回された夫婦がいる。幸四郎は、苦痛を噛みしめた。

（父なし子を産む女、産まない女、産めない女。色々だな……）

天下の松本幸四郎といえども、これ以上はどうしようもなかった。

「しかし……」

と言って、幸四郎はクククク、と笑った。

「え？」

「いや、実ちゃんの旦那はさぞ大変だろうと思うよ」

「大変ですよ」

「あれは典型的な若家刀自《いえとじ》というか、長男のようになっちまった長女だね。とにかく気が強い。俺が逃げ出したのも、そのせいだ」

「そうですよ……」

幸四郎も、あっさり肯定されては、返す言葉もなく、いつか東京へ帰ってくれ、とだけ福三郎には言った。

前年から続いていた辛亥革命がこの年成り、清国は滅びて中華民国が建国された。

天皇の病気が重いと伝えられた七月二十日から、各劇場は休演したが、三十日に天皇が死去し、大正と改元された。五日間歌舞音曲停止の通達が出たが、政府筋の意向で、九月十三日のご大葬まで劇場は休みとなった。そのご大葬の日に、乃木希典が妻とともに殉死して、世間に衝撃を与えた。そして、團十郎の十年忌興行について、堀越家では、これは一年たたなければできないと言いだして、それきりになった。

九月、左団次は明治座を新派の伊井蓉峰《いいようほう》に譲渡し、木村錦花、岡鬼太郎とともに松竹の専属となって、本郷座などに出るようになった。八百蔵も松竹に所属した。十月に帝劇は米国のオペラ・バレエ演出家ローシーを招聘し、以後しばらく、ローシー・オペラは一世を風靡した。

実に大正時代の帝劇は、演劇の実験場の観があった。女優劇、オペラ、西洋劇などを、歌舞伎界の大物の幸四郎が中心になってやったのだから、奇観である。一般的には壮大な失敗に終わったとされているが、女優は育ち、浅草オペラはこの後に生まれるのである。

十月十五日の朝、二階で幸四郎が寝ていると、下から勘右衛門が、

「おい、ちょっと来てくれ」

と、変わった声の調子で呼んだので、降りていくと、母の様子がおかしい。幸四郎が膝の上に母の体を抱き上げると、もう痙攣が起きていて、そのまま静かに息を引き取った。動脈瘤の破裂であった。七十五歳だった。仮葬に続いて十一月六日、谷中斎場で本葬を行い、藤間の門弟らが数多く集まった。

秦豊吉が一高の制服姿でやってきた。二十歳になる。

「ドイツ文学をやるのかい。誰か偉い作者がいるのかね」

「ゲーテですね。『ファウスト』っていう詩劇が偉大なもんです」

「ほう。劇なのか。それは上演できるかな」

「さあ、どうですか。鷗外先生が訳しているはずです」

「日本の文学者じゃ誰が偉いんだい。やっぱり永井荷風かい」

「いえ、今はもう断然、谷崎潤一郎です」

「あー、それは何か聞いたことがある。悪魔主義とかいう……。ところで潤一郎ってそれは本名だろう。号は何なんだ」

「いや……号はないみたいですね」

「へえっ。文士が号をつけないのかい」

「小山内さんもつけてないんじゃないですか」

「ふーん……そういう時代になったのかね。俳号もないのかい」

「谷崎さんは俳句はやらないんじゃないかな」

「へえ」

「あっ、そういえば谷崎は菊五郎と同い年で、菊五郎と自分は似ていると言ってるみたいですよ」

「へえ。そりゃいっぺん会ってみたいもんだな。戯曲は書かないのかい」

「書きます書きます。最初に書いたのが戯曲で、何だか今の小説家は戯曲を書く人が多いんですよ」

「ふうん……」

みつが死んで、勘右衛門は当時すでにぼろ家になっていた花川戸の家を畳み、浜町で幸四郎一家と暮らすようになって、浜町の稽古場は藤間流の稽古場を兼ねた。妻・みつの母は定子といい、日本橋の上槇町で長唄を教えていて、子供らもそこへ通っていたが、夫が死んで、娘と一番仲が良かったのと、勘右衛門とは茶飲み友達だったのとで、これも同居するようになった。昔はこういうかかりうどとか居候みたいなものが多かった。

帝劇は、女優を抱えているから、歌舞伎以外のものも上演した。前面を日本風に作り替えた歌舞伎座に対して、帝劇の白亜の建物は、あまり歌舞伎劇場という感じがしない。「今日は帝劇、明日は三越」という宣伝文句は、歌舞伎の観客が、下町の富裕層から、山の手の中産階級へ移りつつあったことを示している。

十一月は、「ひらかな盛衰記」をやる予定だったが、およしを演じる澤村宗之助が病に倒れ、その代役を村田嘉久子に頼んだ。嘉久子は驚いて辞退したが、高麗蔵らが説得して、代役を勤めたということもあった。嘉久子が選ばれたのは尾上蟹十郎の妹だったからだろう。

帝劇では歌舞伎に女優を使ったが、帝劇が歌舞伎劇場でなくなってこの試みは結局は挫折し、歌舞伎に女優を、という議論は戦後も出たが、ついに今日まで歌舞伎は男演劇であり続けている。だいたい帝劇は、親の代から歌舞伎好きといった客層ではない、歌舞伎というものを観てみようかといった成金的人物、あるいはお上りさん的客が行くものと、当時は思われていた節がある。

大正二年（一九一三）一月には、帝劇でローシー演出の無言劇「マリー・ド・クロンビッレ」に出た。サム・カドウォース作曲とあるがどういう音楽家か分からない。筋は、男爵の息子アルフレッドが、マリーを妊娠させながら子爵の娘と結婚しようとし、マリーが来てアルフレッドを刺そうとするが、マリーの兄ピエールとアルフレッドの決闘になり、傷ついたマリーがアルフレッドをかばうので、感動したアルフレッドはマリーと結婚するという話で、マリーをローシー夫人、アルフレッドを幸四郎、ピエールをローシーがやった。

二月二十一日、小団治の門弟の市川小文次という名題役者と、旭梅こと堀越扶伎子が結婚し、小文次も堀越家と養子縁組して、堀越柳吉になった。扶伎子は二十一歳、小文次は二十八歳だった。

文藝協会を脱退して近代劇協会を作った俳優の上山草人《かみやまそうじん》は、伊庭孝《いばたかし》らの勧めで、帝劇で『ファウスト』をやることになり、鷗外に会いに行って、その翻訳を使うことにした。長いものだから、適宜場面を選んで上演した。

「へえ、これが『ファウスト』かい」

幸四郎には、何だかよく分からなかった。

その初日の翌日の三月二十八日、三男が生まれた。幸四郎はこれを「豊」と名づけた。「豊吉」から一字とったわけである。

国技館が近いので、一度相撲を観に行きたいと末子は言ったが、あいにく本場所のある一月と五月は舞台があり、帝劇は夕方からの開場なので一緒に行けない。もう少し子供が大きくなったら、休みをとって行こう、と幸四郎は行った。当時は、太刀山、常陸山、梅ヶ谷といった横綱が活躍した時代である。

四月に東京俳優組合の役員改選が行われ、頭取に歌右衛門、副頭取に梅幸、評議員長に八百蔵、評議員に羽左衛門、段四郎、幸四郎、宗十郎、小団次、左団次、菊五郎が選ばれた。

五月には扶伎子の婿の小文次は帝劇で市川新之助を襲名し、六歌仙の業平を踊った。新之助は、團十郎の弟だった海老蔵の前名で、扶伎子は海老蔵の継嗣と定められていたから、いずれは海老蔵になるのだろうと思われた。

坪内逍遙の文藝協会は、西洋劇を上演して気を吐き、特に松井須磨子が注目されていた。だが、協会の幹部である島村抱月との恋愛事件のため、五月末、抱月と須磨子は文藝協会を除名され、藝術座を結成した。

左団次と小山内がこの頃「自由劇場」を創設していたが、これも劇場があるわけではない。「自由劇場」「藝術座」といった名称は、あたかも劇場があるように思わせるが、劇団名である。こういう「座」「劇場」といった、劇場のない劇団名はこの頃から始まったもののようだ。前進座劇場とか俳優座劇場とかいうのは、本来はおかしな呼称なのである。

六月には帝劇で、川上貞奴が主演してオペラ『トスカ』が演じられた。七月十八日、女団洲と言われた市川九女八が、浅草みくに座に出演中、卒倒し、二十四日、六十九歳で死去した。

その七月、歌舞伎座では事変とも言うべきものが起きていた。田村成義は、病に倒れたこともあり、会議で、松竹の大谷竹次郎を歌舞伎座の重役に迎えること、帝劇と俳優の融通をしあうことを提案した。ミツワ石鹸を販売している御園白粉《みそのおしろい》の三輪善兵衛は重役の一人だったが、大谷に相談すると、自分に任せてくれるならやってもいいと答え、暗に田村の引退を求めてきた。こうして田村は引退し、歌舞伎座は半ば松竹の手に移った。

この三輪善兵衛はのち歌舞伎界の実力者となるが、三輪の御園白粉は鉛を使っていないので鉛毒になる危険がないとされ、ミツワ石鹸の広告には歌舞伎俳優がよく出たものだ。といってもテレビやラジオではないので、石鹸や白粉について談話を載せるのである。幸四郎が化粧法について盛んに説いていたのもそのためである。

八月二十五日、幸四郎は武州寄居《よりい》の別荘へ演劇関係者を招待した。

「兄さんは、洋行なさらないんですか」

と、羽左衛門が訊いた。

このところ、俳優の洋行が続いていた。しかし歌舞伎俳優では、左団次が行っただけで、ほかにはまだいない。だから、なんでさ、と訊くと、

「いやあ、藤間の兄さんは革新派だし、洋行しそうな気がするんですよね」

と言う。

実際、幸四郎は、近代的でハイカラだった。子供たちはベッドに寝かせてクリスマスにはプレゼントを袋に入れ、英語やロシヤ語を習った。乗馬もしたし、園遊会を開いた。子供が学校から帰るとキッスをした。

治雄は、元気に育っていたが、五歳の時から踊りの稽古を始めた。藤間勘右衛門には初孫でかわいがっていたから、勘右衛門が教えたのでは甘えてしまうというので、茅場町の植木店《うえきだな》にいた藤間勘十郎のところへ行った。当時五十歳くらいの五代目で女性である。同じように、羽左衛門の息子の勇（のちの十六代羽左衛門）も来ていた。最初は「羽根の禿」からだった。

九月一日から、梅幸、村田嘉久子、初瀬浪子らと神戸の聚楽館《じゅらくかん》の開場公演に出て、「茨木」のほか、江見水蔭の「名和長年《なわながとし》」をやった。このことを知って驚いたのが幸田露伴である。露伴はかねて、幸四郎にやってもらうつもりで戯曲「名和長年」を書いていたからである。どうも露伴が書いているのを知って、誰かが水蔭に教えたらしい。しかし露伴のは、大倉喜八郎（号・鶴彦）の委嘱で書いたものだから、幸四郎がどういうわけで別人のものを上演したのかは不明である。

露伴が水蔭の台本を取り寄せてみると、同じ『太平記』によって書いたものだから似ている。それで露伴は書いていたのを破棄して、別の史料で新たに書いた。

幸四郎一座は十四日からは名古屋御園座の改築初興行で「茨木」「名和」を演じ、二十三日から岩手県の盛岡劇場開場式を行ったあと、十月二十六日から三日間、帝劇で大倉喜八郎男爵祝宴余興劇を関係者だけを観客として上演したが、これには歌右衛門と羽左衛門が参加し、露伴原作・右田寅彦脚色「名和長年」を上演した。最初の題は「船上山《せんじょうさん》」だったともいう。右田は露伴の戯曲を七五調に直したのである。名和長年は、隠岐へ流されていた後醍醐天皇が本土へ戻るのを、船上山で迎えた武将で、露伴のものは、天皇の使いとして長年のところへ行く成田堯心《ぎょうしん》を副主人公にしている。この堯心を演じたのが、尾上松助である。

十一月は帝劇で「千本桜」をやったが、新富座では福三郎が鴈治郎一座に加わって東京で初めて舞台に立った。福三郎と翠扇は、この時久しぶりに顔をあわせたが、翠扇はいつしか女優を引退した形になっていた。そして福三郎は、團十郎追善興行に出る条件をここでクリアしたわけである。

十二月の帝劇では、「先代萩」のほか、松井須磨子が「サロメ」を演じた。ヨカナーンを演じたのは新国劇の沢田正二郎である。この頃、貞奴と須磨子は、女優二人で火花を散らすの観があった。

その十六日に、扶伎子が女児を出産し、菊枝（貴久栄）と名づけられた。のちの三代市川翠扇である。

須磨子は大正三年（一九一四）三月に帝劇でトルストイ原作の「復活」を藝術座で上演した際に「カチューシャの唄」を歌い、これが世間で流行した。

この三月に大阪の浪花座で、段四郎の弁慶、鴈治郎の富樫、福三郎の義経で「勧進帳」をやった。福三郎も出世したものだが、これは市川宗家なので支払いがなくてすむということでの起用だろうか。

三年四月は、幸四郎の弁慶、梅幸の富樫、宗十郎の義経で「勧進帳」をやったが、これは歌舞伎座では三月二十三日から羽左衛門の弁慶、左団次の富樫、歌右衛門の義経、市村座では菊五郎の弁慶、吉右衛門の富樫、三津五郎の義経の三座競演になった。いきなりあとを追いかけてやれるというものではないから、三座相談の上の競演ではなかったか。しかし杉贋阿弥が「羽左は勇、幸四郎は柄、菊五郎は形」と評した「勇」は、柄にない弁慶をやる勇気のことで、この当時、柄が弁慶だという役者は、一に幸四郎、二に段四郎だったのである。この時は菊五郎が、堀越実子に教わってやり、幸四郎は大金を出して堀越家から台本を借りたという。堀越まさは菊五郎を「おまはん」と呼んでかわいがっていた。

五月の帝劇では「河内山」をやったが、読売新聞で徳田秋聲は、「幸四郎もまだ絶望すべき俳優ではない」と書いた。

この年幸四郎には女児が生まれ、弘子と名づけた。六月には長男の治雄が、松本小太郎と名のって地方巡業で高松の弁天座で初めて舞台を踏んだ。

歌舞伎座も松井須磨子人気に乗って、八月には須磨子の「マグダ」（ズーデルマン原作）を掛けた。しかし、これは父に反抗した女が、ピストルを父に向けて頓死する話なので、内務省から日本の道徳上望ましくないと、今後の上演を禁じられ、最後の部分を書き換えて続演するということがあり、文藝界でも論争になった。これは「帰郷」の題でも知られる。

七月二十八日には欧州で世界大戦が勃発し、日本も八月二十三日、ドイツに宣戦布告して大戦に加わった。三十日には、三月に巴家八重次を入籍した永井荷風が、左団次夫妻を媒酌人として結婚披露を行った。この時、坂東秀調が、八重次こと静枝の仮親になったので、静枝の名は「金子ヤイ」になっている。

八月、帝劇では手塚専務に代わって山本久三郎が専務となるが、これが大正後期、松竹の大谷、市村座の田村寿二郎とともに歌舞伎の三頭目の一人と言われることになる。八月二十日、市川門之助が五十三歳で死去した。

九月は帝劇で榎本虎彦作の「市川団十郎」が上演された。初代團十郎が、舞台上で殺されたという話を劇化したもので、幸四郎が團十郎を演じ、劇中劇も挿入された。もう一つ、欧州大戦を当て込んで、松居作の「美人と英雄」が出て、幸四郎はここでナポレオンに扮した。

十月、帝劇社長の渋沢栄一が引退し、大倉喜八郎が新社長となった。この月、秦豊吉はハウプトマンの『馭者《ぎょしゃ》ヘンシェル』を翻訳して植竹書院より刊行した。十一月はじめ、日本軍は膠州湾《こうしゅうわん》のドイツ租借地を占領した。日本は戦争中だったが、国民に実感は乏しく、戦争は「欧州大戦」と呼ばれていた。

大正四年(一九一五)一月に、帝劇で「山姥」をやり、治雄が松本金太郎の名で山姥の子・怪童丸を演じて初舞台を踏んだ。治雄は満六歳で、このあと帝劇で「寺子屋」の菅秀才をやったあと、暁星《ぎょうせい》小学校へ入学した。幸四郎は、役者にも学問が必要だと考える進歩派だから、役者の子供で暁星へ入ったのは治雄が初めてだった。のち弟たちも暁星へ行くが、ここでは英語、フランス語など外国語を教えるのである。

しかし、歌舞伎俳優にも学問が必要だと考えた最初は、二代目猿之助であろう。今でも、猿之助の子孫と幸四郎の子孫は、歌舞伎界でも大学へ行く率が高い。特に猿之助のほうは、主に慶応で、幸四郎のほうは、孫の十二代目團十郎が日大、現在の幸四郎が早大へ行っている。

入学とともに、治雄は勘十郎から変わって藤間勘八のところへ稽古に行くようになったが、これは勘十郎が、観右衛門と流派が違って手に違いがあったからしい。勘八も女である。また杵屋六左衛門のところへは長唄の稽古に通った。

この四月末から帝劇で須磨子が「サロメ」をやると、五月に貞奴が本郷座で「サロメ」をやるという女優競演があった。須磨子は三十歳、貞奴は四十五歳であった。

さて歌舞伎座は、どうも入りが悪くなってきたので、羽左衛門に「助六」をやらせる計画を立てた。これは準備に時間がかかるし、市川宗家の許可が要るから、大谷は一ヶ月前に堀越家へ行って相談するとすぐ承知したので、同時に他座から申し込みがあっても認可しないでくれと言い、承知したと言《げん》質《ち》をとった。

するとその後へ山本久三郎と伊坂梅雪が来て、帝劇で幸四郎に助六をやらせたいと言う。先約があるからと言ったのだが、堀越家では幸四郎は團十郎の弟子だし、認可してしまった。大谷は怒って、助六は中止だと言うと、帝劇側でも遠慮して助六はやめにする、というので双方堀越家へ使者を立ててやめにすると言った。

そこへ、十八番ものの庇護者である田村成義が乗り出して、それではもったいないと言うので仲裁し、帝劇側では、今回は歌舞伎座に譲り、帝劇は来年回しにすると言って収まった。ところがその日の新聞夕刊に、堀越宗家は歌舞伎座に助六を許して帝劇には許さなかった、と書いたから山本が怒って、歌舞伎座の助六を中止させてみせると言ってまた紛擾、助六は五月まで延期するという話になったが、これを公表する前に一日早く「時事新報」に漏れて、今度は歌舞伎座側が、延期はできないと言いだしたが、帝劇は一日初日と決まっているからもう準備が間に合わず、歌舞伎座に、初日を中日過ぎにしてくれと言い、四月八日から歌舞伎座で、歌右衛門の揚巻、八百蔵の意休で助六をやった。

末子は「寿恵」とも書いた。たくさん子供を産んだ割に、丈夫ではなかったようだ。

幸四郎は、晩夏の一夜、縁側へ出て、団扇《うちわ》を使いながら、ぽつりと言ったことがある。

「俺は、二流役者かもしれんなあ」

末子はそれを聞き咎めて、隣へ来た。

「そんなことございませんでしょう、一流の、天下の高麗屋じゃございませんか」

幸四郎は、妻がそう言うのは分かっていた。

「だがな……。歌右衛門、仁左衛門、羽左衛門は三衛門と言われ、菊五郎、吉右衛門なんかは菊吉と言われ、あと鴈治郎、うち（帝劇）の梅幸、みんなに比べたら、一段落ちるんだよ」

「さようですかねえ……」

「若いうちは、まずいまずいと言われても、なあにそのうちには、と思っていた。師匠（團十郎）だって若い頃は大根《でえこ》と言われたんだってな。だがこの年になって、ああ、こりゃあダメかなあと、思い始めたよ」

幸四郎は、四十六になっていた。

「あとは、治雄や順次郎や、豊に期待するしかねえ」

「いい役者になると、いいですね」

「今度の子は、男かな女かな」

末子は、また妊娠していた。

「さあ……また女の子のような気がします」

「そうかえ」

「あの……旦那さま」

「ん？」

「旦那さまは、徳川家康と言われてますでしょう」

「ああ」

幸四郎は苦笑して、

「とんだ家康だよ。がたがた動くだけで、天下がとれねえ家康だ」

「じゃあ石田三成ですか」

「ん？」

「朝吹さま（英二）が盛んに、三成は忠臣だとおっしゃってました。負けて斬首されたけれど、偉いって」

「……そういえば何か三成のことを書いた本を貰ったっけ」

「うまく言えないんですけど、一流とか天下をとるとかしなくても、その人がいたおかげで何なにがどうした、という生き方があるんじゃないでしょうか」

「……」

「旦那さまがいるから、今のご見物は立派な弁慶が見られるし、立派な時代ものの武将が見られるわけでございましょう」

「……そうだな」

「そういう生き方があっても、いいんじゃないでしょうか」

「ふっ」

幸四郎は笑って、

「何だか新聞の人生相談みたいだな。お前、あれ好きだろう」

「あら、ばれましたか」

幸四郎は少し黙った。庭ではチーチーチーと秋の虫の音が聞こえた。

「まあ心配するな。六十くらいで大化けする役者もいるわさ」

「五十、ではいけませんか」

「まあ、五十でもいい」

六月には、守田勘彌が猿之助、中村東蔵、林和《やわら》、林千歳《ちとせ》と「文藝座」を組織し、帝劇で第一回公演を行った。

歌右衛門は、千駄ヶ谷に、四年をかけて落成した邸宅を建て、そちらに移った。かつての茅ヶ崎の團十郎別荘と同じく、車寄せに請願巡査の家が二軒あり、「千駄ヶ谷御殿」と呼ばれた。

十月には帝劇で、幡随院長兵衛と、ローシーの歌劇「嫉妬」をやり、幸四郎も出た。十一月興行で、初めて一般向けに、露伴の「名和長年」を上演した。

末子は、その秋、女児を産み落とした。浜町に因んで浜子と名づけたが、末子のその後の具合が良くなかった。

茅ヶ崎へ転地療養したり、入院したり、帰宅してまた入院したりの繰り返しが続いた。その間、幸四郎は十一月帝劇で「名和長年」をやり、年末には歌舞伎座の東京俳優組合演藝会に出て、この時門弟の松本錦吾が名題試験を受けて昇進した。

大正五年（一九一六）一月も帝劇に出たが、二月は休んで末子の看病に当たった。腎盂炎《じんうえん》との診断だったが、三月、ついに末子は銀座の実家に帰り、二十五日午前三時、三十一歳で死んだ。

この当時、女が出産のあとで死ぬことは必ずしも珍しくはなかった。しかし幸四郎の失意は大きかった。男三人、女二人の子が遺された。治雄や順次郎は、母の死が分かる年齢だったから、二人の悲しみも小さくはなかった。葬儀は二十七日午後一時から谷中斎場で執り行われ、帝劇、劇界関係者が参列した。

幸四郎は悲しんで、墓は自分の戒名も入れて比翼塚《ひよくづか》にして池上本門寺に建てた。

二月には市村座で五代目菊五郎十年祭の追善興行が行われ、帝劇からは梅幸と松助が参加した。同月、新富座で鴈治郎と歌右衛門の「紙治」が話題となった。三月、岡村柿紅《しこう》を主筆として歌舞伎雑誌『新演藝』が創刊された。

五月八日、帝劇女優の森律子の弟・房吉が鉄道自殺を遂げた。律子は衆議院議員の娘で跡見高等女学校の出身だったが、良家の令嬢が女優になることは恥だとして出身校の名簿から削られ、第一高等学校学生だった弟はそれも一因で自殺したとされた。

「それが原因とは思えないんだがなあ」

東京帝大文学部独文科三年生になっていた秦豊吉が言った。

「姉さんが女優になったからっていじめるとか、一高ではそんなことはまあないですよ。失恋とか、哲学的煩悶とかじゃないかと思いますよ」

「そうかね」

幸四郎は、弟の自殺で悲しむ森律子を見ていて、自分同様に不幸な人間がいることに慰めを見出し、かつ罪悪感を抱いていた。

「しかしお前、恰幅が良くなったね」

「えへへ……」

どうやら豊吉は、時々吉原へも出かけるといった学生らしかった。二十六歳になっている。

「帝大の文科では、『新思潮』とかいう雑誌を出すんだろう。お前も加わってるのかい」

「いや、僕はなんかね。文学は好きなんだけど、創作となるとどうも筆が……。お前は幸四郎の甥だから材料はいくらもあるだろう、とか言われると、かえって書きづらいんですよ」

「小説ってのは実際あったことを書くのかい」

「いや、最近はそういうのが多いですね。小山内さんのも、荷風先生のもそうです。谷崎さんは違うみたいだけれど」

「戯曲を書くやつはいないのかい」

「いますよ。久米正雄……」

その頃、英文科の久米正雄と芥川龍之介は、第五次『新思潮』を、京大にいる菊池寛らと創刊し、芥川と久米は夏目漱石を訪ねてその弟子に連なっていた。

続く十二日、歌右衛門が代々木に新宅を建て、その新築祝いがあって、幸四郎も出席した。歌右衛門は五十一歳になっていた。長男は今年十七歳で、児太郎《こたろう》からこの春、中村福助を襲名していた。歌右衛門は元は山本だったが、最近本名も中村に変えていた。

六月の帝劇では吉右衛門が参加し、「金閣寺」「鈴ヶ森」などをやった。吉右衛門は三十一歳になっていた。義理の兄の時蔵は早くに死に、吉右衛門の十歳下の弟がこの年時蔵を襲名していた。父の歌六はもう七十歳を越えていたが、吉右衛門の末弟、のちの十七代中村勘三郎が生まれるのはこの年のことだ。

「鈴ヶ森」は高麗屋の家の藝で、これは侠客・幡随院長兵衛と白井権八という伝説の盗人が鈴ヶ森で出会って、言葉を交わして別れるというだけのたわいのないものだが、歌舞伎には「暫」「曽我もの」など、こういうのがいくつかある。「お若えの、お待ちなせえ」「待てとお止《とど》めなされしは……」という、人に知られた台詞が聞き所である。長兵衛は高麗屋格子という模様を衣紋の合羽に着けている。

幸四郎が楽屋で、西洋煙草の「オックスフォード」を喫っていると、吉右衛門が誰かと話しながらやってきた。一緒にいたのは、背広を着た、中肉中背の、三十代半ばのインテリめいた男だった。

「兄さん、こちらは小宮さんです」

「小宮です」

小宮豊隆という、帝大出のドイツ文学者で、吉右衛門の大のひいきだという。近ごろ読売新聞に歌舞伎評を書いていて、前年「嫉妬」をやった時に、幸四郎だけが劇的であった、と書いたことがある。

こんな若いインテリにも歌舞伎好きがいるのか、と幸四郎は思った。幸四郎は、椅子を勧め、自身も椅子に掛けて、

「うちの甥ッ子も帝大の独文科にいますよ」

と言ったら、小宮が、ほお、そうですか、と言った。

小宮も、夏目漱石の門弟だと聞いて、

「夏目さんというのは、偉い方のようですな」

と言った。小宮は、そりゃあ、と言って、高麗屋さんはお読みになりませんか、と訊いた。

「昔は読んだこともあったが……」

新聞に連載されているのを断片的に見たことはある。小宮は、

「それでは、『道草』をお読みになっては如何でしょう。これは先生の幼い時の、養子に出された経験を描いたものです」

「養子に出されたのですか」

小宮は、漱石が幼い頃養子に出され、のちのちまで養父母との関係で苦しんだことを話した。幸四郎は、興味を持ち、帰りに車を丸善へやると、『道草』を買い求めて帰宅した。

「お帰りーッ」

同車して帰ってきた高麗三郎が声を掛けると、奥から女中、乳母と一緒に五人の子供がどたどたと出てきた。妻がいないのは寂しかったが、これだけの子供を遺していってくれたのがありがたかった。

夕食後、自室で幸四郎は『道草』を読み始めたが、文章が独特で立派なのに感心していると、次第

に、養子に行っていた時の子供ながらの苦悩が描かれたところへ来て、幸四郎ははらはらと涙を流した。自分は、いい養父母に恵まれた、と思った。と同時に、昔の養父につきまとわれるところは、幸四郎も、高麗蔵や幸四郎といった名跡の権利者から似たような目に遭っているので、共感を覚えた。

幸四郎の子供たちは、乳母や定子が見たり、祖母のりょうや幸四郎の実姉が見たりしていたが、定子は緑内障《そこひ》であまり目が見えなかった。やはり再婚すべきだろうという声が周囲から聞かれた。

七月九日、京大にいた上田敏が四十三で死去した。九月には松竹合名社の大谷竹次郎と帝劇の山本久三郎が、俳優の交流協定を結んだ。二十八日からの歌舞伎座公演には、さっそく梅幸と松助が参加して「源氏店」をやったが、幸四郎は浪花座で鴈治郎と一座していた。

十一月は歌右衛門が帝劇へ出て「本朝廿四孝」をやった。

「藤間、歌舞伎座へ出ろよ」

と、歌右衛門は言った。

しかし、幸四郎はむしろ歌舞伎座は歌右衛門の城、という感じがして出にくいのだった。

その公演中の十六日、歌舞伎座立作者の榎本虎彦が五十一歳で死んだ。歌舞伎座では、その息子のまだ若い榎本茂を次の立作者にしたが、このような世襲制はもはや無理があって、茂は二年ほどで退《ひ》いた。

十二月は幸四郎は京都南座で鴈治郎と一座、「大森彦七」「関の扉」をやっていたが、九日、夏目漱石が急死したことを知った。五十歳だった。しかし漱石は歌舞伎について「極めて低級に属する頭脳をもった人類で、同時に比較的藝術心に富んだ人類が、同程度の人類の要求に応じるために作ったもの」(「明治座の所感を虚子君に問われて」)と書いている。

大正六年(一九一七)一月、帝劇では「勧進帳」を出した。幸四郎の弁慶、宗十郎の富樫、宗之助の義経で、これは世評高く、幸四郎の弁慶役者としての声価が定まった。

中内蝶二は幸四郎の弁慶を「顔の輪郭から体の恰好、それからあの太い肉声、踊の素養、何から何まで弁慶として殆ど完成した資格を備えていた」と評した。

幸四郎は女優の指導にも熱心だったが、女形とは違う演技を創始し、しかしそれが女形への指導にまで影響したため女形の型が崩れたという批判もあった。帝劇の俳優陣では、幸四郎は梅幸、松助を信頼していたが、宗十郎は、どこへ行くか分からないものがあったため心を許していなかった。

その一月、帝大生の秦豊吉は、ゲーテの『若きウェルテルの悲み《かなし》』の翻訳を新潮社から刊行した。それまでは久保天随の文語訳があっただけなので、「かう離れてしまつたのが私には嬉しい。懐かしい友よ。人間の心といふものは一体何であらう。あれ程までに親《した》しんで、別れるのを辛く思つた君と離れてしまつたのが、それが私には嬉しいのだもの」という清新な口語訳は売れた。七年で百刷ほどになった。

二月の帝劇では「関の扉」をやり、オーケリー作、松居松葉訳「他人の子」の、フィルという子供の役で順次郎が初舞台を踏んだ。外国もので初舞台を踏んだ歌舞伎役者は珍しいだろう。

一日始まりの帝劇が珍しく三月三十日開演で「助六」「桐一葉」を出し、二年前に延期した助六を幸四郎が初役でやった。

助六というのも不思議な芝居である。吉原のもて男が、もてぶりを発揮し、つらねで罵り言葉を言ってみせ、バカバカしい股くぐりをさせて、それでいて正体は曽我十郎・五郎だという。夢幻劇か、さもなくば痴呆的な劇である。この舞台で門弟の松本三幸改め富三郎が名題に昇進した。

四月に順次郎も暁星小学校に入り、治雄、豊とともに踊り、長唄の稽古に励んだ。もっとも幸四郎は、治雄は役者にするつもりだったが、次男以下は好きな道を進んでいいと考えていた。

それを機に、幸四郎は三人の子を連れて、自分が育った花川戸の家を見せに連れて行った。その小さくて汚いさまに、治雄と順次郎はいくらか呆然としていたが、順次郎は、

「小さな家から立派な人が出るということはありますが、立派な家から出た人がもっと立派な家を建てるのは大変なことでしょう」

「家貧しくして孝子出ずか……」

幸四郎は、西園寺候のような人もあり、決してそうとは言えないだろうと思ったが、必死にものを言う順次郎がいとしく、黙っていた。

五月二十八日、幸四郎は、新橋藝者だった伊藤徳子と再婚の披露を木挽町の田川でおこなった。媒酌は内藤市蔵夫妻である。徳子はこの時三十五歳になっているから、恐らく昔からのなじみであろう。

前年、わずか一年で荷風から離縁状を貰った藤間静枝が、舞踊家として立つことを志し、坪内逍遙の楽劇論に刺激されて、森田草平夫人の藤間勘次とともに「藤蔭《とういん》会」を創設し、その第一回公演を日本橋常磐倶楽部で開いたのは、その翌二十九日のことである。勘右衛門も出席したが、幸四郎は新婚旅行へ行っていた。

しかし六月一日からは、羽左衛門が加入しての帝劇の舞台があるから、すぐ帰ってきた。演目は

「黄門記」などである。

秦豊吉は、芥川や久米に一年遅れて東大独文科を卒業し、三菱合資会社に入社した。これは父の専治の希望で、かといって豊吉が、創作などの才能に十分自信を持っていたかどうかは疑わしい。豊吉の弟らもおおむね帝大へ進んだ。

九月には藤蔭会第二回公演があり、勘右衛門振り付けの「出雲お国」を踊った。これを最後に、勘右衛門は名を勘翁と改めて引退し、勘右衛門の名は幸四郎に譲ることになって、十月二十六日から五日間、帝劇で引退公演を行い、新作「雪月花」を三段に分けて踊り、納めとした。七十八歳であった。この月から、川上貞奴が引退公演を始め、各地を巡演して翌年十一月の大阪中座で終えた。

さて前に延期になった團十郎十年忌興行が十一月に行われることになった。歌舞伎座、帝劇、市村座三座で同時にやる案を堀越家では出したが、俳優が分散するというので、歌舞伎座と帝劇でやることになった。と同時に、福三郎が團十郎の俳名「三升《さんしょう》」を襲名することになった。

團十郎襲名という話もないではなかったが、やはりそれは無理だということになった。三升と新之助は、両座かけもち、歌舞伎座は十月三十日から、歌右衛門、八百蔵、羽左衛門、菊五郎、段四郎、猿之助、歌六、中村福助、三津五郎、坂東彦三郎、守田勘彌、時蔵、左団次、帝劇は梅幸、幸四郎、宗十郎、宗之助、松助で、間に二十五人が舞台に並んでおのおの口上を言った。加えて、旭梅の娘の貴久栄も舞台にあがった。のちの三代目翠扇である。

歌舞伎座では「矢の根」を、歌右衛門の十郎に三升の五郎、「勧進帳」これは段四郎の弁慶に羽左衛門の富樫、新之助の義経で、あと「嶋衛月白浪《しまちどりつきのしらなみ》」「素襖落」「石橋」、帝劇では「大森彦七」「勧進帳」「お夏清十郎」で、これは弁慶はもちろん幸四郎、富樫を梅幸、義経を宗十郎である。

こうして福三郎改め市川三升は、三十七歳にして歌舞伎座の舞台へ立ったわけである。友人から贈られた一軸には「明王《みょうおう》の利剣の光りあらはれて江戸市川の今ぞ成田屋」とあった。

「兄さん、これまで色々とありがとうございました」

と、三升が言った。

「いや、お前さんの粘るのには驚きやした」

幸四郎も、師家の後継になったかと思うと、いくらか言葉遣いが丁寧になった。

「しかし何しろ毎日歌舞伎座とこっちで襲名披露じゃあ疲れるだろう」

「ええ……あっちはもう偉い方が二十五人も並ぶもんで、緊張します」

「そうですかい」

幸四郎が見ていて、将来、三升が團十郎に、新之助が海老蔵になれる、とはあまり思えなかったのだが、それは言わずにおいた。もっとも三升の五郎は、初日はまずかったがだんだんうまくなった。

この追善興行の最中に、歌舞伎座へ来る途中で転倒した河原崎権之助が、打ち所が悪くて十一月九日に五十七歳で死去している。

十一月二十八日、幸四郎は自宅にいて、古い台本などを調べていたら、寝るのが遅くなって、夜一時を回ったから、そろそろ寝ようかと思っていたら、外がガヤガヤ騒がしくなってきた。

何かなと思っていたら、先に寝んでいた徳子が起きてきて、

「旦那さま、国技館が火事のようです」

と言うから、えっと言って、どてらを引っかけて外へ出てみると、なるほど川向こうの国技館のあたりが明るい。

後から、十歳になる治雄が起きてきて、「あっ、火事だ」と言っている。徳子は、「治雄さん、風邪をひきますよ」と言っている。見るとパジャマ姿だから、

「どれ治雄、お父っつぁんのどてらに入りな」

と、左側に治雄を入れた。体のぬくみが感じとれた。

「あったかい」

治雄が言った。

振り向くと、満月に近い月が見えた。隅田川に微かに国技館の火が映っている。幸四郎は、不安なような幸福なような不思議な気分にとらえられた。自分の体が暗黒の中に浮いて、脇に治雄がいる。それは孤独感にも似ていたし、自分が人生の中途にぶら下がっているという気分でもあった。

「旦那さま、そろそろ中へ」

と徳子が言うので、治雄だけ先に帰して、幸四郎はしばらくそこに佇んでいた。

治雄は内弁慶の外シジミっ貝で、弟たちと遊ぶ時は暴君ぶりを発揮し、家庭内ではかんしゃく持ちの気難し屋だった。

十二月は前年に続いて京都南座の鴈治郎一座で「勧進帳」「高時」に出た。「高時」は、「新歌舞伎十八番」の一つである。鎌倉幕府最後の執権で、闘犬や女・酒に溺れる暗君・北条高時の屋敷の前を、浪人・安達三郎の母・渚と孫の泰松が通りかかると、高時の愛犬・雲竜が渚の足に噛みつき、安達三

郎が駆けつけて、雲竜の眉間《みけん》を鉄扇で打つと雲竜は死んでしまう。三郎は捕らえられ、高時は安達親子を処刑するよう命じる。大仏陸奥守貞直《おさらぎむつのかみさだなお》に窘《たしな》められるが、それでも処刑しようとする。入道延明《えんめい》が、二代目執権・義時の命日だからと言ってやっと思いとどまらせる。その後、高時の周囲に天狗たちが現れて舞い踊って高時をなぶる、という筋である。この高時の天狗舞も、幸四郎の当たり役だった。

大正七年（一九一八）一月からは帝劇で「山門」、二月は久しぶりの歌舞伎座で、「渡海屋」の銀平を、歌右衛門の女房とやった。この時の幸四郎の番付での位置は「止め」つまり一番最後である。かつてはこれは座頭の位置で、書き出しは若手二枚目だったが、今では座頭にして主演俳優が書き出しで、止めは中心にいない重鎮という位置だ。歌舞伎座ではもうずっと歌右衛門が書き出しで、止めになるのは段四郎や仁左衛門である。

三月は歌右衛門、宗十郎と横浜座へ出てから、十五日から宗十郎と名古屋末広座へ出た。妻の徳子は名古屋出身なので、里帰りを兼ねてこれについていった。ところが十八日から、風邪気味だというので床についた。「家に帰って疲れが出たんだろう」と幸四郎は言っていたが、高熱が下がらず、二十一日に松波病院へ入院した。

二十二日が千秋楽で、他の座員はみな帰京したが、幸四郎と門弟らは妻の看病のために残った。だが病勢は進んで急性肺炎となり、二十三日午後四時、あっけなく死んでしまった。

ちょうど二年前に前妻が死んだ日の二日前で、祟りではないかと囁く者もあった。幸四郎は悲しむ暇もなく、四月の帝劇公演の準備のため、家族親戚にあとを託して帰京した。遺体は名古屋で荼毘《だび》に付されて東京で葬儀が行われた。幸四郎はあまりのことに呆然としたまま舞台に立ち、喪主として会

葬者に頭を下げていた。実母のりょうは七十歳になっていたが、幸四郎の肩に手をかけ、

「苦労するね、かわいそうに」

と言った時、幸四郎は名古屋以来初めての涙を流した。

その年はスペイン風邪がアメリカから広まって欧州から日本にまで来て多数の死者を出した。島村抱月もそのため四十八歳で死去し、翌年松井須磨子はあとを追って縊死《いし》自殺した。秋に欧州大戦はドイツの敗北で終わり、ヴェルサイユ条約のため西園寺公望が全権としてフランスへ赴いた。この三月、日本で活動していたローシー夫妻が離日した。その後のローシーの足どりはある程度分かっているが、最後がどうなったかは、分からない。

四月は帝劇で「戻橋《もどりばし》」をやった。これは黙阿弥作の舞踊劇で、渡辺綱《わたなべのつな》が一条戻橋の上で女に出会い、それが酒呑童子《しゅてんどうじ》の子分茨木童子《いばらきどうじ》であることを見抜いて綱が片腕を切り落とす舞踊劇である。このあと茨木童子が腕を取り返しにくるのが「茨木」だ。幸四郎はこの綱も得意の役だった。

そのあと、関西の実業家・小林一三が始めた宝塚少女歌劇の東上初公演が帝劇であったが、幸四郎はちょっと覗いてみて、あまりに下手なのに呆れた。

「あんなもんですよ。昔のタレギダ（女義太夫）と同じで、若い女が舞台に上がりゃあそれでのぼせっちまうやつがいるんです」

と、豊吉である。

「要するに藝者みたいなもんか」

「清く正しく美しく、だから藝者とは違うかしれませんが、逍遙先生の養子の士行《しこう》さんはあすこの

女優と恋愛して逍遙先生を怒らせてるっていうから、まあ藝者みたいなところもありますね」

「へえ、そうかい。小林ってのはどういう人なんだい」

「あれも清かったり正しかったりはしないですねえ。結婚する時に藝者と別れるのに苦労したって人ですから」

「お前、詳しいね」

豊吉は、三十代になるかという青年を連れてきていた。

「こちらは、独文科の先輩だった山本有三さんです」

あまり風采の上がらない、貧しげな青年だった。

「二年ほど前に連鎖劇なんか書いてまして……」

連鎖劇というのは、活動写真と寸劇を交互に見せて構成する、演劇の中でも見世物に近い、比較的貧しい庶民の娯楽だった。幸四郎などがやっている芝居は、芝居の中で最も高級で高価なもので、その下が緞帳芝居と呼ばれる下級歌舞伎、そのさらに下である。

「ほう……帝大を出て連鎖劇を……」

それはずいぶん身を落としたもんだな、という言葉を、幸四郎は呑み込んだ。もっとも、井上正夫や川上貞奴の座付作者もしていて、戯曲も書いていると言った。

山本は、一度離婚して今は二度目の妻がいると言う。あまりに山本が元気がないので、幸四郎は、その昔、実の父と会ったあと、賀茂の河原でピストルを二発撃って警察に留置された話をした。

山本は、

「二発撃ちましたか」

と言った。ああ二発撃ったよ、と幸四郎が言うと、

「そうだ、それは二発でなきゃウソだ……さすが高麗屋さんだ」

と言う。幸四郎は、こいつは存外ものになるかもしれない、と思った。

豊吉は、京都へ行った時に祇園の玉川屋という店へ上がったことがあった、そこのおたかさんが、若くて目の大きい藝妓を、

「あんたはんの、お従妹はんどす」

と言って紹介したから、豊吉も驚いた。これが例の時子であった。そんな出会いも、幸四郎に耳語《じご》したことがある。

この年ロシヤ革命が起こり、ソビエト政権が成立した。若者は社会主義や無政府主義にかぶれ、以後しばらく流行するが、西洋諸国や日本は革命の波及を恐れ、八月にはシベリアに出兵した。だが同時に飢饉や買い占めのため、富山県から米騒動が始まり、猛威を揮うことになる。

その十月、八百蔵は七代市川中車を襲名し、猿之助の弟の松尾を名前養子にして八百蔵を譲った。中車は五十九歳になっていた。

十月の帝劇では、「大塩平八郎」をやるはずだったが、米騒動の折りから、警察から差し止められて「出世景清」に変わり、三男の豊が、松本豊の名で「牢屋の景清」の一子石若で初舞台を踏み、門弟の松本四郎が高麗次郎となって名題に昇進した。豊は翌年、暁星小学校へ入った。

大正八年（一九一九）二月は左団次とともに大阪中座へ行き、左団次の富樫、鴈治郎の義経で「勧

進帳」をやった。四月の帝劇では市村座を脱退した守田勘彌が出た。その前三月末に帝劇では、Ｄ・Ｗ・グリフィスの大作映画『イントレランス』が上映された。三月には猿之助は歌舞伎役者として二人目の洋行、伊坂梅雪、岡本綺堂、白井信太郎（白井竹次郎の養子）、松居松葉らが同行した。三月二十二日に幸四郎一門は熊本大和座の開場式に出た。当時熊本に行くには、汽車で小倉まで行くか、大阪から船で下関へ着くかして、それから延々と汽車を乗り継ぐしかなかった。

五月の帝劇は、京劇の梅蘭芳《メイランファン》一座が出たが、あと歌舞伎に混じって、益田太郎冠者が「袖ヶ浦人」の名で書いた「呪《のろい》」という変な劇をやった。アラビアあたりの王家で呪いに掛かって王や妃が殺される話だったが、警視庁から、たとえ外国といえど王位にある者を殺す劇は上演まかりならんと言われて、書き換えたりしたのだが、この時幸四郎は「魔女ダッパ」というのを演じて、凝ったメイキャップで煙とともにセリ上がってくるのが凄かった上、台詞覚えが悪いと言われた幸四郎が流暢に台詞を言うからみな驚いたが、これは益田が半月も稽古させたからだった。

五月二十九日、懸案だった團十郎の銅像の除幕式が浅草公園で行われた。「暫」の形をもとに新海《しんかい》竹太郎が製作したもので、西園寺公望が題字、森鷗外が銘文、中村不折《ふせつ》が書を担当した。木村錦花が総監督となり、堀越一家のます、翠扇、旭梅、三升、新之助、貴久栄が出席し、渋沢栄一、床《とこ》次《なみ》竹二郎内相、大倉喜八郎、末松謙澄、高田早苗、伊井蓉峰らの挨拶があり、貴久栄が除幕の紐を引いた。

八月には幸四郎一門で弘前市の弘前座開場式に出た。勘彌の文藝座に刺激されて幸四郎は新歌舞伎研究会を組織、宗之助、勘彌、松助に、作者として岡村柿紅、堀倉吉、岡鬼太郎を加え、十月の帝劇で岡本綺堂作「亜米利加の使」、小山内作「与三郎」を上演、岡村柿紅作の舞踊「雪」を幸四郎が踊った。「亜米利加の使」は、ペリーの後で来たタウンゼンド・ハリスを描いたものだが、幸四郎は前のウィリアム・アダムズに続いて西洋人を演じ、巧みな化粧で西洋人に見せて好評だった。体つきなどが西洋人風だったとも言えるし、孫である現在の幸四郎が『ラ・マンチャの男』を演じ続けるその先蹤とも言えるだろう。

だが、この「新歌舞伎」という語をめぐって論争になった。池田大伍《だいご》などは「歌舞伎を無味《つまら》なくしたものが新歌舞伎か」とまで言った。

今でも「新歌舞伎」という語は使われるが、かつて「新歌舞伎」と「新作歌舞伎」はどう違うのかという質問に、歌舞伎を専門とする劇作家が書いたのが新歌舞伎で、三島由紀夫などが書いたのが新作歌舞伎だという答えがあった。しかしこれもはっきりしない。俳優のほうでは、どちらであれ、新作のことを「かきもの」と言った。

私が若い頃、国立劇場で目にした風景だが、年輩の観客が、男二人づれで来ていた若い観客に話しかけて、「新歌舞伎なんか好きですか」と唐突に言っていたのだが、若いから新歌舞伎という発想がおかしいと思った。

それ以前に、歌舞伎作者には、歌舞伎劇場に所属する幕内作者と、他から劇作を提供する門外作者とがいる。前者は、近代になってからは河竹黙阿弥、三代河竹新七、福地櫻痴、また竹柴姓の作者たちで、さらに榎本虎彦、右田寅彦、竹柴晋吉らがおり、最近では竹柴蟹助などがいた。対して鷗外、逍遙、菊池寛、三島などは門外作者でいいが、そうなると、岡本綺堂から、真山青果、宇野信夫、北条秀司《ひでじ》など、歌舞伎・新派・新国劇専門に書いているが、劇場所属ではない作者というのがその中間にいて、それはどうなるのかということになる。

十二月は例のごとく京都南座、大正九年（一九二〇）一月は帝劇だが、この時、井上正夫一座が、翌月明治座で山本有三の「生命《いのち》の冠」をやると聞いた。

「ほう、あの男、やっと世に出たか」

帝劇では、やはり二月に帝大出の新進作家・久米正雄の「三浦製絲場主《せいしじょうしゅ》」をやることになった。これは幾分赤がかったものだった。作者の久米が、芥川龍之介、菊池寛という二人の友人とともにやってきた。

久米は福島出身だとかで、下駄の裏のような顔をしていたが、歌舞伎にもこういう顔はいる。菊池は讃岐出身で、ブオトコだが、金比羅歌舞伎を観て育ち、三人の中では一番歌舞伎に詳しかった。芥川は顔はいいし秀才だそうだが、痩せて細面で、色悪という感じがした。

久米は、新聞にも出ていたが、師の漱石没後、娘の筆子に恋着したが、筆子は友達の松岡譲のほうを選び、失恋してヤケになっていたのを、「時事新報」にいた菊池が連載小説を書かせ、その体験を変形した『蛍草』を書いて当たり、人気作家になったという。

「お名前は、甥の秦豊吉から聞いていたと思います」

芥川が、

「ああ、秦君。秦君は普通に会社員になりましたね。今度ベルリンへ赴任されたそうで……。しかしあの人は、谷崎さんの崇拝者らしいですよ」

「谷崎……菊五郎に似ているとかいう男かい」

三人が爆笑した。幸四郎が面食らっていると、久米が、

「本人がそう言ってるだけですよ。単に小太りで丸顔で……」

三人がまた笑うのを聞いているうちに、幸四郎もつりこまれて笑っていた。

一月十一日、帝劇の座付作者、右田寅彦が五十五歳で死去した。川向こうでは国技館の再建が進んでおり、十五日に落成した。二月には澤村宗之助が帝劇から市村座へ移籍した。

三月末には、帝劇で勘彌と帝劇女優による文藝座公演があり、菊池の「恩讐の彼方に」も上演された。五月は幸四郎は歌舞伎座に出て、羽左衛門の権八に長兵衛で「鈴ヶ森」などを演じた。

この頃、幸四郎は三度目の結婚をしていた。相手は大阪の人で川村寿子という、三十九歳になる元新橋藝者で、三味線、小唄、胡弓、琴までこなす名妓だった。子供たちも、母が変わるのに慣れてしまったようだった。治雄は十二歳になっていた。

幸四郎は澤村宗之助とは日常的に交際していて、宗之助には男の子（のちの宗之助）がいて、家族ぐるみで避暑に行ったりして遊んだこともあった。宗之助は女形なのに顔がまずく、しかし舞台に立つと映えるのだった。次男が映画俳優の伊藤雄之助だが、この頃はまだ生まれたばかりである。

「東京日日新聞」「大阪毎日新聞」の、あわせて「大毎東日《だいまいとうにち》」と呼ばれ、のち「毎日新聞」に統合された新聞があって、こんな変則的な名前になったのは、大阪毎日が東京へ進出した時、「東京毎日新聞」という別の新聞があったからなのだが、六月からこれに菊池寛の「真珠夫人」の連載が始まった。文藝誌に小説や戯曲を発表していても、一般人は菊池寛などという名を知らず、菊池幽芳と混同したほどだったが、始まってみると人気が沸騰し、十一月には歌舞伎座で喜多村緑郎《ろくろう》、伊井蓉峰、村田正

雄、花柳章太郎ら新派によって上演された。

七月の歌舞伎座では、中村吉蔵の新作「井伊大老の死」をやったのだが、これは発表されると水戸派の右翼から脅迫があり、中止するとか別の劇場でやるとかごたごたしたあげく、普通に上演された。大谷が宣伝のために騒いだのである。この時は三升が番付二枚目で三つの役がつき、喜んでいた。

九月の帝劇では、梅幸の長男・丑之助が七代栄三郎を襲名し、披露には帝劇俳優のほか、菊五郎、坂東彦三郎（前の栄三郎）、羽左衛門が並んで梅幸、幸四郎の順で口上を述べ、「祇園祭礼信仰記《さいれいしんこうき》」で新栄三郎が雪姫、幸四郎が松永大膳を演じた。

十一月の帝劇では新歌舞伎研究会第二回公演として、勘彌が抜けた代わりに阪東壽三郎《じゅざぶろう》を加えて、柿紅作「平将門」、小山内作「伊左衛門」、紫紅作「七騎落《しちきおち》」、綺堂作「能因法師《のういんん》」をやった。「七騎落」では治雄の金太郎が土肥重平の息子の役で出た。しかし「平将門」は不評で、同時に『新演藝』で「新劇俳優としての歌舞伎俳優」という評論特集が組まれ、山崎紫紅が幸四郎を論じて、幸四郎は過去の英雄豪傑は似合うが、新劇の平凡な近代人は難しいと論じた。もっともそれだと、平将門はうってつけのはずなのでそこは話が合っていない。

十一月八日には、田村成義が持病の腎臓病のため、七十歳で死去した。

十二月は、左団次一座が加わって「貞任宗任」を再演した。左団次の宗任で、寿美蔵の小次郎である。その四日目に、寿美蔵の小次郎とやりとりしていて、幸四郎が台詞を忘れて、プロンプターがいると思っていたらいないので、ごまかした。幸四郎は作者部屋へどなりこんで、

「なぜ黒衣《くろご》を付けなかった」

と言うと、作者部屋では、

「三日ご定法《じょうほう》で、四日目ですから、そちらから何も言わないのでつけませんでした」

と澄まして答えたから、

「うん、そうか……。あと二、三日つけてくれ」

と言って引っ込んだ。

幸四郎くらいの大物になると、作者部屋で「あと二、三日つけましょうか」と言うところである。

大正十年（一九二一）三月、帝劇の傘下に入っていた有楽座で、幸四郎は谷崎潤一郎の「恐怖時代」と、山本有三の「嬰児殺し」を上演した。稽古場へ来た山本は、前とは見違えるほど元気になっており、幸四郎も嬉しくなった。だが、谷崎潤一郎には驚いた。

「恐怖時代」は、時代ものの陰惨劇だが、五年前に谷崎が『中央公論』に発表したもので、血を好む残虐な殿様が出てくる。幸四郎はその太守と医師玄沢《げんたく》の二役を演じた。谷崎ははじめ蝶ネクタイにダブルのスーツ姿で現れたが、髪はちぢれたのをポマードでべったり塗りつけ、目はやたらぎろぎろし、乱杭歯《らんぐいば》で、これで菊五郎に似ていると思っていたのかと呆れた。

その三月九日、吉右衛門は市村座の田村寿二郎に辞表を提出して脱退したが、田村成義が死ぬとたんに脱退するとは裏切り者だと世間の非難轟々たるものがあって、神経衰弱になった。だが吉右衛門を後援する文化人の「皐月会《さつき》」が結成され、岡鬼太郎、遠藤為春が幹事で、小山内、小宮豊隆、里見弴、三宅周太郎、阿部次郎、土方与志《よし》が集まり、吉右衛門は松竹専属となり、六月に新富座で旗揚げ公演を行って、歌舞伎のほか里見の「新樹」と有島武郎の「御柱《おんばしら》」を、歌右衛門、段四郎、左団次らの応援を得て上演した。十一月には三津五郎も市村座を脱退し、菊五郎が一人で支える形となって、田村成義の死をきっかけに市村座は大きく傾くことになる。

猿之助は一方これまた劇場を持たない「春秋座」を結成して、菊池寛の「父帰る」などを上演し、ここに、谷崎、里見、菊池、久米、山本といった帝大出身の小説家兼劇作家の作品が次々と新旧両派の俳優によって上演されるに至ったのである。山本は、はじめ劇作家で、のち小説に転じた。

五月は幸四郎は歌舞伎座に出て、毛剃を演じた。この月三十、三十一日、藤蔭会第九回公演「思凡《しぼん》」が有楽座であった。支那の踊りを観て、福地櫻痴の子の福地信世《のぶよ》が作ったもので、新舞踊として評判になり、幸四郎はもとより、梅幸、菊五郎、猿之助、三津五郎が有楽座に足を運んだ。

「面白かったよ」

楽屋へ行って静枝にそう言うと、

「あらー藤間の若師匠に褒められた」

と静枝は喜んだ。

「最近は、お得意の男関係はどうなんだ」

「若師匠、あたしもう四十二よ。おばあさんじゃありませんか」

「そうかね。どうだか知れたもんじゃァ……」

「もう。若師匠、知ってますよ」

と、静枝が幸四郎に耳語すると、

「それは、内緒でな」

と言って、幸四郎は笑った。

その夏は、門弟の高麗三郎が、三人の男児を連れて鎌倉へ保養に出かけた。梅幸が三人を「菅原」の三兄弟になぞらえて「松王」「梅王」「桜丸」と呼んでいたので、高麗三郎はそれをまねて「松坊ちゃん」「梅坊ちゃん」「桜坊ちゃん」と呼んだ。子供らは「三郎」と呼んで慕った。高麗三郎は、治雄を相手に「勧進帳」をやったり、「玄治店」をやったりした。高麗三郎は、公演劇場とか吾妻座とか、下級の歌舞伎に出たり、歌舞伎映画に出たりしていた。

この年、浜村米蔵が、帝劇文藝部主任として入ってきた。帝劇では、次の狂言を決めるのに、山本専務、幸四郎、梅幸、宗十郎の幹部俳優、幕内主任（奥役）の鈴木大助、作者主任の二宮行雄、文藝部主任、附属技藝学校の主事の河竹繁俊で合議するのだが、浜村が見ていると、宗十郎が積極的に発言するのに、幸四郎は消極的だったと書いている。

浜村はこれを、幸四郎の欠点を象徴するものとしているのだが、果たして帝劇のやり方に幸四郎が満足していたかと言うとそれは疑わしい。女優交じりの歌舞伎や、中途半端な西洋劇、新作といったものは、さほど演劇史上に残ったというものでもない。幸四郎としては、決まった以上は一所懸命やるという態度にならざるをえなかったのではあるまいか。

歌舞伎は、近代になってからさまざまに近代化の試みがなされた。團十郎、櫻痴のそれが最も大きなもので、守田勘彌、二代左団次、猿之助、前進座なども試みた。しかしいずれも失敗している。これは歌舞伎というものが、近代化できないものであって、近代化すれば歌舞伎ではなくなるからである。演劇改良ならばありうるが、歌舞伎近代化というのは、語義矛盾なのである。かろうじてそれに近いことをやったのが新派や新国劇だったが、これらは歌舞伎より早く滅び、また衰退した。

十一月には帝劇でまた谷崎の「十五夜物語」をやった。これも以前書かれたもので、浪人ものと、苦界《くがい》へ身を沈めたその妻とが心中するという暗い話だ。宗之助がこの浪人をやりたがったが、幸四郎がぜひにと言って演じた。

谷崎は舞台稽古に来て、あれこれ駄目出しをした。谷崎は三十六歳である。幸四郎に、

「どうせ雑誌に書くから言いますが、あなたは前に言われたように、英雄豪傑は合うが、こういうのは合わないいんじゃないかなァ。なぜやりたいと思ったんです?」

と訊いた。

「……私は妻を二人も亡くしているんです。だから……」

「あァ分かりました。私は母を亡くした後にこれを書いたのです」

「谷崎さん」

向き直って幸四郎は言った。谷崎が首を傾げると、

「歌舞伎というのは、滅びてしまうのでしょうか」

「滅びませんね」

あまりに即答されたので、幸四郎が驚いた。

「維新の時に東京に十座が認められたそうですな。以前は芝居といえば歌舞伎だった。だから数が多かった。これからは数が減る。それだけのことです。今は松竹、帝劇、市村座ですか。緞帳芝居も残っている。これからは減りますよ。だがなくなりはしないしなくしていいものでもない。減るだけ

です」

この時幸四郎は、谷崎というのが天才で、豊吉が崇拝するのも無理はないと思った。谷崎は続けた。

「私は映画もやっています。映画というのは、これからエラいものになりますよ。歌舞伎だけじゃない。芝居がみんな映画に食われる時代が来ましょう。芝居は東京や大阪にいなければなかなか観られないが、映画はいったん作れば日本中、いや世界中で観ることができる、その上あとに残る。これはエラいことですよ。しかし歌舞伎はなくならない。ただし歌舞伎役者も映画に出て、その演技力で他の俳優を指導する。そういうことになると思いますよ」

自宅へ帰って、夕飯を済ませた幸四郎は、治雄を自室へ呼んだ。京華中学の二年生で、十三歳になっていた。

「なあ治雄、俺は、歌舞伎には未来がないような気がして、お前らにもあんまり子役をやらせてこなかった。普通に会社員になってもいいと思っていたんだが、お前も自分で判断できる年になったと思う。お前、どうする、歌舞伎をやるか」

治雄は、どちらかというと母親似だった。細面で色が黒く、目つきが鋭かった。治雄はしかし、少し考えて、

「やります、やりたいです。弟たちは知りませんが、僕はやりたいです」

と言うから、

「そうか、それなら、そういうことで、これからもっと舞台に出すことにしよう」

と幸四郎は言った。

翌朝、早くから稽古場へ行き、ギバをやっていると、妻がばたばたっと駆けてきて、

「旦那さま、お電話で、歌舞伎座が焼けているって」

「何だって」

十月三十日朝、八時四十分、歌舞伎座は漏電《ろうでん》のため出火し、焼失した。大谷社長は重役会を召集して再建に掛かった。

第五章　震災

大正十一年（一九二二）一月のことである。幸四郎宅では、知り合いから猿を貰った。ピグミーマーモセットというかわいい猿で、子供らが喜んだが、どうも寒そうである。子供らのいる二階へ上げて、火鉢に火を入れて暖めようとしたが、猿が暴れて火の粉が飛んで、小火《ぼや》になった。

藤間家には犬が何匹もいた。ひいき筋が持ってくるのである。ワイヤーヘアード・フォックステリアから、ドーベルマン、シェパードといった洋犬の大型犬が多かったのは、幸四郎の藝風に合わせているからだろう。「千磨」などという名のついた命名書つきで来たのもいた。この頃の幸四郎宅は、使用人が八人に、藤間流の弟子一人が同居していた。

二月六日、市川段四郎が六十八で死去した。大阪中座で鴈治郎一座に出演していた幸四郎は、葬儀に参列できなかった。治雄は、京華中学を中退して、本格的に歌舞伎役者としての修業を始めた。朝起きると勘翁から踊りの稽古をつけてもらい、毎日劇場へ通うようになった。夏の巡業では「だんまり」で牛若丸を演じた。

四月は帝劇で「山門」の石川五右衛門をやったが、十七日には皇太子（昭和天皇）および英国皇太子エドワードの天覧があり、羽左衛門の富樫、宗十郎の義経で「勧進帳」などを上演した。のち即位してからシンプソン夫人との恋愛事件で退位した人である。

六月十日、歌舞伎座の再建工事が始まった。七月九日、森鷗外が死去、六十三歳。十月、歌右衛門の次男藤雄六歳が、新富座で三代目中村児太郎を襲名した。のちの六代目歌右衛門である。この月帝劇では、額田六福《ぬかだむつとみ》の「真如《しんにょ》」を上演し、大当たりした。九月の帝劇では、市川三升が、歌舞伎十八番のうち「外郎売」を、平山晋吉の脚本で復活上演した。

十一月二十九日から十二月四日まで、一日を除いて、明治座で少年劇団「小寿々女座《こすずめざ》」の公演があり、金太郎はこれに出演した。これは寿美蔵、莚升らがやり、久保田万太郎が顧問をしていて、当時二十四歳で東京美術学校在学中の伊藤熹朔《きさく》が、ここで舞台装置家としてデビューした。

年末、菊池寛編集による『文藝春秋』創刊号が出た。薄い文壇ゴシップ誌だったが、飛ぶように売れた。菊池は三十五歳である。すでに新進作家の横光利一や川端康成の面倒を見ていた。

十二月は例によって京都南座、大正十二年（一九二三）一月帝劇は、おなじみ「名和長年」である。ところがこの時、帝劇で翻訳や演出をやっていた二宮行雄という、漱石門下の人が大倉喜八郎に呼ばれて、大倉が、

「君も洋行から帰って定めし演出の勉強もしてきただろう。どうだ今度の長年では盛大な火事場を出したら」

と言う。二宮が、いえあれには火事場はありません、と答えると、なければ書かせればいいではないか、と言う。二宮が露伴に相談に行くと、ないものを書けというのは無茶な話だ、よし言ってきたら断ってやる、と言った。

だが何も言ってこずうやむやになり、大倉は昭和三年に死去、露伴は昭和二十二年に死んだが、そのあと二宮が、大正二年上演の時のことを調べたら、二幕目名和館立ち退きの時に館に火をつけるところがあるのを発見して、ああ大倉に申し訳ないことをした、しかし露伴はなぜ気づかなかったのだろうと思った、と書いている。だが、露伴が大正十五年に出した版本に、館に火をつけて立ち退けという台詞はあるが、火をかける場面自体は書いていない。どうも「名和長年」には謎が多い。

映画ですら、公刊されたシナリオと映画現物を対照すると結構違っていて、削除されているならともかく、書き加えられたりしている。いわんや演劇の台本など、長年の間にあちらを削りここを直して大分違ってしまう。国立劇場ができてから、原型の復元などがなされているが、原型で上演したらいいかというと、ある五幕ものの一幕だけが上演されるようになったものなどは、実際ほかの部分が面白くないからそうなったのだし、「曽根崎心中」が宇野信夫の改作で上演されるのは、原典があまりに単純で面白くないからである。

ところで「名和長年」では、馬に乗った幸四郎がひらりと降りるのだが、軍人が観ていて、右から降りるのはおかしい、と言ってきた。幸四郎は気にして、伊坂梅雪に聞いて貰ったら、左から乗るのは西洋流で、日本では右から乗るのだと言われて安心し、

「私はこれでも草刈（庄五郎）先生に馬術を習ったことがあります」

と言ったとか。

二月は明治座に出て、渡海屋の知盛をやったが、この時「三人片輪」で金太郎が腰元をやり、初めて女形を勤めた。これは寿三郎の大名、寿美蔵の盲目、松蔦の唖に、腰元が三人ついた。普通は二人

なのを、三人にして若い者に機会を与えたのだが、ほかの二人は沢村源平（八代宗十郎）と坂東八十助（八代三津五郎）だった。しかし幸四郎も金太郎も、明治座は家からすぐなので、便利だった。

三月二十六日から、帝劇で羽衣会の公演があり参加したが、これは中村福助を中心とした舞踊研究会で、服部普白《ふはく》、木村錦花、川尻清潭が発起人である。福助は歌右衛門の養子で、本名が慶次だったため、「慶ちゃん福助」と呼ばれた。のちに六代歌右衛門の権力によって、養子であることが隠蔽されて、長男とされるようになった。

ほかに三津五郎も加わるが、三津五郎は坂東流舞踊の家元である。この時はメーテルリンク作「マグダラのマリア」などというのも上演されたが、白眉は、駐日フランス大使で詩人のポール・クローデルが書いた「女と影」であった。クローデルは福助から、自作「男と欲望」の上演許可を求められたのだが、日本での上演は無理だとして代わりにこれを書いたのである。クローデルは前年十一月に帝劇で幸四郎がやった「暫」を観て感動したので、ぜひ幸四郎に、ということで幸四郎が呼ばれたのである。クローデルは筋を書いただけで、フランス大使館、フランス文学者の山内《やまうち》義雄らが協力した。武士の前に死んだ妻の亡霊が現れ、武士は錯乱して現在の妻を斬ってしまうという筋で、杵屋佐吉が作曲、幸四郎が武士、福助が現実の妻、中村芝鶴が影の女をやった。

だがこの時幸四郎は巡業が入っていて、出来上がった曲を一遍聴いただけで出かけ、初日の朝に帰ってきて打ち合わせをしてその晩に幕を開けるという慌ただしさだった。それにしても、最初の妻の三回忌の同じ月に二人目の妻が死んだ幸四郎がこれを演じるのは何ということであろうか。

七月七日、行方不明になっていた有島武郎が、中央公論社の波多野秋子と軽井沢で心中しているのが発見されて世間はその噂で持ちきりだったが、その頃大阪では、里見弴と猿之助が、大倉喜七郎の愛人だった赤坂藝者を争っていた。山本有三の新作「海彦山彦」を、舞台上で二人で朗読したりした。八月二十五日、総理加藤友三郎が死んだ。現職のまま辞職もせず病死したのである。内田康哉《こうさい》が臨時代理となったが、次の総理指名は遅れた。

秦豊吉は、ベルリンで、ゲルハルト・ハウプトマンやアルトゥール・シュニッツラーといった文豪と交わり、劇場へ通いつめてオペラや演劇を観て回った。さらには色街へも出入りした。当時の日本人は、ドイツ製のコンドームの輸入品を使っていた。世界大戦でドイツマルクは暴落したが、円で給料を貰う豊吉は、あたかも金持ちの御曹司である。

一九二三年九月三日早朝、電話で叩き起こされ、東京で大地震があったと知った。家族のことがもちろん心配ですぐ出社したが、何しろ東京からの発信は途絶していて、大阪からしか情報が入らない。家族の無事を確認するのに、一週間ほどかかった。いっぺん帰国するか、と豊吉は思った。一つ気になるのは、帰国したら結婚させられるだろうということだった。

幸四郎一家は、地震の時は芝居もなく、みな自宅にいた。みな慌てて外へ飛び出したが、余震が続いた上、隅田川に沿って火事が起きた。この時、建設中だった歌舞伎座は、耐火建築なので外郭は残ったが内部に置かれていた建材は焼けた。明治座、市村座、新富座、帝劇、有楽座、みな焼けた。

幸四郎一家は、はじめ人がみな被服廠《ひふくしょう》のほうへ行くから、そちらへ逃げようとしたのだが、末の浜子が、

「天子さまのいるほうへ行く」

と言って泣いたので、皇居の方へ動き、帝大へ避難した。被服廠はそのあと焼けて四万四千人が死んだから、それで助かった。長女の弘子が十歳で、幼児はいなかったし、勘翁もしっかりしていたが、末子の母の定子もおり、子供も多く、若い門弟らが頼りだった。そのあと、上高井戸《かみたかいど》の知人・吉田方へ厄介になった。

地震が大嫌いな谷崎潤一郎は、箱根でバスに乗っていて地震に遭った。そのまま三島まで逃げ延びて汽車で大阪へ逃げ、船で戻って家族と再会し、再度関西へ逃げた。吉原も焼け、芥川龍之介や川端康成は、その焼け跡を見に行った。久米正雄は鎌倉にいて、京大教授の英文学者・厨川白村《くりやがわはくそん》が津波に呑まれるのを見た。白村は助け出されたが多量に水を呑んでおり、二日後に死んだ。中条《ちゅうじょう》ユリ、のちの宮本百合子は、夫の実家がある福井にいた。

地震の翌二日に山本権兵衛《ごんのひょうえ》が二度目の総理大臣となり、戒厳令を発した。日本に恨みを抱く朝鮮人が暴動を計画しているとか、井戸に毒を入れたとかいった流言蜚語が広まり、朝鮮人虐殺が起きた。

幸四郎一家一門は船で大阪へ脱出し、江戸堀の川村旅館に泊まった。場合によってはもう東京へ帰らないでもいいつもりで、妻の実家に厄介になり、のち土佐堀の借家へ移った。豊は東江《とうこう》尋常小五年に編入した。三人の男児は、はじめ北の新地の鶴沢寛治郎に義太夫を習い、そのうち寛治郎が高齢で教えづらくなったので、野沢勝平《かつへい》（喜左衛門）に変わった。

大阪の興行師吉本せいは、東京から逃げてきた藝人を集めて、漫才という新しい笑い藝を確立し、吉本興業発展の基礎を作った。小山内薫も関西へ来て、化粧品会社が資本主の出版社・プラトン社に入り、雑誌『女性』を編集した。その部下には、川口松太郎や直木三十五がいた。

菊五郎、吉右衛門、三津五郎、歌右衛門、中車、勘彌らは東京に残って、慰問のため歌舞伎を続けた。帝劇の興行は帝国ホテル演藝場などを代用して行われた。

鴈治郎は、十一月に侠客・淡熊こと銅伝佐兵衛の仲介で、長年の宿敵だった仁左衛門と劇的和解をし、中座の舞台を共にした。鴈治郎は六十四歳、仁左衛門は六十七歳だった。幸四郎は、どうも仁左衛門とは反《そ》りが合わない。鴈治郎は、

「やっぱり松嶋屋（仁左衛門）は嫌いかね」

と言う。

「さあ……嫌いというか、苦手ですかね。成駒屋さんのように真っ正面からぶつかってればまだいいんだが……。なまじ、こっちが五十になってもあっちはずっと上ですからね。つきあいづらいですよ」

「……せやな。それはあるな」

というわけで、幸四郎は大阪の芝居にもあまり出ず、鴈治郎について、中国・四国を一門で巡業した。巡業先で「高時」をやった時、並びの腰元で順次郎が出たが、特に芝居もしていないのに、市川新升《しんしょう》という團十郎の門弟が、

「ああ、高麗屋も男が三人もいてああ大根ぞろいじゃしょうがねえ」

と、順次郎に聞こえよがしに言ったから、順次郎はすっかり絶望して、名古屋の西川石松について踊りの師匠になろうかと思った。そのうち、そうもいかないと思い直した。

ただでさえ仮の住まいなのに、さらに巡業に出るのはつらい。

「なあ治雄、役者には巡業がある。地方の人は、ふだん歌舞伎なんか観られねえからな。たいそう喜んでもらえる」

治雄は、頷いている。だが、地震で関西へ来て、さらに巡業暮らしで、負担は門弟の筆頭の高麗三郎に重かった。暮れから高麗三郎は寝ついてしまった。三十八歳である。

正月には中座で「勧進帳」をやることになった。東京から歌右衛門が来て、鴈治郎の富樫に、歌右衛門が義経をつきあってくれることになった。年長で格上の歌右衛門が義経をやるのは好意である。

幸四郎は、治雄に後見をさせることにした。

だが、年末に高麗三郎の病状は悪化し、中之島病院に入院して、明日をも知れぬ状態になった。

十二月二十五日、秦豊吉は諏訪丸で神戸へ上陸したが、谷崎が関西へ来ていると聞いていたので、朝日新聞の神戸支社へ行って、現住所を聞き出すと、岡本のその家へその脚で訪ねた。

谷崎は、豊吉を見ると、

「え？　君？　秦君？」

とビックリしたようで、というのも久しく見ない間に、美青年の俤《おもかげ》はなく、何やら中年の油ぎった小太りの男に変貌していたからであった。

「変わりましたか」

「変わったねえ……」

「まあ、西洋に住むと肉を食いますからね、変わりますよ」

豊吉は、ドイツの遊廓の話などひとしきりして、『ある歌姫の生涯』というポルノ小説が話題になっていると言い、その筋を話した。谷崎は、それは面白いね、と言った。あとでこれをネタにして『卍』を書くのである。連載を始めた昭和三年には、ヒトラーのナチス党が擡頭していたので、ドイツネタであることを密かに題名に忍ばせたのである。

「どうせ今度は結婚させられるんです」

豊吉が言うと、

「そりゃあ結婚したほうがいい。防具だって完全じゃないしな。僕は梅毒があるよ」

などと言う。

「叔父さんの幸四郎には会ったのかい」

「いえ、すぐここへ来ました」

「住所は分かるかい」

「いえ……」

「どこかに書いといたはずだが……」

と谷崎はがさごそ探し始める。

「あったあった、これだ」

しかし、土佐堀の家を豊吉が探し当てた時、一家は初日を控え、高麗三郎が入院していて、という騒ぎだったので、早々に退散して、豊吉はそのまま東京へ帰り、日本郵船副社長の永富雄吉の三女・八代子と結婚した。秦は菊池寛や山本有三と旧交を温め、『演劇新潮』に演劇評を書いたりしたが、震災後、「吾は救国の英雄なり」などと日蓮ぶりにとりつかれた沢田正二郎を批判したため論争になった。そして三月に、新妻を伴ってドイツへ帰っていった。

大正十三年（一九二四）の元日は、初日を翌日に控えて、慌ただしかった。いつ、高麗三郎の病勢が変わるかしれない。

「坊ちゃん、坊ちゃん」とかわいがってくれ、男手が必要な時は先に立って働いた高麗三郎の危機に、治雄も気が気ではなかった。

初日が開いた。「勧進帳」が始まる。門弟の高麗之助の顔色を見て、幸四郎は、高麗三郎が死んだことに気づいた。

幸四郎は淡々と「勧進帳」を演じ、病院へ駆けつけた。

「三郎、三郎」

そう言って治雄は泣き崩れた。

「初日を待っていたんだなあ」

富三郎が言った。

幸四郎は、数珠を手に持って両手を合わせた。

自宅へは自動車で戻ったが、途中、治雄に、

「前日親が死んでも役者は舞台に立たなきゃならねえ」

治雄は黙ってうなずいていたが、内心には、門閥でない役者は、といったことを考えていた。

大阪では、人形浄瑠璃というものを存分に観ることが出来た。この当時は御霊《ごりょう》文楽座というのが全盛である。明治期に植村文楽軒という男が建てた人形浄瑠璃劇場だが、そのため、のち人形浄瑠璃

一般が「文楽」と呼ばれるようになる。

明治中期以後、東京では人形浄瑠璃の常打ち小屋というのはなかったから、当時の歌舞伎俳優には、浄瑠璃狂言を自ら上演しながら、その本行《ほんぎょう》である人形の動く浄瑠璃を観たことがない者もあった。

二月は、神戸松竹劇場で、鴈治郎一座と「勧進帳」などをやった。鴈治郎の富樫で、高砂屋福助の義経で、ほかに中村魁車《かいしゃ》、尾上卯三郎《うざぶろう》らである。そのままの座組で十九日から名古屋の御園座に出た。

三月二十一日、末の子の浜子が病気のため九歳で死亡した。震災の時、浜子が被服廠へ行くのを嫌がったからみな助かったので、この子はみんなを助けるために生まれてきたようなもんだと、一家で悲しんだ。

四月七日に、四谷大国座《だいこくざ》に出演中に倒れた帝劇の女形・澤村宗之助が静脈硬化症のため三十九歳で死去したという報が入った。

幸四郎一家一門は巡業から帰ってくると、五月一日に大阪毎日新聞社で鴈治郎らと「勧進帳」「盛綱陣屋」などを、大阪三越、大丸、高島屋、十河《そごう》の各呉服店で無線電話放送した。鴈治郎は、幸四郎と仁左衛門との会食の席を設けてくれ、幸四郎の側の妙なわだかまりも解けた。

五月三日から中座に出て「勧進帳」「近江源氏先陣館」などをやり、六月には京都南座で「河内山」をやって、金太郎が腰元・浪路で出た。

六日の「読売新聞」には、羽左衛門、梅幸、宗十郎が東京へ帰ってきたと報じて、

「あとに残るは幸四郎ばかり。こればかりは大阪へ逃げたきり当分帰りさうな様子もない。なんぼ覚えが悪くともまさかに東京を忘れた訳でもあるまいが」

などと書いてあった。幸四郎の台詞覚えの悪いのを揶揄したのである。戦後は松竹の締め付けでこういう記事はなくなるが、厳しい劇評のほうも姿を消して久しい。

幸四郎の台詞覚えの悪さは知られていて、初日から三日間は、黒衣がついていて台詞を教えるが、幸四郎は男衆が来て、明日も頼む、と言ってきて、黒衣が離れる頃には楽だと言われた。覚えが悪いだけでなく、人の台詞を言ってしまったりする。絶句するのは日常茶飯で、それをごまかして大声をあげたりするのももはや堂に入っていた。

「お父っつぁん」

治雄が言う。

「東京へは帰らないんですか。梅幸さんも関西にいるけれど、わりあい皆さん東京に残っているようじゃないですか」

「まあ……浜町の家も焼けたようだし、帰るなら帰るで、うちは大所帯だから、住む家のことを考えなくちゃならないからね」

「ああ……。高麗屋は東京を見捨てるのか、なんて声も」

「おい治雄。役者になったら、世間から色んなことを言われる。批評でまずいと言われるのも嫌だが、藝以外のこともあれこれ言われる。そういうのをいちいち気にしていたら役者はやっちゃいけねえよ」

「……分かりました」

だがその頃、ようやく東京へ帰るめどが立ち、慌ただしく関西を発つと、赤坂伝馬町三丁目十五番地（現・元赤坂一丁目）の借家に住んだ。

一家一門とは別に幸四郎は一人、京都から汽車の一等個室に乗り込んだが、見ると同じ室にりゅうとした身なりの六十歳ばかりの紳士が乗っている。

言葉も交わさず、名古屋辺まで来た時、幸四郎は上等の茶道具を取り出して茶を淹《い》れると、懐紙《かいし》をつけて紳士に差し出した。実はこれ、大阪から乗り込んだ貴族院議長・徳川十六代家達《いえさと》であった。幸四郎のほうが気づいたのである。二人はそこで改めて名のりあい握手をした。

こうした逸話は、しかし、幸四郎が「ブルジョワ」になってしまったという批判のもとになった。それでいて、幸四郎は舞台に手抜きをせず、巡業でも力いっぱい勤める。だから、批評家には扱いにくかった。むしろ傲慢な振る舞いでもあったほうが攻撃しやすかっただろう。

東京へ着いた幸四郎は、その復興ぶりの目ざましいのに目を瞠った。関東大震災によって、徳川時代以来の建物、生活、風習は近代的なものにとって代わられた。だがそれは、歌舞伎が決定的に過去のものになっていく第一歩でもあった。

七月二十一日、市村座の田村寿二郎が四十七歳で没した。あとは岡村柿紅が孤軍奮闘したが、心労が重なり翌年四十五歳で死んでしまう。

十月二十日から帝劇が改築記念興行を行い、平山晋吉作「神風」などを、幸四郎、梅幸、宗十郎、勘彌、松助、尾上幸蔵《こうぞう》で行い、死んだ宗之助の長男・恵之助が七歳で二代宗之助を襲名した。この時、震災後の日本を見舞いたいと言った京劇の女形・梅蘭芳を大倉喜八郎が招いて二度目の来日をしており、トリで京劇を見せた。梅蘭芳は芥川、久米らとの座談会にも出た。

ところが八十五になる勘翁が病床に就いてしまった。勘翁は歌舞伎座の振り付けもやっていたが、再開場を前にして、稽古も弟子任せになっているので、これを機に退いて貰いたいというので、大谷社長の命で木村錦花が赤坂の幸四郎のところへ来た。そして二代花柳寿輔を入れて、ある者は藤間、ある者は花柳という風に振り付けてもらえないかと言うのである。夫人の寿子は不満げだったが、幸四郎は、

「いちいちご尤もです。せめて勘寿郎でもいればいいのですがあれは大阪へ行ったきり帰ってきませんし、他の門弟では歌舞伎座の幹部を指導はできません。私は帝劇専属ですから歌舞伎座へは教えに行けませんから。もともと歌舞伎の振り付けは花柳でやっていたので、それを返すのは当然のことで、当代寿輔は立派な舞踊家ですから」

と言って承諾した。錦花は安心して、帰途檜屋町の寿輔方へ寄った。寿輔は三十二歳の若者で、猿之助、杵屋佐吉と組んで舞踊活動をしていた。歌舞伎座の振り付けは、しきりに辞退したが承知させた。

歌舞伎座では復興第一公演で岡本綺堂の新作「家康入国」をやるので、歌右衛門、木村錦花、大谷、松居らが徳川家達の邸に招かれて、家康愛用の唐冠形《とうかんなり》の兜の模様などを舞台で使用することを認められた。

大正十四年（一九二五）一月、歌舞伎座は賑々《にぎにぎ》しく再開場の式を行い興行を始めた。監事室が設けられ、川尻清潭が初代監事室長に就任した。帝劇では「勧進帳」を、幸四郎、梅幸、宗十郎で上演し、順次郎が松本純蔵の名で初舞台を踏み、「奴凧」の太鼓持順孝を演じたが、すでに十五歳で、御曹司

の初舞台としては遅いものだった。

だがその三日、家族で朝食を摂っていると、勘翁が手に持った茶碗を落した。それから病床に就いた。腎臓病で重態になり、赤十字病院の吉岡医師の来診を仰いだが、衰弱が募り、二十日に「南無妙法蓮華経」とお題目を唱えると、あとは何も食べなくなり、打ち上げ前の二十三日午前八時四十五分、八十六歳で没した。葬儀は二十六日、青山斎場で行われ、藤間家の菩提寺・池上本門寺に葬られた。葬儀には、藤間静枝の姿もあった。もう四十五歳になる静枝は、舞踊家としては文化各界の注目を集める存在になっていたが、慶大の学生で二十歳も年下の勝本清一郎を愛人にしているとしてスキャンダラスな女でもあった。

喪主である幸四郎が、そっと静枝のところへ近づいて話しかけると、

「まあ若師匠……いえ今ではもう大師匠ですわね」

などと言っていた。坪内逍遙の姿もあった。六十七歳になる。静枝は逍遙と何ごとか話していた。

幸四郎は二月に大阪中座に出る予定だったが、喪に服すということでとりやめにした。歌舞伎座では二月は十年ぶりに「助六」を羽左衛門でやることにし、盛大なお練りをやった。揚巻を梅幸、意休を中車がして、羽左衛門の息子の家橘が、外郎売として出ることになっていた。「外郎売」は本来別の狂言だが、「助六」の脇役としてはめ込んだのである。だが、中車が流行性感冒で寝付き、療養に努めたが、初日二日前にとても出演できないと言ってきたので、歌舞伎座幹部は騒然となったが、大谷が木村錦花に、「幸四郎はどうだ」と囁いたので、錦花が幸四郎のところへ行って交渉すると、二つ返事で了解したので、錦花はその足で帝劇へ行って山本専務に了解を求めると、これも、気の毒な

ことだと了解を得た。

続けて三月六日開演の歌舞伎座にも出て、シェイクスピアの「ジュリアス・シーザー」を逍遥の翻訳で、幸四郎がシーザー、左団次がマーク・アントニー、ブルータスが寿美蔵、また「勧進帳」を、左団次の富樫、實川延若の義経で、金太郎と純蔵が後見、豊が太刀持ちで出た。

「シーザー」の主役はむしろアントニーで、シーザーは始めのほうに出て殺されてしまう。これは松居松葉が松翁《しょうおう》と改名していて演出をした。楽屋では、シーザーが暗殺されたのは五十六歳、幸四郎も松翁も五十六歳で、シーザーが殺されたのは三月十五日で、今は三月で妙な暗合だなどと因縁ばなしめいたことを話していたという。もっとも幸四郎と松翁の五十六歳は数え年で、シーザーは数えで言ったら五十七なのだが、幸四郎の妻が続けて三月に死んだことも言われていたのである。

その三月十五日の幕間に、歌舞伎座の幸四郎の部屋では、床の間にシーザーの胸像を置き、イタリア大使ユゴー伯爵、スペル一等書記官、武官レオン大佐ら九名を招いて歓談した。なおこの時のイタリアはムッソリーニ政権である。八〇年後、孫の九代目幸四郎は、塩野七生原作で「カエサル」を上演している。

實川延若は、世間では幸四郎を頭が悪い、台詞覚えが悪いと言うが、あれほど研究熱心な人が頭が悪いとは思われない、團十郎崇拝のあまり、團十郎の台詞回しをまねようとしておかしな台詞の区切り型をしているうちに混乱してしまうのではないか、と言っている。

四月には、社会主義革命の波及を恐れた政府は治安維持法を公布して社会主義者を取り締まり、五月には制限選挙を撤廃した衆議院議員選挙法（通称・普通選挙法）を公布した。

五月には大阪中座で仁左衛門と一座した。六月は帝劇に仁左衛門が出てくれ、七月は帝劇の女優劇に松助とともに出たが、この時は京劇の女形・緑牡丹《りょくぼたん》も参加した。これは大正十一年に支那旅行をした時芥川龍之介が訪ねたことのある俳優である。芥川はその時、楽屋の汚いのに驚き、これなら帝劇の楽屋などいかに綺麗であることか、と書いている。

守田勘彌の甥にして養子で、十八歳になるのが四代目坂東玉三郎である。のちの守田勘彌、現在の玉三郎の養父に当たる。金太郎と玉三郎は、純蔵も入れて、若手の研究会「つぼみ座」を作り、幸四郎や梅幸、勘彌を顧問にしてあちこちで研究上演会を行うようになった。

八月十九日、アメリカのデニ・ショーン舞踊団が九月興業の女優劇に参加のため来日した。これはルース・セント・デニス女史とテッド・ショーンの夫妻が率いる舞踊団だった。九月は歌舞伎座で、小山内薫訳・演出の沙翁劇「オセロオ」に「紅葉狩」で、幸四郎のオセロー、イヤゴウが左団次、デズデモウナが松蔦、キャシオーが寿美蔵だった。

デニス＝ショーン夫妻は、幸四郎の「紅葉狩」を観ていたく感心し、舞踊の稽古を頼み、幸四郎は自宅稽古場で妻に三味線を弾かせ、純蔵と弟子たちを揃えて連日二人に稽古をつけた。休憩時間には茶を点《た》てたりしてもてなしたので、デニスなどはすっかり喜んだ。この時、稽古と幸四郎の踊りの様子を帝劇の屋上で映画に撮影した。教えた演目は「紅葉狩」「娘道成寺」などであった。デニス、ショーンは、その頃出たばかりのアーサー・ウェイリー英訳の『源氏物語』を携えて読んでおり、盛んにこの物語について質問していた。

デニスとショーンは、幸四郎に何かお礼がしたいと言い、山本久三郎は幸四郎に相談したが、幸四郎は、このことによって日本の舞踊が世界に広まってくれれば何よりの喜びで、特にお礼は要らない、ただ弟子たちの電車賃くらい貰えばいいと答えた。夫妻は、こんな清廉な藝術家は見たことがないと感嘆していた。

十月に帝劇で、本山荻舟《もとやまてきしゅう》の「日蓮聖人」をやることになり、藤間家の菩提寺である池上本門寺で、日蓮が実際に着た法衣を貸してくれることになって、九月二十五日、秋雨の日に、本門寺で授与式を行った。

大正十五年（一九二六）一月の帝劇では、坂東玉三郎が坂東志うかを襲名した。この一月から、谷崎潤一郎は「友田と松永の話」という小説を『主婦之友』に連載し始めた。これは「ジキルとハイド」みたいなもので、一人の男が、痩せた松永と太った友田に化けて、洋行したり帰ってきたりする怪奇ユーモア小説みたいなものだが、これは秦豊吉をモデルにしていると言われている。

二月は大阪中座で鴈治郎と一座し、三月の歌舞伎座は鴈治郎が東上、魁車、高砂屋福助、松助に、幸四郎、金太郎、純蔵が加わって、「大森彦七」などをやった。

五月二十七日、梅幸の長男の尾上栄三郎が二十七歳で死んだ。梅幸の次男の泰次郎は翌年死去し、栄三郎の子に栄三郎を継がせたが、これも十七歳で死んで、この梅幸の血脈は途絶えることになる。栄三郎の名は、この悲劇のために以後使われなくなり、止め名となる。

六月、ドイツの海軍大将ベーンケが帝劇に来場したが、その音が弁慶に似ているというので、幸四郎と握手を交わした上、茶席に招待した。ベーンケは日本びいきになり、帰国後、日独協会の会頭になった。

七月に秦豊吉が帰国し、三菱商事に勤務した。豊吉の帰国を待っていたように、幸四郎の実母りょうが、八十歳で死去した。

その十二月、天皇の病気が刻々と報道される中、妻の寿子が病んだ。

（またか……）

妻に関しては、幸四郎は不運な男である。

秦豊吉は『ファウスト』の翻訳を刊行していた。かねて鷗外の口語訳があったが、ここではメフィストフェレスがファウストの目下として会話していたのを、秦は同格として訳し直した。

年末二十五日、天皇が死去し、昭和と改元された。昭和元年は七日しかなかった。

昭和二年（一九二七）二月は金太郎、純蔵と帝劇に出た。しかし、妻寿子の病は、縦隔膜腫瘍《じゅうかくまくしゅよう》、つまりガンであった。三月の四日から歌舞伎座で鴈治郎と一座し、「引窓」の濡髪《ぬれがみ》を、鴈治郎の南方十次兵衛《なんぽうじゅうじべえ》、松助の母お幸で演じた。初日前日に、妻の病気のことが新聞に出たから、みな腫れ物に触るようだった。

十四日に、国会で片岡直温《なおはる》蔵相が「今度渡辺銀行が破綻し」と口走ったため、渡辺銀行に取り付け騒ぎが起こり、台湾銀行、鈴木商店が倒産する金融恐慌が起きた。総理若槻礼次郎は辞任し、陸軍の田中義一が組閣した。

四月の帝劇は「勧進帳」である。義経は宗十郎で、富樫は勘彌が初役で勤めた。もはや、幸四郎の「勧進帳」は歌舞伎界の宝物に等しかった。この時は、團十郎の「勧進帳」から外れてきているので戻してもらいたいと実子が言い、三升が幸四郎に伝えて、幸四郎は堀越家を訪ねて、実子から教わって手直しをしていた。

だが、楽屋は緊張していた。幸四郎は、緊張をほぐすため、わざと笑顔で人に接した。楽は二十五日である。妻の容態はたびたび危機に陥り、二十一日午前十一時三十分、ついに臨終を迎えた。四十六歳であった。

出番が近づいていた。「南無妙法蓮華経」と唱えた幸四郎は、「治雄、あとを頼む」と言って、迎えの自動車に乗った。

帝劇へ入ると、みながその厳しい顔つきから、事態を悟った。梅幸が出てくると、幸四郎の肩に手をかけた。

「ここに中頃、帝おはします。

おん名を聖武《しょうむ》皇帝と申し奉る。最愛の夫人に別れ、恋慕の思い　やみがたく、涕泣眼《ていきゅうまなこ》に荒く、涙《なんだ》玉を貫ね、乾くいとまなし。」

その日の「勧進帳」は、いつに増した迫力があった。

新聞は「幸四郎の妻女逝く」と報道した。しかも間違えて「これで四人目」と書いた。

宮尾登美子の『きのね』に、妻を亡くした幸四郎に、あなたは幸せもんだ、と言った男があり、幸四郎は色をなして、それならあなたと境遇を取り替えましょう、と答えたという話が書いてある。これが取材して出た実話か、宮尾の創作かは分からないが、横光利一の最初の妻が死んだ時、「君は幸せもんだよ」と菊池寛が言ったというから、その当時は、妻がいなくて自由の身になったといった意味で、そんな不謹慎なことを言ったのである。

幸四郎は、妻が死ぬたびに新しく墓を建てていたので、墓が三つ並ぶかっこうになってしまった。いつのことかはっきりしないが、幸四郎は渋谷区中通一の三四に転居している（現・渋谷区東三丁目十四―十二）。恵比寿駅寄りの山手線のそばである。

五月一日からは歌舞伎座で、番付では珍しく歌右衛門の後の二枚目、菊五郎と「男女《めおと》道成寺」を踊ることになっていた。

今や旭日の勢いの『文藝春秋』五月号に、山本有三の「西郷と大久保」が載っていた。このところ、維新ものの戯曲が大流行で、真山青果も「江戸城総攻」を書いて上演されていた。「西郷と大久保」は、征韓論で西郷が敗れるところを描いたものだ。敗れた西郷の屋敷へ桐野利秋《としあき》がやってきて、やりとりした後、桐野はピストルを空へ向けて二発撃つ。ここを読んで、幸四郎は、あっと思った。

「使ったか、ここで使ったか……」

幸四郎は、四十年近く前の、若き日のことをありありと思い出した。

六月、七月は帝劇だったが、昭和キネマが、幸四郎の演技をトーキーで撮影したいと申し出て、七月四日に大森撮影所で「素襖落」を、六日に「紅葉狩」を撮影し、十月から各地で上映された。ところがこれに、歌右衛門が抗議的質問状を出したから、幸四郎はやや色をなして、それは歌右衛門としての意見か、東京俳優協会会長としてか、と訊ねると、会長としてである、という返事。幸四郎は、「自分は日本の文化的発展のために無報酬で出演するのである」という長文の返事を出した。

七月の歌舞伎座に、藤間政弥の娘の藤間春江が出た。これはのちの吾妻徳穂だが、当時まだ十九歳、帝劇の専属女優で、藤間静枝の養女になっていたが、役がつかないので父ということになっている羽左衛門に話し、木村錦花から幹部へ話が行ったが少しごたついたのがまとまって、「梅ごよみ」で羽左衛門と一言言葉を交わす小浪という女中役を貰った。何しろかつての社長・大河内の娘である。

七月二十四日に、芥川龍之介が自殺した。幸四郎は、ついに戯曲を書くことのなかったこの作家の神経質そうな風貌を思い出した。

「芝居とはあんまり縁のない文士だったな……」

その長男（比呂志）がのちに新劇役者になるとは知る由《よし》もない。

二十八日から一族郎党を引き連れて神戸へ行き、神戸八千代座で實川延若らと「菅原」「大森彦七」をやった。

九月三日からは歌舞伎座で、「一谷」の熊谷と、菊池寛作「玄宗の心持」に出たが、これで、金太郎に楊貴妃の姉の役がついた。姉は三人で、ほかの二人も御曹司に振り当てられたが、台詞がないので、ほかの二人は役を断ってしまった。それで治雄も断ろうとしたところ、幸四郎が怒って、

「ろくに芝居もできない癖に、いただいた役を断ろうなんてもってのほかだ」

と言われ、ほかの二人は新名題に割り振られて、しぶしぶ出演した。

ところが、台詞覚えの悪い幸四郎は、この時台詞が覚えきれず、舞台の前面にプロンプター・ボックスを着けさせた。これは新劇のほうではあったが、歌舞伎では初めてのことだったようだ。今でも歌舞伎の初日か二日目あたりに行くと、プロンプターの声がはっきり聞こえたりする。この時は菊五郎が書き出しで、「一谷」の熊谷、「法界坊《ほうかいぼう》」などをやった。「法界坊」では甚三をやったのだが、菊

五郎の法界坊と立ち回りをしたあとで、後しざりしてセリの穴へ落ちてしまうということがあった。幸いセリに引っかかったかそこから這い上がってきて、怪我はせずに済んだ。

「つぼみ座」の試演会はこの間、四、五回は帝国ホテル演藝場でやり、以前帝劇でやった「真如」などを出していた。順次郎はいつも並び腰元などの女形で、「勘当場《かんどうば》（ひらかな盛衰記）」の千鳥とか「太十《たいじゅう》（絵本太功記十段目）」の初菊などをやった。幸四郎は、金太郎にも染五郎か高麗蔵を襲名させてやりたいと思ったが、このまま豊も俳優になると、継がせる名前がなくなってしまう。

幸四郎は、順次郎と豊をそれぞれ呼んで、俳優になる気はあるかと訊ねると、二人とも一様に、なりたいと答えた。

「では、お前らはほかの人に預けることにする」

と幸四郎。

順次郎は吉右衛門に、豊は菊五郎に預けることに、もう決まっていた。否も応もなかった。のちに、加賀山直三の聞き書き『八人の歌舞伎役者』では、染五郎も松緑も、師匠を誰にするかは自分たちで決めたと言い、染五郎（当時は幸四郎）などは、義太夫狂言を勉強したいので吉右衛門にしたと言っている。だが幸四郎死去直後の『幕間』での対談では、吉右衛門の芝居をそれまで観たこともなかったと言っており、こちらが本当だろう。のちの『松緑芸話』では、私たちが自分で決めたように書く人がいますがそれは違います、と言っている。

豊は、すぐ下の妹の弘子から「ユタンポ」と親しみをこめて呼ばれていた。十五歳だったが、中学を中退して、六代目門下となった。幸四郎は、豊を連れて梅幸の自宅へ行って挨拶をした。菊五郎の自宅へ行かなかったのは、菊五郎の義理の兄である梅幸を立てたからである。

それを見届けるようにして、幸四郎は新橋藝者のお栄と結婚した。幸四郎五十八歳、お栄は二十九歳である。これは世間に知られないように、ひっそりと家に入れた。

幸四郎の絵葉書蒐集はまだ続いていて、新しいアルバムが出来ると、絵葉書仲間の川尻清潭を家へ呼ぶ。その頃「闘球盤」という遊びが流行していて、丸い盤を使ってのビリヤードめいたものだったが、新しもの好きの幸四郎は早速買ってきて、清潭と遊びに熱中したりした。

十二月は京都南座へ出てから、二十六日から歌舞伎座であった「東京俳優協会改称記念演劇大会」に三人の子と一緒に出た。「東京俳優組合」が「協会」になり、歌右衛門が引き続き会長になったのである。この時上演した「増補太閤記」は、シェイクスピアの「から騒ぎ」の翻案であった。その三十日に、上野から浅草まで、初の地下鉄が開通した。

昭和三年（一九二八）は元日から、浅草昭和劇場の開場式に三日間出て三番叟を踊り、帝劇も元日から開いて、田中智学《ちがく》の「代々木の神風」という舞踊詩劇に、「曽我の対面」をやった。田中智学は日蓮宗系の右翼だから、時代がやはりその方向にあったのだろう。豊は菊五郎、中車が市村座に出るのについて出た。市村座はこの時から松竹経営になった。吉右衛門は本郷座に出ていたから、順次郎はそちらに出た。

二月は大阪中座の鴈治郎一座に宗十郎、三津五郎と参加し、「暫」、三月も引き続き中座で「勧進帳」をやった。四月は帝劇に戻って「毛剃」をやるが、これは原作が近松の「博多小女郎波枕《こじょろうなみまくら》」で、海賊毛剃はばってん言葉でしゃべるが、毛剃のモデルになった人物は諫早《いさはや》出身だというから、関西から連れ帰った女中が諫早出身だというので、諫早弁を習って諫早弁でやってみたら、一向観客が分からないと苦情が出たので、いつも通りに戻した。

「凝《こ》っては思案に能わず、だな」

五月は歌舞伎座に鴈治郎が出るのでつきあい、岡鬼太郎の新作所作事「当世聟」の振り付けを藤間勘右衛門として行った。六、七月は帝劇、九月は明治座に出たが、吉右衛門、三津五郎と一緒だった。吉右衛門は明治座が本拠地になっていた。四十三歳になる。

「順次郎はどうです」

訊いてみると、

「親父さんに比べると線が細いかな。いい男ですがね」

「娘さんはいくつ?」

「四つです。弟（時蔵）のところは去年二人目の男の子が生まれたのに、うちは女の子一人でねえ」

二人がここで何となく目交ぜをしたように思ったのは、考えすぎであろうか。

「金太郎をどうしたもんかと思ってるんだがねえ……」

「同じように、いっぺん外へ出して、二、三年で戻して襲名させなすったらどうです?」

「お、俺も同じことを考えていた。誰がいいかね」

「おじさんが仲がいいのは最近じゃ鴈治郎さんだが、これは大阪だから、澤瀉屋は?」

「まあちゃんか……」

猿之助は四十一歳。「弥次喜多」などが当たって一方の人気俳優である。

そこで猿之助に話すと、

「わっちなんかでいいんですかい、おじさん」

と言うから、

「まあ、いっそ誰でもいいんだよ」

とおどけると、

「誰でもいいはひどいなあ」

と猿之助は笑った。

ここで、金太郎を猿之助に預けることになった。

七月の歌舞伎座に出るはずだった尾上松助が、稽古中の六月二十八日に倒れ、赤坂一つ木の自宅で療養していたが、九月五日、八十六歳の天寿をまっとうして死んだ。

九月は明治座で「夏祭浪花鑑《なつまつりなにわかがみ》」の団七九郎兵衛《だんしちくろべえ》を、吉右衛門の義平次でやった。すると岡鬼太郎が「吉右衛門の危機」という文章を発表して、藝のゆるみを一々指摘したから、ちょっとした騒ぎになった。岡は吉右衛門とは古い馴染みである。結局は、直言してくれる人がいることはありがたいことだという話に落ち着いた。

十月も帝劇で、十一月は、天皇即位の御大典があったので、その記念公演を帝劇で行い、猿之助を迎えて、山本有三の「西郷と大久保」などを上演した。幸四郎が西郷、勘彌が大久保、宗十郎が三条実美、新劇の佐々木積が板垣退助、澤村田之助が伊藤博文である。この時、山本英輔海軍大将と降旗《ふるはた》敏中将のはからいで、山本権兵衛、鈴木貫太郎、財部《たからべ》彪《たけし》夫妻、竹下勇、山本の五人の海軍大将が観劇に来た。芝居が終わるとすぐ帰ることになっていたが、山本権兵衛は、郷里の先輩で面識もあった西郷を演じた幸四郎に感心し、廊下で対面したいと言ったので、幸四郎が出てきた。

「わしは十七、八歳の頃、大久保侯の使いで西郷大将に会ったことがあるが、実によく似ていた」と言う。脇から山本久三郎が、幸四郎はメイクアップの名人と言われておりタウンゼンド・ハリスを演じたこともありますと説明する。薩摩出身の山本は、薩摩言葉もうまく似せていた、と言うので幸四郎は、

「自家に薩摩出身の女中がおったこともありますのでそれに習いまして」

と答えたものであった。

十二月の京都南座の顔見世で、幸四郎は「助六」をやることにし、治雄に外郎売をやらせようと思い、堀越家に許可を求めた。すると堀越ますがそれを言下に拒絶した。三升は、追善興行以後、ぼちぼちと出演してはいるが、まったくぱっとしない。何しろ観客からはバカにされて、

「銀行員!」

などとかけ声がかかる始末で、ますとしては、もっと幸四郎が面倒を見るべきだと思い、不満を抱いていたのである。

幸四郎は怒って、

「自分は團十郎の直弟子である。それを、他門の羽左衛門が助六をやった時、息子の家橘が外郎売をやるのは認めておいて、今度は認めないとは、何たる不人情な仕業か。それなら自分はもう二度と十八番物は演じない」

と、「助六」のみか「勧進帳」までもうやらないと怒った。十八番ものについて、法に訴えたら堀越家に著作権はない。情誼《じょうぎ》の上から使用料を払っているのだ。都下の新聞はこれを宗家の横暴として非難し、曽我の家五九郎《やごくろう》は、十二月一日を初日として浅草昭和座で「助六」と「勧進帳」を演じて宗家の非を鳴らした。

十一月八日に幸四郎は堀越家を訪れ、三升と懇談して、結局はますの意向だと分かったから、外郎売についてもそれ以上深入りせずに終わった。

先に小山内薫が訪ソし、その斡旋で七月に左団次夫婦が訪ソ、十一月に帰国して、十二月の歌舞伎座は左団次中心の公演だったが、親ソの姿勢を快く思わない一派が公演中にビラを撒いたり、驚かすつもりで鞄に入れていた蛇が客席へ出てきたりした。二十五日、上田文子（のちの円地文子）の戯曲「晩春騒夜」の上演初日、記念パーティの席上で小山内薫が倒れ、四十八歳で死去した。その夜、谷崎潤一郎は岡本の屋敷に、のち二人目の妻となる古川丁未子《とみこ》を含む、『卍』の大阪弁訳やハーディなどの英訳の手伝いをした大阪高等女子専門学校の生徒や卒業生四人を呼んで楽しくやっていた。

幸四郎は京都へ行くと、柊家に泊まり、「大市《だいいち》」にすっぽん料理を食べに行く。七種類の眼鏡を持っていて、読書する時、散歩する時、楽屋入りする時などで使い分けていた。時計の蒐集も趣味だったが、役者は芝居を観るのを道楽には出来ないし、狩猟や釣りは実母から止められてやっておらず、酒も呑まないから、おのずと蒐集が主たる趣味になったものだろう。

さて、幸四郎一門が京都から帰ってくると、大谷・松竹合名社社長、白井竹次郎・松竹土地建物興業株式会社社長と、帝劇の山本久三郎専務が、堀越家と幸四郎の間に入って斡旋し、ひとまず和解を見て、松居松翁と木村錦花が堀越家へ使者にたった。応対したのは実子・三升夫婦である。そして、十八番物については劇界の至宝であるから、今後は松竹・帝劇や劇界幹部が擁護し、そのたびごとに上演料をとるというより、團十郎の墓前へ包み金を出すといった形にする、といったことが決められた。

だいたい、強硬なのは第一にます、第二に実子であり、新聞から責められて弱ったますを三升が抑えて出た、というところであろう。

第六章　三人の子

　昭和四年（一九二九）一月、吉右衛門、幸四郎、三津五郎、時蔵らが、若手の研究会として梨苑座《りえんざ》を組織した。参加したのは、順次郎のほか、坂東八十助（のち三津五郎）、中村米吉《よねきち》（十七代勘三郎）、中村又五郎らで、師匠番として市川紅若《こうじゃく》がついた。紅若は吉右衛門一門の長老で、幸四郎と同年である首振り芝居の復活を提唱した。

　吉右衛門はここで首振り芝居の復活をもくろんでいた。首振り芝居とは、義太夫に合わせて、台詞を言わずに当てぶりでする芝居である。声変わり前の役者がやるもので、人形振りに残っているとも言える。

　二十四日に東京會舘で、堀越夫婦、幸四郎、大谷、山本、松居、錦花の七人が集まって、「勧進帳」などの上演料を低減するということで覚書を作り、錦花がこれを保管することになった。

「まあ、あの人らもかわいそうなんだよ」

と、幸四郎は金太郎に言った。

「二十五年前に死んだ團十郎の名にしがみついて生きてるんだからね。実子は女團十郎になるつもりだったがそれもダメ、福三郎……三升も、今のところとても團十郎を継がせられる状態じゃァない。

俺に来たってのは門下なりゃこその不満だよね。ああは言ったが、家橋に許してお前に許さねえってのも分かるんだ」

「そうですか……」

誰ぞ知らん、この金太郎が三十年後に、堀越宗家の権威を守ろうとして同じ非難を世間から浴びようとは、である。

徳田秋聲は、尾崎紅葉門下の文士で、数多くの通俗小説を新聞に連載した。だが自然主義が勃興すると自然主義的な小説を書くようになり、泉鏡花からは紅葉門下の裏切り者として嫌われた。秋聲は大正末年、五十四歳で妻を亡くし、以前から弟子として出入りしていた山田順子と深い仲になり、『仮装人物』にまとめられる私小説を書き継いだ。だが順子はその後慶大生井本、次いで勝本清一郎と恋人関係に入る。勝本は、それまで同棲していた藤間静枝を捨てて、順子に走ったのである。

こうした行状に、藤間の門弟間から、あんな女に藤間を名のらせておいていいのか、という声があがったのもやむを得ないことだったろう。だがその年、静枝はシベリア鉄道経由でパリへ行ってしまい、このことはうやむやになった。

二月は大阪中座へ行き、勘彌の堯心で「名和長年」をやったが、堯心が泣くところで、勘彌が毎日本当に泣くから、幸四郎も驚いた。二十五日間泣き通しだったが、一日だけ、勘彌の門弟がまずい演技をしたので、その時だけ泣けなかったという。この月、金太郎は明治座で猿之助の一座に出ていた。

三月は歌舞伎座に出て、羽左衛門の助六に幸四郎は髭の意休、揚巻は梅幸で、新之助が助六の後見を勤めた。

そして四月、帝劇で、金太郎が高麗蔵を襲名した。口上は幸四郎と梅幸だけのあっさりしたもので、披露公演では、岡鬼太郎書き下ろしの「源氏烏帽子折《えぼしおり》」で、新高麗蔵は牛若丸。幸四郎が熊坂、勘彌が金売《かねう》り吉次《きちじ》、その女房が梅幸、宗十郎が烏帽子折で、門下の松本錦一が高麗五郎と改名した（のち九代目八百蔵）。これは鞍馬山にいた牛若丸が金売り吉次の手引きで奥州藤原氏を頼っていく途次、尾張国で自ら元服の式を行って源義経と名のったという伝説に基づくものである。

暗雲晴れて喜びの幸四郎家、のはずだった。だが公演中から高麗蔵は熱を出し、終了後、満二十歳になったので徴兵検査を受けに行ったが、これも熱を押して、門下の高麗之助がついて行ったのだが、肺浸潤と診断された。つまり肺結核である。

（なんてことだ……）

幸四郎は、悲嘆に暮れた。死病と言われた肺結核である。栄養不良でなりがちだが、うちでは栄養は足りているのに。

医師に診せて、しばらくは療養することになった。

六月は帝劇で左団次相手に「勧進帳」をやったが、この月、それまでは雑誌専一だった中央公論社が初めての単行本として、レマルク作、秦豊吉訳の『西部戦線異状なし』を刊行し、これが売れに売れた。豊吉は「丸木砂土」の名でもあちこちに評論や、ドイツの艶種の紹介文などを書くようになっていた。マルキ・ド・サドのもじりである。

六月の歌舞伎座には、旭梅と新之助の娘の貴久栄が、市川紅梅《こうばい》の名で歌舞伎座の舞台を踏んでいた。十六歳である。九月には新歌舞伎座が新宿に開場した。

十月の帝劇では、中村吉蔵作「道元と時頼」で幸四郎は道元役をやった。この時は、高麗蔵が、具合がいいからと言うので出演したが、やはり苦しそうだった。明治座では、米吉が中村もしほを襲名した。

幸四郎には、三女晃子が生まれた。六十になって、十五年ぶりに本妻にできた子であった。

十一月二十七日から三十日には、帝劇で、新築地劇団が、高田保の脚本で「西部戦線異状なし」を上演した。本郷座でも築地小劇場が上演した。だが反戦左翼小説が原作だから、警視庁から大幅な削除を命じられ、最後の場面などはなくなってしまった。幸四郎は、楽屋で豊吉に会った。三十九歳になる。

「だいぶ売れてるようだね。二十万部だって」

「ええまあ……カネになるのは結構ですが、会社内ではやりづらいですよ」

「辞めて文士になる気はないのかい」

「そこまではね。小説を書いてるわけじゃなし、踏ん切りはつきませんね」

「演劇に入る気はないのか」

「それも言われるんですよ、幸四郎がいるから、いつでも劇界へ入って幹部になるんだろう、なんてね」

「……そうか。いや、帝劇はもう終わりだよ」

「そうですか、やはり」

映画がトーキーになると、ますます観客は映画へ流れ、演劇の客は減っていった。帝劇の興行成績は揮わず、この年末、帝劇は向こう十年間、松竹に経営を任せることになりそうだった。

「ところで、治雄君はどうです」

「ダメだね、しばらく転地療養させることにしたよ」

「そうですか……」

治雄は、逗子にある湘南サナトリウムへ入ることになった。武久徳太郎が開設したものである。

帝劇は松竹経営に移り、松竹は東京の七大劇場（歌舞伎座、帝劇、明治座、市村座、本郷座、新橋演舞場、新歌舞伎座）ことごとくを掌握した。大谷・白井兄弟は五十四歳になっていた。帝劇で育った森律子、村田嘉久子らの女優十人も松竹へ移籍したが、松竹では女優を歌舞伎に出すことはなく、映画のほうで使い、五年後にフリーにしてしまった。こうして、女優の出る歌舞伎は命脈を絶たれたのであった。

暮れの十二月二十一日、日比谷公会堂で菊五郎一門の舞踊の会があったが、「根元草擦引《こんげんくさずりびき》」に出た豊が、三十九度の熱を押してやったため卒倒したが、大事には至らなかった。

昭和五年（一九三〇）から、帝劇は梅幸、宗十郎らで幕を開けたが、幸四郎は二度と帝劇には出ず、一月は歌舞伎座で「勧進帳」これは羽左衛門の富樫、宗十郎の義経である。二十八日に、東京俳優協会の役員改選があり、歌右衛門が顧問、梅幸が会長に選ばれた。歌右衛門は六十六歳になり、鉛毒のため体が不自由で、治療に努めたが具合は悪かった。

二月は三升とともに大阪中座の鴈治郎一座で「勧進帳」と「助六」をやった。三月二十九日には築地万年橋畔に東京劇場が落成し、梅幸、羽左衛門、菊五郎らでこけら落し公演をやった。

四月は歌舞伎座で三津五郎と「連獅子」を踊り、門下の錦二郎が名題に昇進、高麗雀《こまじゃく》と改名した（のち升雀《ますじゃく》）。十五、十六の二日、舞台生活五十年を記念して楽屋中にそばを配った。ただし初舞台から四十九年である。二十三日、菊五郎が私財をなげうって日本橋に日本俳優学校を設立した。五月は歌舞伎座。

六月に、吉右衛門が明治座で初めて「勧進帳」の弁慶をやった。「勧進帳」は最後に延年《えんねん》の舞があるため、踊りを得意としない吉右衛門はこれまで勧められてもやらなかったのだが、幸四郎の勧めと手引きもあり、宗十郎の富樫、福助の義経で演じた。七月、九月は名古屋御園座である。

八月に、谷崎潤一郎が妻千代を佐藤春夫に譲るという声明を三人連名で出し、世間を騒がせた。

十月の歌舞伎座で、猿之助の子の団子が段四郎を襲名した。本来なら猿之助が段四郎になって子を猿之助にすべきところを逆にしてしまったのだ。二十一日から、秦豊吉は「読売新聞」に小説「東京の女王」の連載を始めた。

十二月、猿之助は門閥打破を掲げて、春秋座員らと松竹を脱退した。河原崎長十郎、中村翫右衛門《かんえもん》、市川笑也（のち河原崎国太郎）らが加わり、はっきりと左翼色を打ち出して興行を行ったがうまく行かず、猿之助は一年もたたずに松竹に復帰、残った者らが前進座を結成した。

幸四郎は松竹専属となり、昭和六年（一九三一）を迎えた。一月は歌舞伎座の「忠臣蔵」で大星を演じたが、これは「山科閑居」と「天川屋」が中心である。二十五日、幸四郎と三津五郎が発起人となって、日本舞踊協会が日本橋クラブで発会式をした。舞踊は二十四流あるとされたが、勘右衛門は、藤間流別派として紹介された。

（別派？……）

別派としたのは、藤間勘十郎流である。ここから、勘右衛門流と勘十郎流の長い抗争の端緒が開かれたのである。

幸四郎は勘右衛門として名取百三十余名を数える。対して勘十郎は、高橋是清の孫である藤間勘素《かんそ》蛾《が》（女）など知識階層に三十余名の門弟がいる。六代藤間勘十郎は三十一歳の男で、六代梅幸に師事し、菊五郎とも縁が深く、のち藤間紫を妻とした。はるかのち、紫の三代市川猿之助との不倫問題が起き、離婚して、紫が猿之助と結婚したのはよく知られている。

幸四郎の舞踊の門弟には、勘四郎、藤三郎、勘作といった男たち、女では政弥、伊勢、勘寿らがいるが、みな「別派」扱いに憤りを隠せず、女の中には泣き出す者もあった。幸四郎は「別派でも構わないではないか」と言ったが、門弟らはきかない。

二月は大阪中座で、鴈治郎一座と「勧進帳」などをやった。その十五日には東京會舘で、財界人らが作った国民文藝会が、市川中車、藤間静枝、花柳寿輔らに国民文藝賞を授与した。三月も歌舞伎座で「勧進帳」、左団次の富樫に宗十郎の義経、それに「日蓮聖人」だが、あまりに「勧進帳」ばかりやるので、安宅の関をもじって「またかの関」と言われた。

「日蓮聖人」は、日蓮五百年遠忌《おんき》を記念して松居松翁が書いたものだ。幸四郎は、佐渡に流刑になった日蓮で、それを殺しに来た武士を尾上伊三郎がやっていて、障子の後ろで日蓮が読経をしている。それをガラッと開けて斬りかかろうとすると、幸四郎の日蓮が眼鏡を掛けていた。伊三郎が困って、「旦那旦那、眼鏡眼鏡」と小声で言うと、幸四郎は気づいて慌てて眼鏡を外し、うぬと見得を切ってごまかした。

四月の明治座で、順次郎の純蔵が染五郎を襲名した。襲名披露は、「車引」の梅王丸だった。吉右衛門が松王丸、宗十郎が桜丸、幸四郎が時平《しへい》で、吉右衛門、我當、宗十郎らが口上を言ってくれ、新染五郎は三月は芝居を休んであちこち挨拶回りした。

「兄さんには話に行かなくていいですか」

いささか、緊張した面持ちで、染五郎は言った。

「いいとか、悪いとかじゃない。肺病だ。行っちゃいけない」

「はい……」

治雄は、サナトリウムで療養を続けているが、歯ぎしりせんばかりに悔しがっているだろう。染五郎も徴兵検査を受けて丙種合格になった。

五月八日、堀越まさが八十五歳で死んだ。

これは、朗報であった。人の死を朗報と言ってはいけないだろうが、

(未亡人ほど厄介なものはない……)

とは、幸四郎のみならず劇界関係者がみな思っていたことである。ことごとに市川宗家の権威を振りかざして、劇界に介入してきたのがまさだったからである。

葬儀が済むと、すぐに三升は、養子の話を持ち出してきた。

「兄さん、ゆうちゃんを貰いたいんだが」

と言う。豊のことである。

「見ていると、私ァゆうちゃんに一番素質があるような気がするんだ」

治雄は、もうこのまま死ぬかもしれない、当時の人間として、そう考えるのは無理もない。とすれば、順次郎が幸四郎を継ぐ。ならば養子に出せるのは豊だ。豊は十七歳だが、兄弟中で一番柄が大きい。太ってきているのが心配だが、稽古熱心ということでは三兄弟中で一番である。

「よござんす、豊を貰ってやってください」

と、話はまとまった。

吉右衛門の一人娘は、正子《せいこ》、あるいは気取って成以子と書く。七歳である。順次郎は吉右衛門の波野家では、「順坊ちゃん」とか呼ばれて、何しろいい男だから、かわいがられている。ふらりと波野家へ入っていくと、ばあやさんに、

「ねえ、ここのおじさんとおばさん、いくつ違いだっけ」

と訊いて、十一歳違いですよ、と言わせておいて、

「じゃあ、僕と正子ちゃんが十三歳違いでも、そんなにおかしくないな」

などと言うのである。

六月は大阪中座に出たが、帰ってくると、藤間流では、政弥らから、静枝への批判が噴出していた。あのような異端舞踊がいるから別派にされるのだと言い、静枝から藤間の名を取り上げるべきだと言う。しかも静枝は「藤蔭流家元」を名のってもいるという。幸四郎は困惑した。国民文藝賞で、門弟らの嫉妬が向かっていたということもある。

幸四郎の奥役は堀倉吉といったが、松竹を出て苦労している猿之助の春秋座の公演を手がけたいと

言うので、幸四郎の了解を得て春秋座に申し出ていた。

九月になって、藤間流の家元支配人・浜野権之助が静枝を訪ねて、藤間姓の返上を求めた。静枝はこれに対し、十四日、書面をもって、藤間の名を返上すると言ってきた。十九日に静枝は東京會舘で記者会見して、藤蔭流家元藤蔭静枝を名のり、日本舞踊協会を脱退した。

静枝の名前も返させるべきだという声もあったが、幸四郎が抑えた。

「あいつなら藤間を名のらなくてもやっていけるだろう」

静枝は、文化人らの支持を受けていた。これで藤間流は因循だと思われるのだろうな、と幸四郎は一抹の寂しさを覚えた。

九月十八日、満州事変と呼ばれる戦争が起きた。この年、幸四郎には四女の昌子が生まれている。だが、幸四郎の死の際に、養女がそばにいたという記述がある。とすると、この昌子か、二年後にできた妙子が養女だったのだろうか。

幸四郎は、三年前に、藤間勘兵衛の宗家相続人である荒木董平から、勘兵衛を襲名してくれと言われていた。「別派」の意趣返しでもあるか、これを実現しようと、十月七日に東京會舘で「六代藤間勘兵衛襲名披露」を行うことにして各所に通知した。すると、勘十郎から、藤間勘兵衛の名は母たつが襲名して商標登録している、と内容証明が届いた。

勘十郎の母は先代勘十郎である。そこで調べてみると、九月十五日づけで「宗家藤間勘兵衛」の商標登録がしてあった。静枝が藤間の名を返上した翌日である。

十月三日から幸四郎は東京劇場に出演、菊五郎相手の「勧進帳」などをやっていたが、七日の襲名披露では勘兵衛を襲名すると言えず、おかしな襲名披露になってしまった。

三十一日からの歌舞伎座では「忠臣蔵」を四段目までやったが、大星は鴈治郎で、幸四郎は師直と石堂右馬之丞《いしどううまのじょう》、染五郎が千崎《せんざき》で出たほか、真山青果の新作「清盛と西光《さいこう》」で清盛役を、左団次相手にやった。十一月、帝劇は洋画封切館に変わり、演劇劇場としての歴史をいったん閉じた。

舞踊協会会長は、藝能界と関係が深いミツワ石鹸支配人の波多海蔵《はたかいぞう》が、商標登録で名跡が名のれるなら自分もとってみせると、下谷区役所へ申請したらとれた。そこで幸四郎と勘十郎へ登記簿を送り、勘十郎側に、そちらが取り消すならこちらも取り消すと言った。また幸四郎は、自分が六代目勘兵衛になったら、七代目は勘十郎に譲るとも言ったのだが、勘十郎は頑として聞かず、舞踊協会を脱退するという騒ぎになった。

協会では理事会を開いて、勘兵衛は幸四郎が襲名することと決め、勘十郎の退会届けは専務理事の花柳寿輔、若柳吉蔵が預かりとした。

十一月二十六日からの歌舞伎座では、菊五郎一座で、豊も出たが、話題をさらったのは尾上菊枝である。実業家・近藤波保の愛嬢で、菊五郎に弟子入りして、十九歳、女で初めて歌舞伎の名題になった。近藤は歌舞伎座を三週間買い切って披露をしたとかの騒ぎである。菊枝は本名・冨志子で、ぽっちゃりした、あまり伝統的美人ではない、いわばアイドル歌手みたいなものである。役は「銘作左小刀」で菊五郎の左甚五郎が彫った京人形が抜けて出る京人形の精であった。

しかし、歌舞伎に女優といえば、帝劇時代から、森律子、村田嘉久子らがおり、この時も藤間房子と村田が出ていたから、収まるわけがない。律子は四十二歳で、さまざまな犠牲を払ったのだから、それこそぽっと出の女優に名題になられてはたまったものではなく、菊五郎への批判が影で盛んだった。

十二月は京都南座の鴈治郎一座へ、左団次、吉右衛門、勘彌、松蔦、時蔵らとともに参加、「勧進帳」をやった。梅幸が行く予定だったのが病気で代わりに行ったのである。

その間、豊の市川宗家への養子入りが新聞で報じられた。

豊が菊五郎一座の出ている歌舞伎座から帰ってくると、治雄についている男衆の七蔵が待っていた。

「治雄坊ちゃんが、豊坊ちゃんにぜひ来てくれろと……使いに行かなければ腹を切るとえらい剣幕で……」

豊は、ピンと来るものがあり、後のことを七蔵に任せると、自動車で品川駅まで、そこから東海道線で鎌倉へ向かった。

サナトリウムでは、朝から藤間さんが変だというのでおろおろしていたが、豊が着くと、マスクと白衣を着けさせた。

治雄は、ベッドの上にどっかと胡座《あぐら》をかいて、やせた体に目をギロギロさせて、朝から碌に食っていないという風だった。

「豊！　待ちかねたぞ」

と言って、げほんげほんと咳き込む。

（判官かよ……）

芝居仕立てである。

サナトリウムで他の役者の活躍を耳にしていらだっている内に、治雄の人柄の一部分が変化した。元から癇性ではあったが、そこへ、激しい上昇志向が加わったのである。その結果、治雄は「俺は團十郎になる」という想念にとりつかれた。ここで死んでたまるか、團十郎になるんだ、ということだ。だから俺が治って宗家へ行くから、お前は辞退しろ、と言うのである。

「頼む！」

と言って、治雄はベッドの上に座って頭を下げた。

「兄さん……」

と、近寄ろうとした豊は、自制して、ふと考えた。

土下座というのは、地べたに座ってやるものだ。兄は「高うはござりまするが」式にベッドの上である。自分はといえば、着たきりの上に白衣とマスク姿である。何だか豊は、笑いそうになってきた。

「分かったよ、兄貴、俺は辞退するよ。團十郎って柄じゃないよ、俺は」

「そうか」

治雄の目に喜色が浮かんだ。顔色が悪いが、どうも治雄は、病気になる前から顔色は悪い男だった。

豊が部屋を出て行くと、治雄はとっぱくさ、ベッドにもぐり込んだ。

（兄貴？……。あいつ、兄貴なんて言ったことはないぞ）

二人で何か芝居をしていたような気がした。治雄は、腹が減ったなと思いながら、眠ってしまった。

帰りの汽車に飛び乗って、豊は菊五郎のことを考えていた。

（おやじさんは、舞台を捨てることがある。具合が悪いとか気乗りがしないとか、客が良くないとかですぐ捨てて、いい加減に踊る。父はそういうことはない。巡業先でもどんな具合が悪くても一所懸命だ……）

一方京都では、梅幸が病気のため、幸四郎はしばしば吉右衛門のところへ来て話をしていくが、どうにも心細いようなことを言う。治雄は病気、豊は養子に行く、で寂しいのだろうと吉右衛門が、

「兄さんも寂しいだろうから、どうです、順ちゃんを手元に置いては」

と言った。幸四郎がちょっと驚いて、

「いや、せっかく世話してもらったのに、今さら」

と言うのを抑えて吉右衛門が、

「いいえ、引き取るの引き取らないのと言うのじゃない、一家じゃありませんか、これからも家族としていつでも私のほうに出してくれたらいいんです」

と言うから、幸四郎は涙ぐんで、ありがとう、と吉右衛門の手を握った。

打ち上げて帰ってくると、豊が治雄のことを話すから、幸四郎は考えこんだ。

「そうだな……。急ぐことはない。治雄が治っても……」

と言いかけて、「死んでも」と言うのはやめにした。台詞を間違えた時の要領で、ぐほん、と言ってから、

「治ったら、それから相談して、考えればいい」

三升にもそう話すと、三升も賛成してくれた。

なお一方、順次郎を家へ戻す件では、代々木の吉右衛門宅へ行ってこれまでの礼を言い、双方に属

しているような形で今後も頼む、ということで、順次郎はとりあえず藤間家へ帰ってきた。

昭和七年（一九三二）一月は、染五郎とともに歌舞伎座に出た。歌右衛門も二月には妻が死んで、あまり出られなくなっていたから、書き出しは羽左衛門である。この時の幸四郎は「船弁慶」である。

一月二十六日から四日間、歌舞伎座で「若手修練歌舞伎劇公演」があり、家橘、豊、児太郎、丑之助らが出て、羽左衛門、幸四郎、菊五郎が指導に当たった。この時例の尾上菊枝も出ていたが、演劇というのは若い男女をくっつけるには恰好の場である。菊枝は豊の一つ下で、この最中に、恋仲になった。しかし体の関係はなかった。

幸四郎は、二月は大阪中座の鴈治郎一座に、三升、芝鶴とともに出た。

二月二十六日から四日間、東京劇場のマチネーで「青年歌舞伎」が催され、児太郎、豊、もしほが出演した。三月は豊は歌舞伎座で、幸四郎は東京劇場で「忠臣蔵」を、宗十郎、猿之助、時蔵、森律子と。この月、満州国が建国された。

赤星国清と杵家彌七は、関東大震災で大阪へ逃れ、従来の三味線譜と違った西洋楽譜風の文化譜を開発し、大阪に三味線女塾を開いていたが、前年東京赤坂へ移転し、この月、東京での第一回卒業式があって、幸四郎も招かれて来賓として参加した。毎年行くようになって、山脇房子や音楽評論家の田辺尚雄の知遇を得た。

四月は歌舞伎座に染五郎と出て「橋弁慶」、五月歌舞伎座は「忠臣蔵」で師直《もろのう》。五・一五事件で犬養毅総理が暗殺された。六日、勘兵衛名跡につき、勘十郎が幸四郎を提訴したが、和解して、二十七日、幸四郎は、以後、勘兵衛の名を使用しないことを表明した。

五月は歌舞伎座で「忠臣蔵」に師直、「茨木」で菊五郎の茨木童子に綱を演じたが、これは菊五郎が見劣りするほど立派な綱であった。

六月は大阪中座の鴈治郎一座に、吉右衛門、時蔵とともに出て、「勧進帳」「伊賀越」をやったが、この最中、顔面を奇病に冒され、妻とともに金光教に帰依した守田勘彌は、大阪帝大病院に入院しており、十六日、四十七歳で死去した。七月に新歌舞伎座で「青年歌舞伎」が発足し、片岡我當、坂東志うか、中村児太郎らが参加した。

どういうわけか、明治末から、歌舞伎俳優には金光教の信者が多かった。歌右衛門、吉右衛門、菊五郎、鴈治郎、のちの萬屋錦之介、先の中村芝翫、勘三郎など、みなそうだったようだ。

八月十二日に、小林一三は、株式会社東京宝塚劇場を設立した。秦豊吉は、友人の菊池寛のはからいで、『文藝春秋』誌上で小林へのインタビューを行い、面識を得て、東京宝塚劇場、つまりのちの東宝に入社した。小林は、関西で阪急鉄道を作り、その振興のため終着駅に宝塚劇場を作った男である。

「これは、松竹と同じだな」

と、菊池が言う。

「いや、ちょっと違います」

「どこが」

「小林さんは鉄道がありますから」

「ああ、なるほど」

菊池は、四十七歳にして文壇の大御所と言われ、金山《かなやま》御殿と呼ばれる豪邸に住む身だった。小林はすでに六十歳になる。

「菊池さんは出版界の雄ですかね」

「いや……。もうずいぶん前だが、久米が欧州から帰ってきて、これからは講談社の時代だと言いおった」

「ああ……野間清治」

「あのな、『金色夜叉』だの『真珠夫人』だのがどうとか、そういうことでは、もうない。女子供を相手に商売をされたら、これは勝てん」

「なるほど」

野間清治は、大日本雄弁会と講談社を設立し、『キング』『婦人倶楽部』『少年倶楽部』などの雑誌の売り上げを伸ばしていた。

九月十三日、東京會舘で團十郎三十年祭が執り行われ、幹部俳優の多くが集まった。歌舞伎座では十一月に追善興行をやることになった。

もともと、勘兵衛の襲名を頼んできた荒木董平は、先代勘兵衛の墓所位牌などを守ってきたが、襲名に際して相当の報酬を期待していた。だが幸四郎は、月々五十円を払っており、それが荒木には不満だった。そのため、十月十五日、荒木と山崎幸一郎の二人は、九千余円の損害賠償請求の訴えを東京地方裁判所に起こしたのであった。

だが幸四郎は、勘兵衛を名のらないと表明しており、この訴えを迎え撃った。しかしこの裁判は存外に長引くことになる。荒木が勘兵衛襲名を持ちかけたのは、カネ目当てだったのである。まことに、勘兵衛問題では、幸四郎は踏んだり蹴ったりだ。

十一月歌舞伎座の團十郎三十年追善興行は、「高時」、「勧進帳」を羽左衛門の富樫、菊五郎の義経で、「助六」を羽左衛門がやり幸四郎は意休で、染五郎、豊も参加した。市川翠扇が二十年ぶりに復帰して「近江のお兼」を踊った。十二月は京都南座の鴈治郎一座に、梅幸、羽左衛門、左団次、友右衛門、松蔦と参加。

昭和八年（一九三三）一月も歌舞伎座は團十郎追善を続けたが、吉右衛門と染五郎は抜けて、染五郎は新歌舞伎座の青年歌舞伎で「濡髪」と「対面」の五郎をやった。二月は團十郎追善を大阪へ持っていくはずだったが、梅幸の病気など故障があり、行けるのは幸四郎一人、というので三月に延期した。一月で帰るはずの鴈治郎は三月も歌舞伎座に出たが、七十四歳で、これを観た七十七歳の仁左衛門が、鴈治郎の若いのに驚いたという。

この一月、秦豊吉は欧米の演劇事情視察のため洋行の途についた。三十日、ドイツではアドルフ・ヒトラーが総理の地位に就いた。

吉右衛門は、多趣味で知られた。乗馬、弓、俳句をやり、昭和七年からは師匠の高浜虚子を招いて木の芽会という句会を年四回催し、染五郎も参加した。染五郎は染五郎で、画家か学者になりたかった男で、『文學界』などを読んでいた。

この二月九日に、吉右衛門は、

初春や弓を始めて染五郎

と詠んでいる。

二月二十日には、プロレタリア作家の小林多喜二が、警察で拷問に遭って殺された。二十四日には、国際連盟総会で、満州国の建国が認められず、外相松岡洋右《ようすけ》はその場で退場、国際連盟を脱退することになった。新聞は「わが代表堂々退場」と書いたが、松岡は「大変なことになった」と頭を抱えていた。

三月二十九日には幸四郎は歌舞伎座の日本舞踊協会第五回公演に出て、三津五郎と「うつぼ」を踊った。この時の客席には、三十五歳の川端康成がいた。当時、浅草のレビューに入れ込み、洋の東西を問わず舞踊に入れ込んでいた川端は、ほどなく、舞踊評論家・島村の登場する「雪国」を書き始める。

春の一日、豊と菊枝は、デートに出かけた。当時デートという言葉はない。ランデブーも一般的ではないが、豊島園へ行ったのである。

手と手をつなぎ、うっとりとなった二人、豊は「空は青空、二人は若い」などと流行歌を口ずさむ。すると、前に三人の人間が立ちはだかった。坂東彦三郎夫妻と、その子の亀三郎（のち十七代市村羽左衛門）である。二人は真っ青になり、彦三郎と亀三郎は苦笑している。亀三郎は二十一歳だ。彦三郎夫人が、

「あーら豊ちゃん、奇遇ね、これからあたしたち、牛肉食べに行くところなのよ。一緒に来ない」

とその場を取り繕ったが、とてもそんな場合ではないから、け、結構です、と言って別れたが、さあこれでばれてしまった、あっという間に広まるだろうと、二人は、電車に飛び込んで死んでしまおうかとまで相談した。

二、三日してこれが菊五郎に知れた。それで二人はしばらく謹慎していたが、また逢瀬を楽しむようになった。幸四郎は、息子の恋人は娘のようなものだと喜んでくれ、菊五郎夫人も賛成してくれたが、菊五郎だけは結婚に反対だった。

治雄はようやく恢復して、四月の歌舞伎座で復帰することになった。二十五歳になる。しかし、まだ鎌倉のサナトリウムから通う日々だった。「助六」で、復帰挨拶代わりに口上を言うことになった。

妹の弘子は、例の赤星が関係していた山脇高女へ通っていたが、父兄会で、行く者がなく、治雄が兄として行くことになった。すると、校長の山脇房樹の祝辞を聞いていて、ゆっくりしてはっきりしていたので、よし、口上はこれで行こうと思った。

四月一日開演で、幸四郎の助六、菊五郎の揚巻、延若の意休である。ところが、六日の「朝日新聞」で辰野隆が劇評を書いて、治雄の口上について、「どこの誰だか知らないが、口跡も悪く、大根の徴が見えた」と書いたのである。しかし、筋書きを見れば、それが幸四郎の長男であることは分かるはずで、「誰か知らないが」は厭味である。しかも治雄として、考えた上でやった口上であった。

血気盛んな治雄は、手紙を書いて、どこが悪いのか教えてほしいと、朝日新聞気付で出した。するとすぐ返事があって、自宅へいらっしゃいと言われ、駒場の辰野宅へ出かけた。辰野はフランス演劇の話をして、治雄に友人の今日出海を紹介し、治雄は今のところでフランス語を習うことになったのである。治雄は暁星へ行っていたので、フランス語はやったことがあった。まだサナトリウムにいたから、鎌倉の今のところへはすぐだった。

治雄はそのあと、サナトリウムを退院し、赤坂山王下に借家をして、家を出てそこに住むことになった。

「女でもできたんだろう……」

幸四郎は、ぼそりと言った。

歌舞伎役者が、二十歳過ぎて女を知らないなどということはまずない。力士もそうである。染五郎も、吉右衛門のところへ行って早々、吉原へ連れて行かれたようだ。もっとも、男色のほうに行く者も少なくはない。

幸四郎は、六十になったら引退する、と昔は言っていたが、まだまだ息子らがこんなでは引退できない、と最近は言っていた。六月は歌舞伎座で、左団次と「伊藤博文と李鴻章」の李鴻章をやった。幸四郎得意の外国人役である。

その六月、菊五郎が十二年ぶりに大阪歌舞伎座に出て、鴈治郎と手合わせをした。豊もついていったが、この時、菊五郎ほかの面々は汽車で五月末に大阪入りしたが、尾上鯉三郎だけは、当時まだ珍しい飛行機に乗って大阪入りした。

豊は、それなら帰りは俺も飛行機に乗ってみようと言い、いつも豊と一緒の尾上丑之助（のちの梅幸）もついてきて、二人で木津川飛行場から三時間、羽田まで飛んだが、生きた心地はしなかった。

それを聞いた幸四郎が、「心配で台詞も覚えられねえ」と言ったというが、若い頃飛行機の研究を本気でしていた幸四郎が、そんなことを言うのがおかしい。

七月十四日には劇界の重鎮・松居松翁が七十四歳で死去、十九日には藤間春枝（春江から改名）が独立して吾妻流四世家元になり、父ということになっている羽左衛門宅で式を行い、吾妻春枝を名のった。八月十一日には、「慶ちゃん」こと中村福助が三十四歳で死んでしまった。歌右衛門の養子で、女にも人気のあった美貌の女形であり、七代芝翫の父である。年の離れた弟の児太郎が福助を継いだが、これがのちの六代歌右衛門である。こちらも養子である。

團十郎や五代目菊五郎が六十歳前後で死んだことを思えば、医学の進歩で、俳優が長生きになり、若い俳優は御曹司でもなかなかいい役が回ってこなくなっていた。名題下などの下層の俳優は、休み金を貰って休んだりしていた。映画に出る俳優もおり、大谷友右衛門などは映画で一世を風靡したのち、中村雀右衛門として歌舞伎へ戻ったし、中村錦之助は映画へ行って萬屋錦之介になり、また市川雷蔵、大川橋蔵なども映画やテレビの俳優になった。

「相撲はいいなあ……」

と、俳優はつぶやく。相撲なら、誰もが同じように土俵に上れて、勝てばどんどん上に上がれるのだ。

昭和九年（一九三四）一月、豊が他の若手俳優とともに名題に昇進した。二十三歳になる。だが徴兵検査を受けたら、体格がいいので甲種合格、その二十日には、赤坂歩兵第一連隊第三中隊第三班に入営し、その年のうちに除隊はしたが、三兄弟の中で唯一、たびたび兵隊にとられることになる。

この月、東京宝塚劇場が宝塚歌劇で開場した。秦豊吉は、支配人として采配を揮っていた。興行界の風雲児小林一三が東京に乗り込み、これで松竹との俳優争奪合戦が始まるかと関係者は固唾《かたず》を呑んだ。

二月は歌舞伎座で、日本駄右衛門や「金閣寺」の松永大膳をやっていたが、楽屋で大膳の台詞を聞いていた吉右衛門が、染五郎に、

「順ちゃん、おやじ、またヨタを言ってやがる」

と言った。台詞を忘れていい加減なことを言っていたのだろうが、幸四郎はこの時具合が悪かったらしい。

歌舞伎座開設以来、病気欠勤なしという記録は、歌右衛門と幸四郎だけだったが、この二十一日、遂に幸四郎は風邪発熱のため欠勤し、駄右衛門と大膳は吉右衛門が代役に立った。

八日には劇界最長老の尾上幸蔵が八十歳で死去、二十六日には人気作家の直木三十五が四十四歳で死去した。翌年、直木の友人だった菊池寛が、芥川賞と直木賞を制定する。

三月の歌舞伎座は、幸四郎の「勧進帳」を出す予定だったのが、幸四郎は肺炎になってしまい、菊五郎の弁慶、吉右衛門の富樫、宗十郎の義経でやった。この月、東宝劇場では、秦が考案したヴァラエティー・ショー「さくら音頭」と、村松梢風原作で、川島芳子を描いた「男装の麗人」を、水谷八重子と藝術座でかけたが、「さくら音頭」は酷評された。

五月の歌舞伎座は、恢復して出演、五郎と毛剃をやったが、まだ息が苦しそうだった。この時、秦豊吉から、幸四郎一門の九月の東宝劇場出演の交渉があり、幸四郎は受けたのだが、秦が大谷・松竹社長に会うと、

「高麗屋一門は九月は旅興行に出る。松竹から貸せる俳優と貸せない俳優とがある。幸四郎は松竹のレッテルですから、貸せない」

と、断固として断られた。豊吉は面目を失い、東宝に辞表を提出した。しかしこれは、以後、八代目幸四郎まで続く、松竹対東宝の戦いの端緒だったのである。

十月十六日に、片岡仁左衛門が七十八歳で死去、十一月は歌舞伎座で「勧進帳」を、羽左衛門、菊五郎相手にやっていたが、四日、中幕「ひらかな盛衰記」で母延寿をやっていた梅幸が脳溢血の発作で倒れた。急遽幕を引いて、井上常務が観客に挨拶し、そのあとの「一本刀土俵入」（茂兵衛は菊五郎）のおつたは尾上多賀之丞が代役を勤め、翌日から延寿は宗十郎が代わった。だが八日、梅幸は六十五歳で永田町の自宅で息を引き取った。

長く帝劇で苦楽を共にした梅幸の死は、幸四郎にはこたえた。元総理・伯爵清浦奎吾が、八十二歳になっていたが、そんな幸四郎に「勘斎」の字を揮毫してくれた。勘兵衛問題で苦しんでいる幸四郎に、この名を名のったらどうかというのだ。幸四郎はありがたくいただいた。

この頃、病気の歌右衛門に代わって菊五郎が事実上歌舞伎座の座頭になり、左団次は東京劇場を本拠地とし、吉右衛門は菊五郎と関係が悪化していた。俳優協会が梅幸の死によって改組され、左団次は理事に当選したが辞退し、吉右衛門も辞職を申し出たが慰留され、歌右衛門会長、羽左衛門副会長、幸四郎理事長という陣立てになった。

十二月は恒例の京都南座だったが、四日に鴈治郎が病気悪化のため休演し、阪大病院に入院した。二十六日に千秋楽を迎えると、幸四郎は城崎温泉へ湯治に出かけた。

昭和十年（一九三五）一月は歌舞伎座で「三人吉三」の和尚吉三をやった。お坊が羽左衛門、お嬢が菊五郎である。この公演で、坂東志うかが十四代守田勘彌を襲名した。二十九歳である。

さて、尾上菊枝だが、父の近藤が事業に失敗して、菊枝は女優を廃業していたが、豊との結婚ばなしが進んでいた。一方、菊五郎は相変わらず結婚には反対なのだが、豊に、

「大川橋蔵か尾上松緑か、どちらかを継げ」

と言う。豊は松緑を選び、芝の菊五郎の家の二階大広間で、二十八日、盛大な祝いの会が行われた。五代目未亡人、羽左衛門、家橘、彦三郎夫妻、三升夫妻、幸四郎夫妻、染五郎、亀三郎、菊五郎の養子の丑之助、右近（菊五郎の長男でのち九朗右衛門）らが揃い、治雄も出てきた。そこで親子固めの杯をして、松緑の名と、錦扇《きんせん》の俳名を与えられた。松緑の名は、文化六年（一八〇九）に初代松助が名のったもので、その後名のった者はいるが、これは代数に数えないことにした。これで豊は音羽屋になるわけである。

幸四郎は二月に大阪歌舞伎座で吉右衛門、宗十郎、梅玉らと「先代萩」などをやることになっていたが、一日に鴈治郎が阪大病院で死んだ。七十六歳だった。鴈治郎の三浦之助は我童が代演し、図らずも追悼公演じみた。三日に日蓮宗常国寺で葬儀があった。

三升は、「鴈治郎さんには世話になった」と言って泣いた。ところでその義弟の新之助は、海老蔵を襲名する予定で新之助になったものの、今のところ鳴かず飛ばず、「大根」にすらならず、とても海老蔵にはできない。

二十八日には坪内逍遙が七十六歳で死んだ。明治の文学者としては最年長と言っていいだろう。

さて、以前鴈治郎が名のろうとした中村（猿若）勘十郎は、十三代勘三郎の子の中村明石という六十四歳になる元俳優が名跡の権利を握っており、明石は明治期に中村座の座元になったが、大正はじめに廃業し、浅草駒形町にひっそりと住んでいた。幸四郎は十三年前から明石に仕送りをして生活を支えていた。そこで明石が、勘三郎の名を譲りたいと言い出したので、幸四郎は染五郎に勘三郎を名のるよう勧めたが染五郎が固辞したため、門下の高麗五郎に襲名させることにした。

という記事が三月一日の『時事新報』に出ているのだが、高麗五郎の襲名などはなかったし、どこまで本当かは分からないが、勘三郎を幸四郎の門弟が名のるというのを、歌舞伎界が許したとは思えない。中村明石は昭和十五年三月に死去した。

染五郎には、新橋藝妓の千代子という愛人がいて、結婚する気でいたが、この頃病気で死んでしまった。波野の正子の婆やのさわがそのことを教えると、十三歳くらいの正子は、

「大好きな順兄ちゃんのお嫁さんになる人が死んじゃった」

と言って泣いたというのだから、たわいのない話である。

三月の歌舞伎座は、五代目菊五郎三十三回忌追善興行で、尾上松緑襲名披露でもある。この時は、丑之助が菊之助を（のち梅幸）、坂東亀三郎が薪水を、尾上伊三郎が五代目松助を襲名し、松緑は「先代萩」の男之助という、襲名組では一番大きな役を貰い、口上では歌右衛門、幸四郎、羽左衛門、菊五郎、吉右衛門、宗十郎、我童、三津五郎、友右衛門、児太郎、栄三郎、澤村源之助、三升、坂東秀調、彦三郎ら幹部俳優がずらりと揃う賑やかなものになった。

しかるに、松緑が配役を見ると、松緑が出る「先代萩」に菊五郎の役がない。菊枝との結婚に反対

なので意地悪をしたのだ。松緑が抗議すると、じゃあ男之助に踏まえられる鼠でもやるかと言って、異例の鼠での出演になった。これは顔も出ない、下っ端役者のやるものだ。それで、松緑の男之助が踏まえると、「痛え痛え」などと言って困らせた。

幸四郎は、自分が晩婚で、子供らが成長する頃には老人になっていたことを悔いる気持ちもあり、そのために息子らの結婚を急いだ。孫の顔が見たいということもあったが、羹《あつもの》に懲りて膾《なます》を吹く嫌いもあった。

幸四郎は、治雄も早く結婚させようと、神田明神脇の料亭・開華楼の娘の清水たか子を嫁として連れてきた。たか子は二十三歳、十一年前に父を失い、祖母と母の手で育てられてきた。お茶の水高女（東京女子高等師範学校附属高等女学校）卒で、長唄は杵屋勝千代の名で名取。母方の伯父に、劇通の坂本猿冠者《さるかじゃ》という人がいて、本名を彦平と言い、開華楼の経営に当たっている。これはのちNHK会長となった坂本朝一《ともかず》の父である。そんなところからの関係で白羽の矢が立ったのであろう。

幸四郎としては、強いたつもりはない。「ほかに女がいても隠し子がいてもいい」から、正妻はちゃんとしたところから迎えろ、と言っただけである。

四月に明治座で、柳橋藝者の「紫会」の踊りの会が開かれた。藤間流の踊り手もいるのだが、幸四郎が都合が悪く、松緑が代わって教えた。その中にいた清香という藝者と松緑が、何となくいい関係になった。

五月は、幸四郎、松緑、菊五郎、高麗蔵らは大阪歌舞伎座へ行き、菊五郎追善興行をやった。すると初日が開いてほどなく、松緑の楽屋へ清香が現れて、会いたくて来たと言う。松緑は、婚約者もい

ることだし戸惑ったが、帰京するとまた電話が掛かったりして外で会うことになり、ついに松緑は、

（童貞……）

を捧げてしまったのである。

松緑は菊枝を家に呼び、このことを懺悔した。菊枝は、一時の過ちとして許すと言ったのだが、松緑は、いや俺は汚れた体だ、と言ってきかず、二人は別れることになった。

というのが松緑の言い分だが、やはり菊五郎の猛反対で、無理だと思っていたのではあるまいか。果たして、菊枝との結婚がなしになったと聞くと、菊五郎は上機嫌になった。

さて、六月から日比谷の有楽座を東宝が開場し、松竹を出た坂東簑助、夏川静江、中村駒之助（のち嵐三右衛門）でこけら落しをするという。

簑助は、これで父の三津五郎から勘当されるのだが、それ以前に簑助は「新劇団」という研究劇団を作って、『源氏物語』を上演しようとしたが、開幕直前に、不敬な部分があるというので警視庁から上演禁止を命じられ、借金を背負っていた。簑助は、ほかの若手俳優、もしほ、寿美蔵、高麗蔵、片岡芦燕《ろえん》らにも声をかけていた。

六月の歌舞伎座は、高麗蔵、松緑も出て「大森彦七」。門弟の松本錦三郎が染升《そめしょう》と改名、染五郎は新歌舞伎座の青年歌舞伎で、「忠臣蔵」の日替わりをやっていた。忠臣蔵のほぼすべての役をやるのだから、大変だったが勉強になった。

しかし、染五郎と松緑は、藝の上では悩みを抱えていた。父と、菊五郎・吉右衛門との板挟みになることである。おのずと、やり方に違いがある。しかも、どちらも、團十郎の型だと言い、どうやら

幸四郎は若い時の團十郎の型で、菊吉は老年になってからの型だったりする。どうせなら本人同士でやりあってくれればいいが、それはないから、板挟みになる。幸四郎や菊吉は、板挟みで大変だろう、と思ってはくれない。それも修業のうちだくらいに思っている。

七月は寿美蔵が東宝へ入り、十月にはもしほも入って、これまた兄の吉右衛門から勘当された。

夏は幸四郎は休みをとって下呂《げろ》温泉へ行き、土地の名産だという竹檜を、芝居の参考のために見てきた。

治雄は治雄で、三升の養子になって團十郎になりたいと言っている。長男を養子に出すというのは普通はないことだが、それまで言うなら、染五郎に幸四郎を継がせればいいが、そうなると吉右衛門はどうなる……。それに、團十郎を継ぐというなら、年頃もちょうどいい、新之助の娘の貴久栄と結婚させるのが筋だが、そうなると新之助を海老蔵にしておかないといけない。

三人の男子がいるのをいいことに、劇界に人脈を広げて「幸四郎帝国」を作ろうとしているとか、徳川家康とか、戦国武将の閨閥作りとか、いろいろ嫉妬で言われている。菊枝との結婚だって、帝劇時代の女優連からはずいぶんやいやい言われたもので、むしろなくなって良かったくらいだ。

しかし、こんな風に息子たちに振り回されて苦しむのも、子がいればこそで、幸四郎はそれが少し嬉しくもあった。しかし願わくは、こういうのは五十代前半くらいで味わいたかった、とも思う。幸四郎は六十六歳である。一回り上の中車は病気入院中だ。九月二十二日には、幸四郎が「甥」と称していた三代坂東秀調が、五十三歳で死去した。それなりの名跡を襲名しながら、ついに脇役俳優で終わった。

十月二十八日、治雄が清水孝子（たか子）と三升の媒酌で結婚式をあげ、赤坂氷川町に住んだ。三升の媒酌は、治雄の希望であり、将来への布石でもある。存外、徳川家康ってのも当たってるかしれないな、と幸四郎は思った。

しかし、治雄がちっとも嬉しそうではないし、花嫁がまたちっとも美しくない。藝者の愛人がいての正妻にしたって、普通はもっと美しいもので、美しい女ばかり見慣れた治雄がどう思っているか、想像に難くない。

それと……。

治雄に男色の噂がある。

歌舞伎界に男色はつきものだが、幕内では皆が知っていることでも、外部へは漏れない。ゴシップを平気で書くこの当時の新聞でも、男色は別様の醜聞と見なされたのか、そういう記事はない。

中世から近世にかけて、僧侶や武将のように、男だけの世界にあって寵童を必要としての男色、もともと若衆の売色と結びついていた初期歌舞伎、近代になって薩摩から入ってきた若二世《わかにせ》制度など、源流はさまざまだが、男色家であっても妻をもって子を生ませる二刀流もいれば、六代歌右衛門のように妻はいても性関係はなかったと見られ、子供もいなかった者、坂東玉三郎や四代市川猿之助のように結婚もしない者まで様々である。

十一月は歌舞伎座で「桐一葉」の片桐、十二月は京都南座に出たが、どうも、治雄夫妻の夫婦仲がよろしくないらしいと、耳に入る。といって、治雄は生来のかんしゃく持ちのわがまま者で、並大抵の女では御《ぎょ》していくことはできない。

年末には、たか子は実家へ帰ってしまった。昭和十一年（一九三六）一月は、幸四郎は歌舞伎座に、三子と一緒に出て、「暫」をやった。ここで片岡我童が十二代仁左衛門を襲名した。この舞台には、大谷友右衛門の子の廣太郎が出ていた。十七歳になる。

高麗蔵を見ていると、ああ今日は女房が送り出してくれなかったなと分かる。しかし、楽屋で夫婦仲の話なんかできないし、とにかく高麗蔵のピリピリしているのは、親の幸四郎でさえ声をかけられない、豊や染五郎も遠巻きに見ているしかないという状態だった。

だが、幸四郎が気づいたのは、高麗蔵が親しくしている役者である。片岡芦燕。仁左衛門の長男で、この年二十七歳、高麗蔵の一つ下である。高麗蔵が、芦燕のところへ行くと相好が変わって、抱き合わんばかりにして話している。

（これか……）

幸四郎は、暗澹たる気持ちになった。だが、半ば無理強いに結婚させた自分の愚かさも反省せざるを得なかった。おそらく誰もが気づいていただろう。

二月は明治座に出ていたが、高麗蔵が来て、青い顔に赤い目をして、もう離婚しかない、と言った。

「そうか……なら仲人の三升さんに挨拶してくるんだな」

とだけ、幸四郎は言った。

その月は、吉右衛門、宗十郎と「新薄雪物語」を出していて、奴の踊りがうまく行かず、改善を求めてようやく収まり、四日には東京で五十三年ぶりという大雪が降って、終演後に観客が帰れなくなったのを劇場側で桟敷席を解放して宿泊の世話をし、炊き出しをしたりということがあった。

十日に、幸四郎は高麗蔵を連れて三升方に行き、頭を下げて離婚の了解を求めた。たか子は実家へ帰ったきりなので、とにかくいったん高麗蔵方へ戻って、それから出るという手続きが要るだろうということで、二十日ごろにたか子は戻ってきて、二十五日、伯父の坂本猿冠者が連れに来て、一緒に帰って行った。二十三日にまた雪が降り、積雪のなか、たか子は黙って赤坂伝馬町の高麗蔵宅を出て、自動車に乗った。

幸四郎は、染五郎と松緑に、

「まあ俺の亡いあとも、あの兄さんは何かと大変だろうから、お前らが何とか見てやってくれ」

と言った。二人とも、神妙な顔つきで頷いた。

「今回は俺の失敗だ……。慌てて結婚させたりして……。お、また雪か。雪の多い年だな……」

翌朝、稽古場へ出ていると、高麗雀が来て、

「師匠、どうも変ですよ」

と言う。

「変って何が」

「いつも朝から来る弟子が数人、来ないんです」

「ん？」

その日未明から、陸軍の青年将校らが、高橋是清、鈴木貫太郎、総理岡田啓介、牧野伸顕《のぶあき》、渡辺教育総監ら重臣を襲撃し、うち数名を殺した。二・二六事件であった。

劇場は休みとなり、二十七日には戒厳令が敷かれた。清浦奎吾は軍部寄りだったため襲撃はされず、

参内して軍人内閣を作るよう天皇に上申し、天皇は嫌な顔をした。

二十九日に攻撃命令が出され、反乱軍は鎮圧された。殺されたと思った岡田総理は生きていたが、総辞職、三月九日に広田弘毅《こうき》が組閣した。

歌舞伎座は開演を繰り下げて三日初日で「忠臣蔵」を上演した。幸四郎は大星、若狭助、定九郎、不破の四役、羽左衛門が判官と勘平、延若が師直と平右衛門、仁左衛門が顔世とおかるである。この時、高麗蔵は千崎弥五郎一役だったが、不満として断り、千崎は三升が演じた。

もはや高麗蔵は、奔馬のごとく、幸四郎の手には負えなくなっていた。片岡芦燕とともに、赤坂新町に住み始めた。隣に住んだということだが、同居も同然である。

「忠臣蔵」三日目の五日のことである。五段目では、お軽を遊里に売ってそのカネを持った与市兵衛が夜の山崎街道を急いでいると、掛稲《かけいね》の中から定九郎の手が伸びてこれを殺し、定九郎が出て財布の中身を検め「五十両」と言う。そこへ猪が駆けてくる。これは中に一人入っている二つ足の猪だが、以前はぐるりと一回りしていたのが、それではサーカスのようだというので一直線に花道から来て引っ込むようにした。定九郎は猪を見て掛稲の中へ引っ込み、腹に血糊を塗っている。猪が一本槍で行くと、チョボが「あわやと見送る定九郎、背骨へかけてどっさりとあばらへ抜ける二つ玉」とやったから、早い早いと幸四郎が思っていると、小道具が銃の音をポン、とやった。

小道具へ注文を出してもういっぺん、ポンとやらせて、うわあーと倒れると、そこへ勘平が出てきてまたポン。帝都擾乱《じょうらん》のあとに機関銃か、と言われた。

そんな中、七日に高麗蔵は芦燕とともに吉岡重三郎・東宝専務と契約し、東宝入りを表明した。幸四郎は、高麗蔵を勘当した。小林一三が洋行から帰ってきて、若手を中心に歌舞伎劇団を作る意欲を示し、寿美蔵を中心として、もしほ、簑助を二番目、これに夏川静江が参加という形で作り上げたのである。寿美蔵はすでに五十歳で、松竹で奥役と対立して、いい役がつかないところから飛び込んだものである。

高麗蔵のほうは、役不足より、芦燕と一緒にいたいがために東宝入りしたのである。板挟みになったのは秦豊吉で、この頃は日本劇場で日劇ダンシングチームを担当していたが、幸四郎にも顔向けがならず、足が遠のいた。

四月は歌舞伎座で、團十郎・菊五郎胸像建設記念団菊祭として、今も残る四月の団菊祭というのはこの年始まった。幸四郎は、「一谷」の熊谷、「重盛諫言」で歌右衛門の重盛に清盛、「天保六花撰」の金子市之丞をやった。五月も団菊祭の続きになったが、この時来日していたのがフランスの詩人ジャン・コクトーで、菊五郎の「鏡獅子」を観て感銘を受け、のち映画「美女と野獣」の野獣のメイクに、獅子をヒントにしたというのは知られている。

しかしコクトーは、同年配の青年を伴ってきて、いつでも一緒だった。歌舞伎座では、

「あの男は?」

「これ（親指）だろう」

「ははー……」

などとささやき交わされた。

幸四郎は、六月は東京劇場で「吃又」などをやる。この月、例の尾上菊枝が、狂言師の野村万介

（のち三宅藤九郎）と結婚し、捨てた形になっていた松緑は胸をなで下ろした。

「童貞」でなくなった松緑は、色町で女遊びをするようになり、薪水や菊之助と赤坂へ遊びに行った時、林家の小きんという藝者と馴染みになった。本名を真野愛子といい、両親は横浜で茶屋をしていて、羽左衛門とも知り合いだった。

七月十二日、市川中車が七十七歳で死去。十月には高砂屋福助も東宝へ移った。十一月の歌舞伎座では、中村時蔵の子供たち四人が初舞台を踏んだ。長男・種太郎、のちの歌昇、次男・梅枝《ばいし》、のちの時蔵、三男・獅童、現獅童の父、四男・錦之助、のちの萬屋錦之介である。二十五日には日独防共協定が調印された。

幸四郎のほうは、十二月、例の裁判が、一審に続いて控訴審でも勝ち、結審した。勘兵衛問題が、これで終わった。昭和十二年（一九三七）一月の歌舞伎座では、大切に浄瑠璃所作事《しょさごと》「道行旅路の花聟」を、家橘の勘平、菊之助のおかる、松緑の鷺坂伴内で出し、幹部俳優がずらりと花四天《はなよてん》で出た。すなわち、羽左衛門、菊五郎、三津五郎、友右衛門、男女蔵、彦三郎、宗十郎、幸四郎の八人で、豪華な舞台となった。

十四日には、三升の実父・稲延利兵衛が八十七歳で死去した。幸四郎としては、裁判も済んだので、養父の十三回忌と、かねて考えていた勘斎襲名披露をやりたいと思ったのだが、やはり長男の高麗蔵にも出席してほしい。利兵衛の葬儀で三升にそのことを言うと、使者を引き受けてくれた。三升も五十七歳になる。

三升が赤坂の高麗蔵の家へ行くと、存外機嫌よく歓待してくれ、幸四郎を訪ねる件も承知してくれた。

（少し、丸くなったかな……）

と三升が思っていると、

「千代、お茶」

と高麗蔵が言って、出てきたのは、田舎出の娘が垢抜けたといった風情の女中で、三升にはピンと来るものがあった。

幸四郎に復命して、

「あの、千代って女中は……」

と訊ねると、

「ああ、確か快《よ》くなった頃についた女中だが、治雄のお気に入りなんでずっとついているよ」

と言う。

（おさすりか……）

おさすりとは、女中が主人の閨の相手もする時に言う言葉である。

二十日に、高麗蔵は渋谷中通の幸四郎を訪れて、一別以来の挨拶をした。新聞には「勘気もとけて一年ぶり親子の対面」（読売新聞二十一日）として対面している写真も載っているのだが、のちに治雄は『市川海老蔵』で、東宝を去るまで三年間、一度も父とは会わなかった、と言っている。

ともあれ、二十三日、帝国ホテルで勘翁の十三回忌と、幸四郎の勘斎の名のりの会が催され、高麗蔵、染五郎、松緑の三人が揃って参加した。この時、幸四郎は勘右衛門の名を松緑に譲り、染五郎を松本錦升と名のらせた。錦升は幸四郎の俳号の一つで、ここで染五郎を、松本流という新しい流派の初代家元にしたのである。

なぜ勘右衛門を継ぐのが松緑なのか、ということだが、後世の目から見れば、治雄は團十郎、順次郎は幸四郎なので、松緑に譲ったと見えるが、この段階ではまだそれは決まっていない。だから、可能性としては二つ、一つは、すでに團十郎の話が半ば決まっていた可能性、もう一つは、松緑のほうが染五郎より踊りの才能があると見ていたから、というものだ。

この一月に、新宿第一劇場の青年歌舞伎で、松緑は「大森彦七」をやっていた。もちろん幸四郎のやり方でやろうとしたのだが、菊五郎が、「これはお前のおやじのやり方だ。お前がおやじと同じにできるはずがない」と言って、別のやり方を教えてくれた。松緑も仕方がないのでそれで幕を開けたら、評判が良くない。これを耳にした幸四郎は、

「あれは俺の演《だ》しものなんだがなあ」

と嘆いたが、菊五郎に遠慮して何も言わなかった、ということがあった。だが、漏れ聞いた男衆の口から松緑の耳に入り、松緑としても困惑せざるをえなかった。

四月の歌舞伎座では「勧進帳」をやるよう言われ、一世一代、つまりこれで最後ということでやることになった。富樫は羽左衛門、義経菊五郎である。同月、有楽座では、寿美蔵が「勧進帳」を出して競演となった。もっとも寿美蔵は團十郎門下で、書き抜きを借りに来たので教えてやった。それと、弁慶・義経一行が連れている山伏は、亀井六郎、片岡六郎、伊勢三郎、駿河次郎に常陸坊海尊の五人である。能の「安宅」では九人の山伏が出る、あんな狭い能舞台で九人出るのだから、増やしてもい

いと考えて、前に九州で十二人出したことがあったので、山伏を十人にして、亀井・男女蔵、片岡・田之助、伊勢・家橘、駿河・染五郎、増尾十郎・新之助、熊井太郎・薪水、鷲尾三郎・松緑、常陸坊・市川九蔵など揃えた。

この時、秦豊吉は、すでに幸四郎から心は離れていたか、寿美蔵に、

「『勧進帳』を三十分でやってくれ」

と言う。寿美蔵は驚いて、そんなことはできないと言うと、

「山伏問答とか、飛び六方の引っ込みとか、面白いところを中心にやれば三十分にできるはずだ」

と言う。寿美蔵は、これは市川宗家のものだから、と抵抗するが、秦は、市川宗家に版権なんかない、と言う。懸命に抵抗してやっと三十分は取り下げて貰ったが、秦は「寿美蔵は生意気だ」と怒っていた。

幸四郎は寿美蔵の舞台稽古を観に行き、夜の十二時から寿美蔵を自宅へ呼んで、寿美蔵はもうへとへとだったが、さらに稽古をつけた。

ところがこの時、東宝では、幸四郎が十人の山伏を出すと聞いて、

「幸四郎のは邪道で寿美蔵のが本格的なものだ」

といった宣伝ビラを作ったから、寿美蔵は驚いてビラを回収させ、幸四郎に詫びに行った。

「豊吉がいるのに東宝があんなことをするかねえ」

と、幸四郎も憤慨して、

「豊吉はどうしてああなったかなあ」

と言い、寿美蔵に茶を勧めて、昔川上音二郎とやりあった時の話などをした。二人は恐縮して帰っていった。秦と幸四郎の関係は、これ以降は気まずいものになってしまった。

幸四郎は「勧進帳」をやる前は、半月ほど前から中華料理など食べて栄養をつけていたのだが、この時は忙しくて寝る暇もなく、初日に「勧進帳」を終えたあとは楽屋で三十分ほど横になった。

ところが幕を開けると八日になって、新聞で小宮豊隆が、この山伏増員を批判して、確かに『義経《ぎけい》記《き》』には「十二人の作り山伏となって」とあるが、それを四人に減らしたのが團十郎の偉いところだ、誰が考えたか知らないが、と書き、さらに幸四郎の弁慶を、やたらと目玉をぎょろつかせるなどとこきおろして、なんでこんな弁慶が世間では人気があるのだと書いた。

「あの野郎……」

新聞を握りしめる幸四郎に、申し訳なげなのは染五郎で、というのは小宮はのちに『中村吉右衛門』を著すほどの吉右衛門びいきだからである。老優の一世一代の舞台をこんな風に言うのは、今の新聞ではありえない。

その吉右衛門は、どういうわけか、その頃染五郎がつきあっていた女が、前は吉右衛門の女だったと分かり、それを一向意に介さず、お前の時はどうだ、俺の時はこうだった、と閨房のことまで訊くような男だった。

五月二十六日から六日間、歌舞伎座で藤間勘翁追善舞踊会をやり、あわせて自伝と藝談からなる『松のみと里』を刊行した。歌舞伎俳優の自伝や芸談は、だいたい記者が話を聞いてまとめるもので、これは井口政治がやった。巻頭に清浦奎吾揮毫の「勘斎」を写真版で掲げ、岡鬼太郎、大谷竹次郎、山本久三郎、波多海蔵の序文がある。

波多海蔵といえばミツワ石鹸だが、その頃歌舞伎座で売っていた筋書きは、ミツワ石鹸の丸見屋商店との提携で出していたから、筋書きの最後に「俳優談話室」という欄があって藝談ようのものなのだが、丸見屋の文藝部の人が書いたものらしい。それが「今度私の勤めまする役を昔の名優××丈が、そうした心構えで勤めたそうです。××丈は、さすがに名人だと敬服いたす次第でございます。敬服といえば、今更ながら敬服いたすものに、ミツワ石鹸があります。私が説明いたすのも無駄な程、皆様お馴染みの石鹸でございますが、まことに泡立ちよく、お肌をいつもやわらげてーー」といった調子で、岡鬼太郎は、「芸談から突如として白粉や石鹸の広告に入ってゆくところは、寧ろ哲理がある」とか書いていたという（宇野信夫『菊吉共演戯曲集』）。

一九六〇年代のテレビアニメなども、一社提供だと、主人公の名前から主題歌にまでスポンサーの名前が出てきた。「風のフジ丸少年忍者〜、ふじさーわー、ふじさーわー、藤沢やーくーひーん」といった具合で、藤沢薬品だからフジ丸なのである。

六月には歌舞伎座で若手花形歌舞伎、松緑が出た。幸四郎のほうはと言うと、初の外国行きで、満洲巡業に出ていた。下関から船で玄界灘を越えるのだが、初めて船で海外へ出るので、水難よけのお札をあれこれ身につけていたが、大事なく到着、「勢獅子《きおいじし》」や「素襖落」で軍隊慰問をして回ったが、帰国してすぐ、七月七日に盧溝橋事件が起こり、近衛内閣の下で日支は泥沼の戦争に入っていった。

この秋、守田勘彌は、新派女優の水谷八重子と結婚した。二年後に生まれたのが良重、現在の二代目八重子である。だが勘彌と八重子は昭和二十五年に離婚し、勘彌は藤間勘紫恵と結婚し、養子としたのが現在の坂東玉三郎である。

十二月には東宝が帝劇を買収し、松竹に貸与する形をとった。幸四郎は京都南座で「勧進帳」である。

昭和十三年（一九三八）一月から歌舞伎座は午後四時開演の本興行のほかに、午前十一時開演の若手花形歌舞伎を始め、三月、五月と開催した。二月は青年歌舞伎で染五郎が初めて「勧進帳」をやった。六月には夏川静江に続いて市川寿美蔵が東宝を退団、東宝劇団は中心を失った。七月には新宿第一劇場が映画館に転じ、青年歌舞伎は場を失う。

ところで、ここに一挿話がある。寿美蔵が松竹へ戻るに当たり、松竹では給金は前と同じという条件をつけた。収入は下がるわけだが仕方なく寿美蔵は承知した。ところがいざ届いた給金を見ると、前の倍額に近かった。というのが、奥役が変わったからで、前の奥役がピンはねをしていたというわけである。奥役にはこれがよくあることで、もとより劇場や興行主と俳優の間で、金額を話し合っていればそんなことがあるはずはないので、金額は奥役しか知らないのである。

なぜそのような存在があるかというと、俳優と興行主の間の緩衝材としてである。演技で手一杯の俳優に代って交渉をしているとも言えるし、俳優と興行主や劇場が直接ぶつかるのを防いでいるとも言える。奥役というのは、ひたすら忍耐する職業である。その代償として、上前をはねているというわけだ。誰の奥役が誰、といったことは、公の文書にはめったに出てこない。そして仮に、奥役の働きが分かったら、それまで謎だったことが多く解けるということもあるのではないか。

さて松緑は、小きんの愛子と結婚する気になったが、童貞を捧げた清香とはまだ続いており、これと切れるのに時間がかかった。清香は柳橋、小きんは赤坂藝者で、清香が年上なので火花を散らしたが、ついに三人で会談を開いて、清香が身を引くことになった。そして八月二十五日、飯田橋の大神宮で結婚式をあげ、上野池之端の雨月荘で結婚披露を行い、渋谷氷川町に新居を構えた。

染五郎は二十九歳になる。吉右衛門の娘の正子は十七歳。東洋英和女学院に通っていて、一つ下に菊五郎の娘の久枝がいた。吉右衛門は、男の子がほしかったからか、娘を「坊や」と呼んで育てた。もとより染五郎は、十代の頃から女遊びは盛んだった。それでも、正子は別扱いである。こっそり手紙をよこして逢い引きをする。といっても、上野の美術館へ行ったり、帝劇や武蔵野館へ映画を観に行ったりした。吉右衛門の自宅は代々木にあり、染五郎はそこの万吉というじいやを通して正子に手紙を出していた。

十月は幸四郎は大阪歌舞伎座で開場七周年記念の「忠臣蔵」通しに、染五郎とともに、梅玉、魁車、扇雀、延若で出た。東京の歌舞伎座でも菊五郎と羽左衛門を中心に「忠臣蔵」七段目までをやり、松緑が小汐田又之丞《おしおだまたのじょう》一役で出ていたが、召集があり、六日から休演、小汐田は河原崎薫（のち三代権十郎）が代役した。入隊の前日、四段目が終わったところで菊五郎と羽左衛門を左右に、観客に入隊の挨拶をする予定だったが、これを聞いた幸四郎は、電話を掛け、

「入隊するのはお前一人ではない。国民の一人として入隊せよ、挨拶は無用だ」

と言ったから、挨拶は中止になった。

「高麗屋さんは相変わらず実直だね」

菊五郎は言った。十三日に赤坂の連隊へ入り、二十一日に中支戦線へ行くため出発、広島へ向かっ

た。広島では木賃宿に泊められたが、国防婦人会に入った愛子が見送りに来てくれ、そこから船に乗って大陸へ向かった。

十一月、幸四郎は歌舞伎座で「勧進帳」を、左団次の富樫に羽左衛門の義経という珍しい組み合わせで勤めた。

同じ頃、高麗蔵は簑助とともに広東へ発っていた。従軍慰問とレポドラマという芝居の資料収集のためだった。

昭和十四年（一九三九）一月の歌舞伎座は大入り。谷崎潤一郎の現代語訳『源氏物語』が発売されて売れた。

二月の有楽座では、簑助らの調査をもとに林芙美子原作「戦線」と、簑助初役の弁慶、もしほの富樫、宗之助の義経で「勧進帳」が上演され、五日に幸四郎、羽左衛門、吉右衛門、三津五郎、寿美蔵が招待されてこれを観た。幸四郎は簑助の弁慶について、初役にしてはよくできた、と言った。もっとも勧進帳を読む中に「おん名を聖武皇帝と」の箇所がなかったから、あれと思っていたら、五日に雑誌『東宝』のために座談会があって、坪内士行が、検閲のため削ったのだと説明した。

四月に高麗蔵は大阪の北野劇場へ出ていたが、東宝との契約の三年が切れて、退団し、松竹へ戻った。これから十月までに、駒之助、高砂屋福助、芦燕が東宝を退団して、東宝劇団は失敗に終わった。

五月は歌舞伎座で「桐一葉」、歌右衛門の淀君に、幸四郎の且元、羽左衛門の木村長門守だが、歌右衛門の衰えは限界に達し、たびたび絶句した。そしてこれが歌右衛門の最後の舞台になった。

六月は高麗蔵、三升夫妻とともに、幸四郎一門は九州を巡業、さらに七、八月は北海道巡業に出た。

高麗蔵は、旅は嫌だと言って、

「おやじがいい年をして一所懸命働いているのに、若い者が旅回りを嫌がったりしてはいかん」

と怒られた。乗り打ちと言って、その土地に着くとすぐ興行をするという強行軍方式の巡業である。体の弱い俳優にはつらいが、幸四郎は頑丈なので、平気で旅興行をした。

高麗蔵の藝はどうかというに、姿は、背が高い。歌舞伎はもともと、背の低い日本人用に作られた様式劇だから、具合は良くない。顔が長いのは、團十郎もそうだったからいいとして、いくぶん反って見える。色が浅黒いのは、病気をやったせいとも見え、目が妙に据わっている。となると、全体に陰気で、フランケンシュタインの怪物のようだ。演技はどうかというに、長い体をもてあましていて、動きがばらばら、発声もいまだしの観があり、一般的には「大根」と言われている。染五郎もまだまだで、今のところ松緑が一番いいのは、役がついていることに如実に表れている。

巡業から帰ってきて、九月は休みだった。ある日、堀越実子が訪ねてきた。もう六〇歳になり、かつての市川翠扇時代の鼻っ柱の強さは、戦争疲れもあって影をひそめていた。四方山の話は大方が昔ばなしで、その間に、

「お宅は息子さんが三人もご立派に育って……」

と言って涙を拭った。

子供ができないままに矜持ばかり高かった夫婦の行く末は、哀れとも思えたが、特段の話もなく、実子は帰っていった。

ところが、それから五日ほどして、また実子がやってきた。

虎屋の羊羹を手土産に持ってきたから、幸四郎は、私の生家は虎屋という饅頭屋でした、と言うと、実子は、存じております、と言う。

一瞬、俺の昔が懐かしいのかなとうぬぼれた幸四郎だが、

「治雄さんは……」

と何度か治雄の話をするので、あ、これは、と気づいた。栄のほうを見ると、目で頷いている。

（治雄を養子にもらいたいんだな）

と思ったから、言い出すのを待っていたが、やはり何も言い出さずに帰って行った。

「言いにくいんだろうなあ」

「いいんじゃありませんか、治雄さんも望んでいることですし」

と栄が言うから、幸四郎は実子を呼んで、もう一度来てもらい、訊いてみると、やはり治雄を養子に貰いたいという意向で、二度来て言い出せずにいたのだった。

そこで、治雄の意向を訊くと、ぜひ行きたいと言う。三升にも話して、将来的にどう思うかと訊いてみた。

三升は、

「いいんじゃないかな」

と言う。

「いいか」

幸四郎の面に喜色が浮かんだ。親ごころだな、と三升は思った。

「化ける可能性はある。しかし五分五分だな。ダメだったら、生涯海老蔵だ」

「海老蔵か……。新之助に悪いな」

「しょうがねえよ。俺だって生涯三升だ」

こうして、治雄の高麗蔵が、市川宗家へ養子に行く話が決まった。

九月一日、ドイツ軍がポーランドに攻め込み、英米仏がドイツに宣戦布告して、第二次世界大戦が勃発した。

十月は歌舞伎座で、推理作家・浜尾四郎の原案を額田六福が脚色した「大岡越前と天一坊《てんいちぼう》」などをやっていた。幸四郎は大岡越前、羽左衛門が天一坊である。高麗蔵と染五郎も出ていて、高麗蔵は酒井讃岐守ほか一役。

十一月十八日に、堀越家で、三升夫妻と治雄との養子縁組の式が行われ、親子の盃が取り交わされた。新之助・旭梅夫妻も顔を揃えた。翠扇は昭和五年に舞台へ立ったことがあるが、今は六十一歳になる。團十郎死して三十七年、しかし次の團十郎がいつ生まれるかはまだ分からない。治雄は、堀越治雄になったのである。

「何かこう、書いてみると、藤間治雄より堀越治雄のほうが座りがいいね」

と、幸四郎が軽口を叩いた。

「そうかもしれない」

と、三升。

それまで高麗蔵は府下世田谷の上馬《かみうま》にひっそりと住んでいたが、築地の堀越家へ移ってきた。相変わらず、女中の千代がついている。

（おさすりさん、来たな）

と、三升は思った。だが幸四郎に訊くと、

「あいつは、これだから」

と言う。これってあれか、と言うと、うーむと言っている。

三升は治雄に、箪笥の奥深くしまってあった箱から、立派な印形を出して見せた。

「親子だからな、これはうちの秘密だ」

と言ったそれには、

「十代目市川團十郎」

と、彫ってあった。

治雄は思わず後しざって、頭を下げた。

この人がこれほどまでになりたがった團十郎であるか。それには、鬼気迫るものを、感ぜずにはいられなかった。

十二月二十二日に、中支戦線で従軍していた、中村雀右衛門の遺児・中村章景が戦病死した。二十三歳で、まだ名題にもなっていなかった。松竹では、没後、中村芝雀《しばじゃく》を追贈し、名題適任証を出した。この知らせは、さすがに幸四郎の胸をざわつかせずにはおかなかった。

昭和十五年（一九四〇）一月は、幸四郎は歌舞伎座と東京劇場の掛け持ちだった。歌舞伎座では仁木弾正一役だが、七十歳での掛け持ちはつらい。だが、松緑が帰還して、そのつらさも吹っ飛んだ。

玄関先へ松緑を出迎えた幸四郎は、ポロポロと涙を流した。

幸四郎家では、賑やかに凱旋祝いをやった。娘の弘子は、三井銀行勤務の昌谷《まさや》忠《ただし》に嫁いでいたが、その弘子も来て、幸四郎夫妻、高麗蔵、染五郎、松緑夫妻に、十二歳の晃子、十歳になる四女の昌子、八歳の五女・妙子、菊五郎夫妻に菊之助、右近、三升夫妻と揃った。

「まあ、無事戻って良かった……」

と菊五郎。五十五歳になる。

「なんか、太って帰ってきたんじゃないか」

と、染五郎が軽口を言い、みな微笑はするが、座はあまり浮き立たない。この戦争に、大義がないからである。

そもそもは、西洋列強の侵略があり、アジア諸国が力を合わせてこれに当たろうとし、ロシヤの南下を防ごうとした、しかし朝鮮や清国―支那は日本と歩調を合わせようとせず、業を煮やした日本は朝鮮を併合し、満州国を作った。だが支那はそれをよしとせず、アジアが互いに戦ってしまっているのである。しかも、宣戦布告すらしていないのだ。国民は、いったい何のために戦争をしているのか分からなかった。

「いつまで続くのかなあ……」

と、晃子がつぶやいた。誰も答えることができなかった。

二月は、幸四郎は松竹直営となった新橋演舞場に、左団次一座と出ていた。「裏表忠臣蔵」は、「道行旅路の花嫁」と「本蔵下屋敷」を合わせたものだ。ほかに羽左衛門、仁左衛門、三津五郎、寿美蔵で、歌舞伎座は菊吉に、染五郎も参加していた。しかるに十五日、「修禅寺物語」の夜叉王をやっていた左団次は高熱を発して倒れ、翌日から休演、二十二日に入院したが、二十三日、六十一歳であっけなく死んでしまった。子はなく、左団次夫人の甥に、奥役を務める浅利鶴雄がおり、その子に九歳になる慶太というのがいたため、この子を引き取って三代目を継がせる話があった。

三月の歌舞伎座は団菊祭に、紀元二千六百年奉祝記念興行で、「裏表忠臣蔵」に、大喜利では松緑の凱旋記念公演として川尻清潭が書いてくれた「昔噺桃太郎」を上演した。松緑の桃太郎に、三津五郎の爺さん、婆さんが多賀之丞、犬を尾上右近、猿を中村太郎、雉を大谷廣太郎が演じた。

五月の歌舞伎座で、治雄は九代目市川海老蔵を襲名することになった。襲名披露に「ういらう」が中幕に設けられた。ういらう売り実は曽我五郎時致《ときむね》が新海老蔵、工藤祐経に羽左衛門、朝比奈三郎に友右衛門、その妹舞鶴に菊之助、大磯の虎に仁左衛門、化粧坂《けはいざか》の少将に時蔵、茶道珍斎に三津五郎、梶原平三景時に権十郎、梶原平次景高に助高屋高助、畠山秩父庄司《ちちぶのしょうじ》重忠《しげただ》に幸四郎である。

襲名には挨拶回りが必要で、治雄は三升に、時には幸四郎もついて、主立った俳優のところを回った。歌右衛門は七十六歳で、もう一年も舞台から遠ざかり、葉山の別荘で病気養生をしていた。次男の福助に支えられて、病床から体を起こした歌右衛門は、

「芝居を頼むよ」

と言った。

治雄は、この明治から歌舞伎座の帝王と言われてきた俳優の姿に、責任を感ぜざるを得なかった。

途中、三升が、

「俺が團十郎になったりしなくて良かったよ」

と、ぼそりと言った。

「外郎売」は、早口言葉の代名詞にもなっているが、落語の「寿限無」のようなものだ。十年前、堀越家の拒絶でできなかったそれを、治雄は治雄なりに悔しがって勉強していたから、もとよりできる。これはできて当然である。

口上も、三升、幸四郎、羽左衛門、菊五郎らがやってくれた。羽左衛門は弁舌さわやかに、「行く行くは團十郎にもなれる役者になりますように」と述べた。

しかし、海老蔵になったからといって、舞台の上で何かが変わるわけではない。役はそれまでと大して変わらない。

六月十四日にはドイツ軍がパリを陥落させてフランスを占領下に置き、ペタン元帥がドイツの意を受けてフランス国元首の地位に就いた。

六月二十日には大日本舞踊連盟が結成され、幸四郎は会長になった。八月十九日、市川松蔦が五十五歳で死去。続いて九月十二日、歌右衛門が死んだ。ついに幸四郎は最長老になった。次男の福助は吉右衛門に、孫の児太郎は菊五郎に預けられることになった。

二十七日、ベルリンで日独伊三国同盟が結成された。九月には、なくなった青年歌舞伎に代わって、若手錬成のための歌舞伎会が松竹によって創設され、新橋演舞場で第一回公演を行い、松緑も加わって「太十」などを上演した。

その夏のことである。吉右衛門の娘の正子は十八歳、大磯へ避暑に出たが、使用人など全部で五人。

そこへ染五郎が訪ねてきて、一晩泊まって帰っていった。ところが男衆の万吉と正子とで駅まで送っていった、その途中から正子は帰ってしまった。万吉が染五郎を見送って帰ってくると、正子はめそめそ泣いている。

万吉が、

「そんなに若旦那がお好きですか？」

と訊いたら、

「好き」

と言う。もしこれで、染五郎の婚約でも発表されたら、お嬢さんは自殺しかねない。万吉は吉右衛門の妻千代に、懸命に話をした。八月末のことである。

十月の歌舞伎座では、菊五郎の長男・右近が九朗右衛門を襲名、十四日には大日本俳優協会が結成され、羽左衛門が会長となって、幸四郎は相談役になった。吉右衛門を理事長にするという案で、幸四郎は吉右衛門に会いに行ったが、吉右衛門は、経済のことは分からないからと固持した。

その一方、歌舞伎座の楽屋へ、遠藤為春の妾の園田というのが出向いて、正子のことを話していた。染五郎は、分かった、とうなずいた。

だが吉右衛門はかんかんで、正子は一人娘で婿をとるのだ、どうするのだ、と騒いでいる。妻の千代が、それは男の子を二人産んでもらって……と説得した。

十一月は吉右衛門、時蔵、海老蔵、三升と大阪歌舞伎座へ行って「名和長年」などをやり、帰ってくると、二十九日に、東京會舘で染五郎と正子の結婚式があった。媒酌は大谷竹次郎と遠藤為春である。

こうなると、幸四郎の息子らは、長男が養子に行った上、弟らが結婚しているのに独身だという異例な状態になったわけである。

幸四郎は、染五郎と松緑に、俺に万一のことがあったら、染五郎が幸四郎を継げ、と言ってある。

「けど、するってえと吉右衛門は……」

と、松緑。

「それは俺も考えた。かといってお前は音羽屋さんに預けて尾上になっているから、幸四郎にするわけにはいかない。もうこれは、順次郎に二人男の子を作ってもらって、幸四郎と吉右衛門にするしかないわな」

吉右衛門のほうでも、正子は一人娘なので、廃嫡しないと藤間家へ入れない。そのため、戸籍を買う人を雇って一時養子にして正子を廃嫡して藤間家へ入れ、その人をすぐ離縁するという面倒な手続きで、正式に藤間姓になるのに時間がかかった。染五郎夫妻は最初の一年は渋谷の幸四郎家に同居し、北側の部屋をあてがわれてそこで夫婦で暮らし、女中が料理を運んでくれた。北側なので染五郎は「北海さん」などとあだ名をつけられた。

秦豊吉は、五十歳で、東京宝塚劇場社長になった。その二十五日、元老・西園寺公望が九十二歳で長逝した。軍部の圧力と戦って、何とか戦争の拡大を防ごうとしてきたこの人の死によって、日本は無謀な大戦争へ突入していくことになる。

「菊吉」の全盛期は、実はこの戦時中のことである。だが戦後の文化史は、戦時下は文化暗黒の時代とすることになっているため、このことが分かりにくくなっている。

そのままとんぼ帰りで十二月は京都南座、昭和十六年（一九四一）一月の歌舞伎座は「名和長年」で、これはもう幸四郎の当たり役である。堯心は吉右衛門。これは二月二十日まで五十日間やったが、最後の四日は吉右衛門が病気休演して、堯心は九蔵が代役をした。この間マチネーで「歌舞伎会」公演があり、三子が出演した。三月には歌舞伎座で、「松本幸四郎一世一代にて弁慶相勤申候」として「勧進帳」をやった。一世一代は前にやったはずだが、一世一代といってその後もやるのは珍しいことではない。富樫は羽左衛門、義経は仁左衛門である。すでに主治医の馬場が毎日付き添っていて、幸四郎の弁慶は千二百回演じたことになっていた。

この時から、歌舞伎の昼夜二部制が始まっている。第一部は正午開演、第二部は午後五時開演である。これが今日まで松竹系歌舞伎では続いている。それまでも劇場間のかけもちはあったが、昼夜続けて出ると、俳優は過重労働である。

一月四日に大谷廣太郎が応召し、インドネシア方面へ出征した。

四月の歌舞伎座では、羽左衛門の助六に、海老蔵がくわんぺら門兵衛をやっているから、このあたりまでは役の上では順調である。この月、秦豊吉の妻・八代子が四十六歳で死去している。

八月になって、松緑に再度の召集が掛かった。今度は満洲行きである。幸四郎は大阪巡業中だったので、京都駅まで見送りに行き、五十銭銀貨を一包みにして三十円をくれた。なんで五十銭で、と訊くと、

「支那は銀を大切にする国だから、何かと役にたつ」

と言った。

十月の歌舞伎座では、福助が芝翫を襲名、その甥に当たる児太郎が福助を襲名した。のち、六代目歌右衛門、芝翫となる叔父甥である。ただし養子なので義理の関係だ。

染五郎夫妻は、この頃、築地の家に移っている。

東条英機が総理となって、国民は何となく、日米開戦の時期が近づいているのを感じていた。十二月は幸四郎は京都南座、梅玉、羽左衛門、仁左衛門、吉右衛門と一緒で、「勧進帳」をやっていた。大阪の高級旅館で寝ていた幸四郎は、九日朝、そろそろ起きようとした時に、ラジオで真珠湾攻撃と日米開戦を知った。

「こりゃ、大変だ」

と思ったが、二日後にはマレー半島沖で英国東洋艦隊の二隻の軍艦を撃沈、国民は勝利の予感に沸き立った。

昭和十七年（一九四二）一月に、シンガポールが陥落、あまり戦争協力をしなかったとされる谷崎潤一郎も、ラジオでこれについて感想を述べている。

二月の歌舞伎座では、慶応出の新進の劇作家・宇野信夫の、大石内蔵助を描いた「春の霜」を上演した。宇野は昭和十年に菊五郎が演じた「巷談《こうだん》宵《よ》宮雨《みやのあめ》」で認められた作者だった。幸四郎が内蔵助、海老蔵が主税であった。羽左衛門も出た。宇野は三十四歳で、初日に幸四郎がスラスラと台詞を言ったから、台詞覚えが悪いと言われる高麗屋がと意外に思い、楽屋へ行って、お礼を言うと、

「私は元来こすい人間でしてね、好きな芝居だと台詞もよく覚えます」

と言った。さらに、

「だいたい、福地さんの御本や、あなたの御本は、私にはやりようござんす」

と言ったから、福地櫻痴から自分へ飛ぶのを、宇野は面白く感じた。見ると楽屋には蒲団があり、幸四郎は幕間には横になっているらしかった。

「春の霜」は情報局総裁賞を受賞し、宇野の戯曲集が愛宕書房から出ることになり、巻頭に「春の霜」を置いて題名もこれにし、幸四郎に題字を、菊五郎に墨絵の竹を、吉右衛門に句を書いて貰って表紙とした。宇野の自筆の絵に、幸四郎が賛をして「年寄のいふ事は聴くものでござる　七十三叟幸四郎」と書いて「白鸚《はくおう》」と落款《らっかん》を押した。幸四郎のその頃の俳号である。

二月二十日に帝劇が東宝に返却され、三月三十日に松竹では東宝への寄贈上演として、幸四郎、羽左衛門の富樫、仁左衛門の義経による「勧進帳」を上演した。情報局や帝劇関係者のみを招待しての上演だった。

四月の歌舞伎座では幸四郎は河内山を演《や》ったが、初日に母とともに観に来た十八歳の平岡公威《きみたけ》は、日記に、

「この人の活歴臭も、今では博物館的存在価値を帯びたり。かうなれば持味にて、欠点も欠点ならず。たゞ人柄のよさをみるべし」

と書いた。

しかし幸四郎は九日から病気休演し、河内山を羽左衛門が、「茨木」の渡辺綱を海老蔵が、「一谷」の熊谷を染五郎が代演したが、幸四郎は十六日から河内山に復帰し、十九日から綱と熊谷に復帰した。

「なんで綱と熊谷を三日遅らせたんですか」

と訊かれて、

「あいつらにもちっとやらせてみたかったんだよ」

と幸四郎は言った。

六月五日、ミッドウェー海戦で日本軍が敗れ、戦争の行方に暗雲が立ちこめた。

八月十九日、染五郎に男子が誕生し、幸四郎の初孫となった。昭暁《てるあき》と名づけられた。現在の松本幸四郎である。

昭暁は、易者がつけた名前で、昭和の昭が入っているが、染五郎は父譲りの近代主義者だから易者とか占いが嫌いで、一晩「てるあきてるあき」と口にしていて、まあいいかと納得した。

吉右衛門は負けず嫌いだから、孫が見たくてしょうがないのに、素直に見に来ないで、病気でもないのに近くの胃腸病院に入院して、正子につけてやったお竹という婆やに密命を帯びさせて、お竹が乳母車に乗せてやってきた赤ん坊を見た。

十月の歌舞伎座では、幸四郎は「忠臣蔵」の大星と、吉田絃二郎の新作「忠霊」で武者の亡霊を演じた。これは戦意高揚もので、当時戦死した者を「忠霊」と呼んだのだが、戦死した武士の亡霊が出る能がかりの芝居である。ここでもメイキャップに凝り、白粉に抹茶の粉を混ぜたのを塗り、凄い顔を作って話題を呼んだ。

この時の忠臣蔵がSPレコードに録音されて、今ではCDになっていて入手できる。ただし平右衛門は歌舞伎座では羽左衛門だが、これが吉右衛門になっていて、座組が少し違うし、録音のために省略もあるようだ。

この録音を聴く限り、幸四郎の台詞は朗々として年齢を感じさせず、当時の批評家が言うおかしな台詞回しでもない。むしろ羽左衛門のほうが老けて聞こえるのは、病気で倒れる前だったからか。中で特にいいのは七段目の仁左衛門のおかるで、勘平の死を知らされて「兄《あに》さんどうしょう」と言うところなど、泣けてくる。

渡辺保は、浄瑠璃について、豊竹山城少掾《やましろのしょうじょう》を賞賛して、山城のあとの浄瑠璃は聴く気にならない、と激越なことを書いている。竹本越路大夫《こしじだゆう》ですら問題にしないのである。もしやすると、歌舞伎もまた、戦前期からあとは、下降するばかりであって、渡辺は歌舞伎が専門であるためにそれははばかって言わないだけではないのか。

幸四郎の朗々たる口跡を受け継いだのは、松緑とその子の辰之助であったろうと、私は思っている。

十二月十七日、四代目杵家彌七が五十二歳で死んだ。幸四郎が恵比寿の自宅の葬儀に行くと、六十歳になる赤星国清と、二十七になる娘とがいた。彌七の母の三代彌七も、その四月に死去したばかりであった。

「髪を洗っていましたら突然倒れまして……。脳溢血でした」

赤星は、寂しそうに言った。赤星は昭和二十九年没。

昭和十八年（一九四三）、羽左衛門が病気になり、一月の歌舞伎座に出ていた幸四郎は、渡海屋の銀平と「神明恵和合取組《かみのめぐみわごうのとりくみ》」の四ツ車の大八をしていたが、十七日に足を捻挫し、四ツ車だけ海老蔵が代役した。渡海屋はそのまま続けた。羽左衛門は六十七歳になる。

情報局では、歌舞伎俳優を「劇団」制にして、各地へ慰問公演に出すことにした。「菊五郎劇団」「吉右衛門劇団」「猿之助劇団」「幸四郎劇団」といった具合である。戦後になって、菊五郎没後に「菊五郎劇団」ができ、「吉右衛門劇団」も出来たが、その実態は曖昧である。その淵源はこの時にあり、この時分、歌右衛門や團十郎がいなかったため、戦後も「歌右衛門劇団」「團十郎劇団」というのはできたことがない。幸四郎劇団は、宗十郎、三津五郎、三升らで組織された。

新劇俳優たちは、元来左翼的だったが、この頃は時局に合わせた芝居をせざるを得なくなり、慰問のために各地を巡業していた。有島武郎の長男で俳優の森雅之は、それが嫌でやめてしまったが、それは財産があったからだ。永井荷風も父の遺産があったから、戦争協力などせずに済んだ。当時の政府のイデオロギーは農本主義的だったから、プロレタリア作家たちは、農民礼讃の小説を書いて糊口をしのいだ。

二月には、雑誌の英文誌名が禁止され、講談社の『キング』は『富士』に、文藝春秋の『オール読物』は『文藝読物』に改称された。

一月号から『中央公論』に連載が始まった谷崎潤一郎の『細雪』は、時局にあわないという軍部からの弾圧があり、二回目まで連載して中断された。

「聖戦」のかけ声を煽動したのは、徳富蘇峰であり、林房雄であり、横光利一であった。久米正雄は日本文学報国会の事務局長となり、里見弴は東条英機を暗殺しようと夢想していた。

四月十八日、連合艦隊司令長官・山本五十六が戦死し、国葬に付された。五月二十八日から二日間、歌舞伎座では藤原歌劇団の『セヴィリアの理髪師』などが上演された。同盟国イタリアの歌劇だからいいのである。七月一日に東京都が発足し、東京府と東京市は廃止された。二十五日にはムッソリーニが失脚し、逮捕された。九月にイタリアは連合軍に降伏。

九月は幸四郎は歌舞伎座で「名和長年」などをやっていたが、十日、鳥取で地震があり、巡業に出ていた大谷友右衛門が倒壊した家屋の下敷きになって死んだ。息子の廣太郎は、二十四歳で、召集されてスマトラにいた。息子たちとも一座したことがある。幸四郎は、気の毒に思って、葬儀から万端の面倒をみた。
十一、十二月は、歌舞伎座で続けて「勧進帳」を、羽左衛門の富樫、菊五郎の義経でやった。口上を三升が述べ、亀井を海老蔵、駿河を染五郎、常陸坊を権十郎、片岡を田之助である。
十二月二十二日には、幸四郎の弁慶、羽左衛門の富樫、菊五郎の義経による「勧進帳」が、黙阿弥の養孫の早大教授・河竹繁俊が中心となって映画に撮影された。これは今もDVDで観られ、海老蔵、染五郎の若い頃の姿を見ることができる。だが幸四郎の弁慶は、満七十三歳とは思えないほどの元気で、台詞、姿、踊りのどれをとってもすばらしいもので、果たしてそれ以後、幸四郎ほどの弁慶役者がいたかどうか疑わしく思える。

その十二月はじめ、松緑が召集解除になって帰ってきた。幸四郎一家が喜んだのは言うまでもない。

「幸四郎の息子だと新聞に出たんで、あまり危険なところへは行かされなかったんです」

と、松緑は言う。すると年末になって、海老蔵に召集令状が来たから、みな青くなった。元肺病の海老蔵が召集されるほどに、日本は追い詰められているのか。だがその直後、海老蔵は高熱を出して倒れてしまった。

昭和十九年（一九四四）一月の歌舞伎座に海老蔵は出勤予定だったが、これは他の人に代わってもらった。だが元日から熱は高く下がらない。医者も手を尽くしたが四十度の熱である。応召日は一月七日だったが、朝から幸四郎は電話をかけてきて、

「国家のために名誉の召集を受けていながら病気などしていたのでは申し訳がない。死んでも行け」と言う。海老蔵は病身を押して、三升と、幸四郎一座の支配人の堀に付き添われ、自動車で出頭場所の高輪《たかなわ》商業学校へ行ったが、召集事務の将校が、なんでこんな病人を連れてきたのだと三升らを叱る始末、しかしお国のために病体を押して来たと言えば心証はよくなり、不合格で即日帰宅を命じられて帰ってきた。一月半ばに腸チブスと診断が下り、聖路加病院へ入院した。

一時は危篤になるほどで、見舞い人が大勢来た。その時海老蔵が入るはずだった部隊は、サイパン島へ向かう途中で撃沈されたというから、出征していたら戦死していたかもしれない。二度も病気で出征を免れたわけである。

「運がいいんだか悪いんだか……」

と、幸四郎。

「禍福はあざなえる縄のごとし、ですかね、人間万事塞翁が馬、ですかね」

と、三升。

「そうねえ……。しかし豊が二度、治雄に二度来ているのに、なんで順次郎だけないんだろう」

「くじ運ですかね」

「お国の役に立たねえやつだと思われたんじゃねえか」

二月は松緑も歌舞伎座に出たが、二月末に、高級娯楽の停止措置が出て、歌舞伎座や宝塚劇場は閉鎖された。しかし四月には、明治座、新橋演舞場、南座などが再開場を認められ、三月に退院した海老蔵と、幸四郎、仁左衛門とで明治座に出て「大楠公最後《だいなんこう》」「大楠公夫人」「二人袴」をやった。

五、六月は海老蔵は羽左衛門一座で新橋演舞場に出た。五月二十二日には、染五郎に次男が生まれ、吉右衛門によって久信《ひさのぶ》と名づけられた。吉右衛門は喜んで、

「これは約束通りうちの子にするぞ」

と言い言いしていた。現在の二代目吉右衛門である。染五郎夫妻は築地に住んでいた。

しかし、六月十九日にはマリアナ沖海戦で日本軍の空母、戦闘機の多くは失われ、七月七日にはサイパン島が玉砕した。西太平洋の制空権を失った日本は、米軍による空襲の危機にさらされる。

九月から、幸四郎は老躯に鞭うって、三津五郎、仁左衛門、海老蔵、三升らと地方興行に出かけた。

この月、松緑には長女が生まれ、輝子と名づけられた。

海老蔵は、

「ええ、帰ってきたのが十二月だから……」

と指折り数えて、

「ずいぶん早く作ったもんだな」

と言った。

十月十三日から二週間、歌舞伎座が開場を認められて、吉右衛門、菊五郎一座による歌舞伎公演があった。

海老蔵の養母の市川翠扇の具合が悪く病床に就いていたが、十月二十三日、幸四郎一座が姫路郊外の広畑で巡業していた時、六十三で死去したという電報が届いた。すでに汽車の交通が悪くなっていたので、海老蔵は北陸回りで帰京した。その翌二十四日、フィリピンのレイテ沖海戦で日本軍は惨敗し、戦局はいよいよ不利だった。

十一月二十四日、東京が初のＢ29による空襲を受けた。その三十日、浅草寺の團十郎の「暫」の銅像が、貴金属供出のため撤去を命じられた。幸四郎、三升らのショックは大きかった。しかも、翠扇が死んだ直後というタイミングである。

「師匠の銅像まで鉄砲玉にするようで、日本が勝てるのか」

幸四郎は、しぼり出すように言った。三升は、

「兄さん、めったなことは言わないほうがいい」

と抑えた。

十二月七日、東南海地震があり、中京地方は壊滅的打撃を受けた。

昭和二十年（一九四五）一月、元日の祝いなどできる状態ではなく、幸四郎一門は、三津五郎、芝鶴に海老蔵で、東京郊外の工場地帯を慰問公演に回っていた。半月は東京近郊、あと半月は地方といったスケジュールで、しかし東京近郊は空襲が多いから、それを縫っての命がけの巡業行であった。演目は「寺子屋」「戻橋」「乗合船《のりあいぶね》」といったものである。

三日には東海地方の空襲で、御園座、中京劇場が被災し、二十七日には松竹本社が空襲の被害を受けて、直撃弾が五階の壁を貫き、大谷社長は鼓膜損傷で済んだが、同室していた演劇宣伝係長内田得

三が爆風で即死、波多野重役が内臓をやられて数日後に死んだ。それでも歌舞伎座では細々と羽左衛門や吉右衛門が公演をしていた。

二月には染五郎が召集されて、横須賀の海兵団に入った。上官に、前進座へ行った河原崎国太郎がいた。先日まで、播磨屋のところの又五郎もいたのだが、沼津へ移っていた。だが染五郎は、十日ほどで、肺のレントゲンで影があると言われて帰宅した。

三月五日には、羽左衛門が信州湯田中へ疎開した。十日に東京大空襲があり、山岸荷葉が日本橋クラブの地下室で死んだ。海老蔵、三升の築地の家が焼かれ、一家は渋谷の幸四郎の家に移り、吉右衛門夫妻と染五郎夫妻は、日光に疎開した。

十四日には大阪大空襲があり、中村魁車が防空壕に避難中に直撃弾を受けて死んだ。七十一歳だった。

「うちは、疎開しないんですか」

と、海老蔵。

「都心から遠いから大丈夫だろう」

と幸四郎は言っている。

猿之助一座は、三月末から興行師・松尾国三《くにぞう》の地元の佐賀県へ疎開して公演を打っていた。

四月七日、小磯国昭に代わって鈴木貫太郎が総理になった。二・二六事件を生き残った八十歳の重臣で、戦争を終わらせるために引き受けたのであった。

だが四月十一日から五日間、文学座は東横映画劇場で、杉村春子主演の、森本薫作『女の一生』を初演していた。杉村は四十歳、森本は杉村の愛人で三十四歳だった。

四月十五日、芝翫一家は厚木へ疎開したが、その日に横須賀が空襲に遭い、芝翫一家は海老名まで再疎開した。

二十六日、都民の士気向上のためとて新橋演舞場が開場を認められ、菊五郎、寿美蔵らが出演した。連合軍はベルリンに迫り、三十日、ヒトラーが自殺、ドイツは降伏した。五月には、東京劇場、大阪歌舞伎座が興行を再開した。空襲が激化しているのだから、演るほうも観るほうもひやひやものである。

五月六日、湯田中の羽左衛門が、誰も知らないままに突然息を引き取った。里見弴は、かつて猿之助の恋人だった愛人のお良を疎開させるため諏訪に行っていたが、九日、鎌倉へ帰るため信越線に乗って上野へ着くと、何やら大勢出迎えの人がいた。湯田中で荼毘に付された羽左衛門の遺骨を抱えた家橘が乗っていたのだ。松竹専務の井上伊三郎がいた。里見は、家橘に悔やみを言って帰っていった。

十二日に葬儀が行われ、菊五郎は霊前で、家橘に羽左衛門を襲名させると述べた。

「橘屋も逝っちまったかあ……」

年下の梅幸、羽左衛門に逝かれて、幸四郎は劇界の最長老の、長老度が上がった気分だ。

「俺より上はいないのかね」

と海老蔵に訊くと、

「いないでしょうね」

と言う。文士では、幸田露伴、徳富蘇峰、小杉天外が幸四郎より年上でまだ生きていた。

ヒトラーから解放されたフランスは、遅ればせに日本に宣戦布告、スペイン、チリ、アルゼンチンなどの諸国も形だけ宣戦布告したから、日本は世界中を相手に戦争をしていることになった。

歌舞伎座も、六月に開場し、幸四郎、菊五郎、仁左衛門らの出演で、家橘の羽左衛門襲名披露をすることになり、二十三日に詳細が発表された。

だが二十四日夜、空襲警報に続いて多数のB29が飛来し、山手大空襲が行われた。幸四郎一家は防空壕へ逃げ込んだが、空襲は未明まで続いた。

幸四郎宅は焼け、新橋演舞場も焼け、歌舞伎座も外形だけ残して丸焼けになった。これで家を失い行くところがなくなって、吉右衛門を頼って行くかと考えていると、三井家の別荘が世田谷の桜上水《さくらじょうすい》にあり、そこを貸してもらえることになって、幸四郎夫妻はそちらへ、海老蔵は八王子の吉田家で世話になることになった。

七月三十一日には、日比谷公園新音楽堂で、吉右衛門と時蔵らが野外劇を上演した。

それから、広島、長崎への原爆投下、ソ連の参戦をへて、八月十五日、玉音放送があった。幸四郎は、腕組みをして、目をつぶって、天皇の声を聴いていたが、終わると頭を下げた。

幸四郎夫妻と下の娘たちは、三井家を出て、築地の旅館住まいを始めた。暮れまでには、桜上水に仮寓を見つけてそちらへ移転した。

全国の映画・演劇興行はしばらく停止されたが、九月になると、猿之助が東京劇場でまず「黒塚」「弥次喜多」を上演し、十月には戦災を免れた帝劇で、菊五郎一座が「銀座復興」「鏡獅子」を上演し、松緑も出演した。

海老蔵は、女中の千代を連れて、赤坂伝馬町の松緑宅の二階に間借りしたが、さすがにいづらくなり、祐天寺の三升のところへ移った。海老蔵は十月は第一劇場で仁左衛門、寿美蔵らと一座し、「沓《くつ》掛《かけ》時次郎」に、仁左衛門の弁天小僧に日本駄右衛門で出た。十一月も同劇場でこの座組であった。染五郎は十月に吉右衛門一座で京都南座へ出ていた。吉右衛門、染五郎一家は、日光を引き上げて、十月末に杉並の久我山《くがやま》へ移ってきた。

幸四郎が神輿《みこし》をあげたのは十一月の東京劇場である。吉右衛門、時蔵の一座で、「佐倉義民伝」に松平伊豆守、「道行初音旅」で芝翫のおかるを相手に踊り、早見藤太で染五郎が出る。「菅原」では菅丞相、そのうち「寺子屋」で松王丸を、吉右衛門の源蔵、染五郎の春藤玄蕃でやっていた。

ところが、GHQから、主君の犠牲に子供の首を討つのは封建道徳だからと、上演中止の命令が下り、二十一日から中止された。ほかにも、「忠臣蔵」「勧進帳」など、武士道徳の礼讃ものが上演禁止リストに入り、歌舞伎関係者は動揺して、GHQに運動を行った。

「封建的ねえ」

と、幸四郎は妻の栄子に言った。どうやら、この四人目の妻は、死なずに俺を見送ってくれそうだ。

「俺は若い頃は門閥打破だったんだよ。それがいつの間にか門閥にずぶずぶだ。こりゃあ歌舞伎の泥沼かもしれないねえ」

「そりゃあ、どうしたって子供がかわいいから……」

「猿之助だって、門閥打破とか言ってたっけが、あの孫のかわいがりようじゃあ、どうせあれが将来の猿之助だあな」

栄子ももう五十を越している。

十二月に、松緑は京都南座で「文七元結」の文七などを演っていた。

昭和二十一年（一九四六）が明けた。

「しかしこれだけいて、誰も死ななかったのは良かった」

新年の挨拶に、三人の子とその家族が集まったのを見て、幸四郎は言った。

「まあ、実ちゃんが死んだが、あれは戦争疲れかねえ……」

戦争中に、与謝野晶子、北原白秋、島崎藤村、中里介山などが死んでいた。

「『リンゴの唄』ってのがはやってましょう？」

と、松緑が言う。十月に封切られた映画「そよかぜ」の主題歌だったもので、並木路子が歌っていた。

「うん」

「あれはね、ソ連の謀略だって説があるんですよ」

「何だいそりゃ」

「あっ、分かった」

と言ったのは染五郎で、

「『赤い』からソ連でしょう」

「そう、その上にリンゴだから食える。社会主義になったら食えるぞ、っていうソ連の……」

一月は、幸四郎、海老蔵、松緑は東京劇場である。染五郎は吉右衛門と帝劇だ。幸四郎は、真山青果の『福沢諭吉』で主演と、「そば屋」の金子市之丞である。

「俺はさ、三浦按針とか、ハリスとか演じて来たんだからな、英米から勲章貰ってもいいくらいだよ」

と、幸四郎が言う。

「そうですよね」

と、染五郎。

「占領軍は、色っぽいほうはいいみたいですよ」

「ほう……。じゃあ艶種もので行くわけか。俺はあまり出番がないかな」

事実、二月の東京劇場では、猿之助と水谷八重子が『瀧口入道の恋』を上演し、濃厚なキスシーンまで演じて話題となった。GHQでは、キスシーンなどは日本の封建的風土を打破するものだとしてむしろ積極的だった。

三月は帝劇の吉右衛門一座に、染五郎と松緑が出ていた。その十六日、東京千駄ヶ谷の自宅で、片岡仁左衛門とその妻、四男と女中の一家が惨殺された。捜査の結果、三十日に、殺された女中の兄が逮捕された。犯人は住み込みで座付作者を目指していたが、配給米を搾取されたことと、いくらか精神に異常を来して犯行に及んだものだった。

仁左衛門には殺された子の上に三人の歌舞伎役者がいたが、その長男が芦燕、つまり海老蔵の「あれ」だった男である。殺された妻は仁左衛門の三人目の若い妻なので、三兄弟の母ではない。

海老蔵と別れた芦燕は、のち我童を襲名するが、地味な女形として、一九九三年に死ぬまでひっそりと劇界の片隅にいた。弟の市村吉五郎《よしごろう》、六代目芦燕の二人もまた地味だった。仁左衛門の名は、殺された十二代の従弟の我當が継ぎ、その三男の現在の仁左衛門が孝夫から襲名する際、我童に十三代仁左衛門が追贈された。

田舎には食糧となる米も野菜もあるが、敗戦で経済と流通が悪化して都市部へ回って来ないから、都市部の者たちは「買い出し」に出かけた。田舎は空襲もなかったし、戦争について世間に喧伝《けんでん》されているのは、都市部における戦争のイメージである。

その一方で、戦争に協力したとされた者たちは、追及を受けていた。近衛文麿は自殺し、東条や軍人たちは戦犯として裁判を受け、秦豊吉や菊池寛は公職追放になった。

「千代が妊娠しておりますよ」

そう、幸四郎に告げたのは、妻の栄子である。

「あっ、そうか。……」

と言って、幸四郎は絶句した。

栄子は、

「いいんじゃございませんか、直しても」

と言う。

性欲の捌《は》け口、である「おさすり」を、妻に直す……。

名家の令嬢でも、有力俳優の娘でもなく、恋愛結婚でもない。

幸四郎は、海老蔵を呼んで、問い質した。前もって栄子に、とりなし役を頼んでおいた。

海老蔵は、三十八歳になる。晩婚だった自分がこの子を儲けた年齢に近づいている。女中が子を生むというのは、珍しいことではないが、それを嫡子として育てるか、つまり千代と結婚するのか、どうか。

女中が若主人にとりいって、というか誘惑して若奥様に出世するという悪女ばなしはよくあるが、それは美貌の女中の場合である。千代は美貌とは言えない。

「……結婚しても、ようございます」

そんな向こう任せな言い方はないのだが、この場合そうでも言うほかない心理は分かる。

結婚はお伽噺ではないから、お嬢さんならいいというものではないし、美人ならいいというものでもない。好いて好かれて恋愛とやらを囁きあえばいい夫婦になるわけでもない。

「千代はいくつになるえ」

「ちょうど三十じゃないでしょうか」

と、栄子が口添えする。

「うちへ来たのはいつだ。治雄が治った時？　昭和八年か」

十三年間、目だたずにずっと治雄のそばにいて、治雄も千代なしではやっていけないようにした。これは……

（ある種の女傑かもしれねえ）

と、幸四郎は思った。その心事を思うと、少し目頭が熱くなった。

「大切にしてやんなよ、お栄、後は頼む」

と言って、幸四郎は席を立った。

演劇人たちの働きかけもあり、GHQ内にもバワーズのような歌舞伎好きの将校がいて、演目の禁止はほどなく解除された。

五月の東京劇場では、幸四郎と菊吉合同の、戦後初の大歌舞伎が行われ、昼の部は「弁天小僧」が、菊五郎の弁天、吉右衛門の南郷力丸、幸四郎の駄右衛門で、夜の部は幸四郎の助六、菊五郎の揚巻、吉右衛門の意休、染五郎の外郎売、海老蔵の福山で「助六」が上演され、染五郎の長男が外郎売の倅昭吉で、松本金太郎の名で初舞台を踏んだ。幸四郎が喜寿、吉右衛門が還暦、金太郎は袴着《はかまぎ》の祝いというめでたい舞台であった。吉右衛門は、憎まれ役の意休は嫌だったが、かわいい初孫のためだと我慢して勤めた。

高浜虚子から、染五郎宛の葉書に、

幼きを助け二本の老桜

とあった。

そして六月に再度「助六」を海老蔵がやり、絶賛を浴びたのである。そして菊吉を揃えた幸四郎の「勧進帳」が、占領軍の解禁を得て上演され、松緑が後見を勤めた。幸四郎はこれまで四回「一世一代」の弁慶をやっている。そのたびに辞退するが周囲に懇願されてやってきた。今回は進駐軍の希望だというのでやむなく引き受けた。

幸四郎は、「東京新聞」十三日の劇評を読んだ。それは、三升の意休だけが不出来だと難じていた。

「この冒険を押し進めて何故意休に染五郎、松緑、或は彦三郎を起用しなかつたか、そしてそれは三升である事よりも実は反《かえ》つて冒険ではないといふ時代認識の反省を松竹に促したい。……松緑が幸四郎の弁慶の後見に息詰まるやうな親子の愛情をみせている……」

三升には悪いと思いながら、幸四郎は、「もって瞑すべし」と涙にむせんだ。

七月に尾上栄三郎の戦死公報が届き、前年十二月、戦争が終わってから戦病死していたことが分かった。七日、染五郎に長女・麗子が生まれた。

その頃、益田甫《たすく》という記者が藝談をとりたいと言ってきたので、この夏は休むことにしているので、桜上水の自宅へ招いていろいろ話をした。幸四郎は、前に出した『松のみと里』に不満があったらしく、今度は決定版の藝談を出そうとしていたようだ。もっとも『松のみと里』はほぼ自伝である。今度のは、藝談を中心にするつもりで、嘘は書かない、言わずもがなのことは書かない、という点を益田と申し合わせた。おそらく言わずもがなのことは、というあたりが中心だったのだろう。『松のみと里』には、藤間勘兵衛の裁判のことも書いてあったから、何か面白くないことがあったのかもしれない。

対して吉右衛門は、藝談無用論者で、自伝と日記は残したが、藝談は藝談という形では残さなかった。確かに藝談というのは妙なところがあり、実地のもの抜きで活字で藝を語れるのか、疑問に思うこともあるし、藝談をありがたがる風潮も変だと言える。

八月六日、暑い最中に、千代が男児を出産した。夏雄と名づけられた。のちの十二代團十郎である。

しかし、世間は海老蔵の結婚も、この出産も知らずにいた。

九月の東京劇場では、海老蔵が鳴神、松緑が土蜘を演じた。染五郎は、芝翫、権十郎と東海道巡業に出て、横浜の杉田劇場から、名古屋、伊勢路まで出張っていた。

幸四郎は、桜上水の自宅に、三升、幸四郎一座の支配人の堀倉吉、遠藤為春、宇野信夫、川尻清潭の五人を招いて会食した。幸四郎は、講談の種を話して、宇野に脚色を依頼した。だがこれの上演は実現しなかった。

「前に宇野さんの本で情報局賞を貰ったから、今度はマッカーサー賞でも貰いましょうや」

などと、幸四郎は言った。

「藤間さんはとうとう洋行なさいませんでしたね」

と、清潭が言う。

「そうだねえ。行ったのは誰かな」

「左団次《たかしまや》、猿之助《おもだかや》、羽左衛門《たちばなや》……」

「まあ、行かなくても俺にはほら、絵葉書があるから」

「どうです、今からでも……」

「もう無理だよ。いいよ、どうせ息子らが行くんだろう」

そこに、老いの悲哀が感じられて、沈黙が落ちた。清潭は、

「そういや、最近若い人に歌舞伎が人気があるんですね」

と話頭を転じた。そのようだな、と遠藤らが言った。

「どうしてかね。国破れて歌舞伎ありか?」

幸四郎が言うと、

「若い役者に人気がある、ってのもあるし、新聞が、歌舞伎の危機、とか書いているのが、若い人の何となしの愛国心を刺激している……」

「おっと、愛国心とか言うと占領軍に睨まれるぞ」

と、幸四郎。みな微笑した。

十月二十六日、松緑にも初の男児が生まれ、亨と名づけられた。のちの尾上辰之助(追贈三代松緑)である。

「孫が増えるなあ。それぞれ三人ずつ生んだら九人か。野球チームができるぞ」

「そうは都合良く参りませんよ」

と、お栄。

吉田茂が総理大臣になり、日本国憲法が公布された。十一月上旬、敗戦後、インドネシアのスマトラで抑留生活を送っていた大谷廣太郎が帰国した。廣太郎は、父の死の際に面倒を見てくれた幸四郎に感謝した。幸四郎は廣太郎に、藤間勘十郎について舞踊を習うよう示唆した。十二月に川上貞奴が七十六歳で死去した。

昭和二十二年(一九四七)一月、東京劇場で、段四郎の子の喜熨斗《きのし》政彦が市川団子を襲名し初舞台を踏んだ。八歳である。のちの三代猿之助、現在の猿翁である。これで幸四郎は、三代にわたる「団子」を見たことになる。この時の幸四郎は「金閣寺」で、芝翫の雪姫に松永大膳、「暫」の鎌倉権五郎、「三番叟」の翁を、猿之助、段四郎、団子、勘彌の二人三番、二人千歳で勤めた。「双蝶々」では、海老蔵が濡髪、染五郎が放駒。海老蔵は三越劇場で河内山を演った。松緑は帝劇で矢の根など。

また大阪歌舞伎座では、中村翫雀が二代目鴈治郎を襲名した。二月には東京劇場で、菊之助が梅幸を継ぎ、家橘が羽左衛門を継ぎ、仁左衛門の次男で羽左衛門の養子の又三郎が家橘を継いだ。

数え七十八歳の老優がこれだけ本役で舞台に立つのは史上空前に近かった。松助のように八十六で舞台に立った例はあったが、幹部級ではない。だから「藝」はもう問題ではなかった。観客は「年齢」に拍手を送り、劇評家は批判を慎んだ。東京劇場に占領軍の将校らを招待した際、幸四郎の楽屋を訪ねて、バワーズがその年齢を告げると、将校たちは信じられないと言った。

二月の東京劇場では、「伊達《だて》競《くらべ》阿国《おくに》戯場《かぶき》」で男之助と細川勝元、そして毛剃をやり、千葉のダイヤモンド劇場の開場式で「茨木」の真柴を、高麗蔵の渡辺綱で踊った。この時出ていた廣太郎は、ほどなく娘の晃子と結婚式をあげた。

四月の東京劇場では、「高時」を海老蔵、染五郎らと、「大森彦七」を梅幸と、河内山を三津五郎らと演った。

その十七日、菊五郎、吉右衛門、幸四郎が、帝国藝術院会員に選ばれた。帝国藝術院は、昭和十二年に、帝国美術院を改組して作られたもので、第一部が美術、第二部が文藝、第三部が演劇・音楽である。これまで、歌舞伎俳優が入ったことはなかった。伝統芸能にも序列があって、一番上は能役者である。だから能役者は入っていた。この時、歌舞伎俳優と、義太夫の豊竹山城少掾が入った。それも、美術家の中には、義太夫語りを差別する者もいたのである。義太夫語りでも、歌舞伎の竹本をやる者はさらに下位に置かれ、人形浄瑠璃を語る義太夫は、このあと「竹本住大夫」のように「太」のちょんをとったが、歌舞伎竹本は「太夫」のままである。驚くべきことは、人形遣いの地位の低さで、新派俳優が藝術院に入っても、吉田玉男ほどの名人ですら藝術院には入れず、二〇一二年に吉田簑助が藝術院会員になったのが、人形遣いでは初だったのである。

菊五郎と吉右衛門はまだ六十代である。だから、菊吉は藝で入り、幸四郎は年で入ったと囁かれた。五月二十六日、市川旭梅が五十五歳で死んだ。娘の紅梅は新派女優として水谷八重子らを支え、のち三代目翠扇を襲名するが、一九七八年に独身のまま死去し、この時九代目團十郎の血は絶えた。

新之助や紅梅と顔を合わせて、幸四郎は、

(治雄と結婚させられなくて、済まなかった)

と内心に言っていた。

葬儀から帰ってきて、塩を撒いてもらって不断着に着替え、茶を飲んでいると、栄子がぽつりと言った。

「……旦那さまは、いつまでなさってました？」

「なにッ？」

「いえ、ほら、あっちのほうですよ」

妻が言うのだから、よそで、ということだろう。

「六十五くらいかな……」

「そんな早かったですか」

「早いか」

「いえだって世間では、幸四郎……すみませんね、高麗屋は元気だからあっちもまだやってるんじゃないかって」

「それは……」

「ほら、大岡越前の、灰になるまで、って話がございましょう?」

老女の情痴事件を裁いた大岡越前が、自分の母に、いったい性欲というのはいつまであるのだろうと訊いたところ、母は黙って火鉢の灰をかき混ぜ、「灰になるまで」と暗示した、という話だ。

「そうねえ……」

桜上水は仮住まいだったので、新しい家を探して、支配人の堀倉吉は、杉並区井荻《いおぎ》に住んでいた宇野信夫を訪ねて、どこかいい家はないか、と訊いた。帰りに堀が西荻窪駅前の不動産屋に寄ると、宇野の家のそばに恰好の家を見つけ、そこに決めた。

九月、幸四郎は杉並区関根町一〇六(現・上荻《かみおぎ》四丁目九番)へ越した。西荻窪駅の北側である。

十月も東京劇場で仁木弾正をやったが、あとの「盛綱陣屋」「国性爺」では脇に回った。しかし十一月は「忠臣蔵」が占領軍から解禁されて、大序から山科閑居まで、通して大星をやったのだから恐るべきものだ。この時は吉右衛門が「籠釣瓶《かごつるべ》」の佐野次郎左衛門を初演し、その相手として花魁八ツ橋を演じた芝翫が話題になった。また大谷廣太郎が女形に転向して、海老蔵の毛谷村《けやむら》六助を相手にお園をやった。初日、廣太郎は緊張で足に履いた下駄がカタカタ言った。だが、このお園が高い評価を得た。

対して、幸四郎の大星は、酷評された。活歴臭がする、というのが、これから死んだあとまでも、幸四郎につきまとう批判だったが、この時は、幸四郎さえいなければもっと歌舞伎らしくなっただろうという批判さえあった。

その頃の幸四郎はよく「活歴臭」がすると評された。團十郎死して四十二年、果たして活歴を観たことのある劇評家がどれほどいたか分からないが、古めかしかったということであろう。

つまり、團十郎や五代菊五郎は歌舞伎の近代化を企て、幸四郎はその後を継いで、大正時代に近代化された歌舞伎をやってきたのだが、羽左衛門、六代菊五郎、吉右衛門らは、むしろ歌舞伎を前近代歌舞伎へ戻して、この当時の批評家たちは、そちらをよしとしていたのである。

十二月三日には、松竹副社長の城戸四郎、重役の井上伊三郎、白井信太郎らが戦争協力者として公職追放になった。

昭和二十三年（一九四八）も大車輪である。一月は東京劇場で「一谷」の熊谷、鬼一法眼、四つ車大八、二月は大阪歌舞伎座で「忠臣蔵」をほぼ通しで大星のほか、六段目も吉田忠左衛門で出た。東京劇場では染五郎が渡海屋銀平、海老蔵がいがみの権太、松緑が源九郎忠信と三兄弟そろい踏みである。新聞では「七十九歳の老翁幸四郎が四ツ車にふんし、ハシゴをかかえてヨチヨチするのを見ると痛ましくなる」と書かれた。

三月は東京劇場で、女婿の大谷廣太郎が七代友右衛門を襲名した。披露公演は「扇屋熊谷」で、幸四郎の熊谷に敦盛を勤め、幸四郎、菊五郎らが口上を述べた。のち友右衛門は映画に転じ、二枚目時代劇スターとして活躍するが、歌舞伎に戻って中村雀右衛門を襲名して、長く活躍した。同じ公演で幸四郎は「船弁慶」など四演目に出る。海老蔵は同劇場で「安宅関」の弁慶、「かさね」に出て、夜は三越劇場で「島衛月白浪」に主演である。

三月六日、菊池寛が六十二歳で急死し、十八日には中村梅玉が七十四歳で死んだ。同日、新橋演舞場が空襲の被害から改修新築開場し、東京劇場を電休にして幸四郎は開場式で翁を、菊五郎の三番叟と、海老蔵と梅幸の千歳で踊った。二十五日には、『元禄忠臣蔵』をはじめ近代歌舞伎最大の作者であった真山青果が七十歳で死去した。

幸四郎が三人の息子をそれぞれに立派な役者に育てたことは、語りぐさである。ところでこの頃、杉村春子が『女の一生』で戦後第一回の藝術院賞を受賞している。作者の森本薫は昭和二十一年十月に三十五歳で死んでおり、前年八月に三越劇場で上演したのである。それを藝術院で推薦したのは幸四郎であった。東京劇場に出ていた松緑が杉村を幸四郎宅へ連れて行くと、

「俺は観てないけど、あんたの写真を見たら立派なんで推薦したんだ」

と幸四郎が言ったから杉村はがっかりしたというが、写真を見ただけで分かるというのも眼力のうちであろう。

四月の新橋演舞場では、梅幸の長男が丑之助を襲名した。現在の七代菊五郎である。幸四郎は「太十」の光秀を、菊五郎の十次郎、男女蔵の久吉、梅幸の初菊で勤め、「茨木」で菊五郎の茨木童子に綱、菊五郎の「助六」で意休、くわんぺらは海老蔵である。この時海老蔵が「勧進帳」の弁慶を、松緑の富樫、梅幸の義経で勤めた。

この月、新宿東側に歌舞伎町ができた。ここに桐座という歌舞伎劇場を建てる計画があり、それに

あわせての町名設置だったが、桐座建設は流れて、名前だけがぽかりと浮いて残っている。

五月に新橋演舞場で、京舞《きょうまい》の会があり、松本佐多と井上流家元の井上愛子（のち四代八千代）とが上京して、幸四郎に挨拶に来た。佐多が世話した時子は、昭和五年頃に三味線方と結婚したが、この前年死去していた。幸四郎が、心臓が悪いと打ち明けると、薬をくれたので、喜んで土産に海苔をたくさん渡した。

六月は東京劇場で、染五郎の次男・久信が、中村萬之助を名のって初舞台を踏み、「俎《まないた》の長兵衛」の一子長松と、「ひらかな盛衰記」の松右衛門一子槌松実は駒若丸を演じた。のち、吉右衛門の養子として、その本名を継いで波野辰次郎を実名とする。吉右衛門の先祖は、『伽羅先代萩』を書いた松《まつ》貫《かん》四《し》、別名・萬屋吉右衛門だったため、父・歌六は、屋号を播磨屋から萬屋に変えることを望んでいたが、のち、吉右衛門を残して、時蔵一門が屋号を萬屋とする。そこからとって、萬之助としたのである。

波野家は複雑で、吉右衛門の次の弟の三代時蔵は小川ひなと結婚して小川姓になり、五人の男子があってみな歌舞伎俳優になったが、激しい競争の中で三男の獅童は廃業し、その子の二代獅童が現在活躍している。四男の錦之助と五男の嘉津雄は、映画俳優に転じた。長男が二代歌昇、次男が四代時蔵だが、この時蔵は睡眠薬中毒で早世し、歌昇の子の四代歌六と三代又五郎は、最近播磨屋に戻った。吉右衛門の末弟・もしほは、菊五郎の娘を妻として、中村勘三郎の名を復活させ、こちらは中村屋である。だから吉右衛門と勘三郎の本姓は波野だが、時蔵の子孫たちは小川である。

その頃、海老蔵には女児が生まれていた。治代と名づけたが、世間ではまだ海老蔵に妻のあることを知らない。治代はのちに二代市川紅梅を名のる。

八月には益田甫が聞き取りをした『藝談一世一代』が刊行された。益田は、見本刷りを持って幸四郎宅を訪ねたが、爺やさんが出てきて、

「あ、惜しいことをしました。うちの旦那はちょうど宇都宮へ発ったところで、私は上野駅まで見送りに行って帰ってきたところです」

と言う。聞けばそのまま東北巡業をへて北海道まで行き、帰りは九月か十月になるだろうと言う。七十九歳の老優のこのハードスケジュールに益田は驚いたが、翌日宇都宮まで行って、見本刷りを渡すことが出来た。

「明日はどちらへ」

と訊くと、

「福島です。午後二時開場の二回興行なので、午前五時に宇都宮を発つのです」

と言い、それから山形の上ノ山《かみのやま》、米沢、新庄、鶴岡と行くのだという。乗り打ちである。

「ご老体にこんな無理をおさせしてよろしいんですか」

と、益田が堀倉吉に訊くと、

「私としてはもう旅はやめにしていただきたいのですがね、師匠が行きたがるのですよ」

幸四郎が、

「家にいるとすっかり老い込んでしまうんですよ。それが舞台に立つと催眠術にかかったように元気になるから、私は舞台に立っていたほうがいいんです」

と言った。

八月には坂東三津五郎も藝術院会員に選ばれた。

巡業から帰ってくると、十一月の東京劇場は顔見世なので、「寿曽我対面《ことぶきそがのたいめん》」と「操り三番叟」に出た。十二月は新橋演舞場で、「大岡政談天一坊」の大岡越前を、海老蔵の天一坊で、「野崎村」の百姓久作《きゅうさく》を、田之助の久松、友右衛門のお染、時蔵のお光で演じた。だが健康が衰え、久作は途中で訥子の代役になった。

幸四郎は池上本門寺に妻たち三基の墓があり、朱でその戒名「松樹院遊台日幸居士」を揮毫しておいたが、のち墓参するとその朱が雨で流れていた。それを見て、

「俺もお迎えが近いかな……」

と寂しげにつぶやいた。

昭和二十四年（一九四九）一月の新橋演舞場は菊五郎一座で、昼の部で海老蔵が助六をやり、松緑が意休、梅幸が揚巻で、三升が口上を述べ、夜の部は松緑の弁慶で「勧進帳」、富樫を海老蔵、義経は羽左衛門だった。ほかに「半七捕物帳・春の雪解」で、菊五郎を相手にして半七をやっていた。幸四郎は二十六日の座席をとっていたが、観に行くことができなかった。

染五郎は吉右衛門一座で東京劇場に出て、毛谷村六助、「裏表先代萩」で男之助をやっていた。幸四郎は狭心症の持病もあり、病床についていた。大谷が見舞いに来ると、

「私ももうこれで安心ですよ」

と言った。

二月に大阪歌舞伎座で、市川寿美蔵が寿海《じゅかい》を襲名し、「助六」を演ることになった。寿美蔵は、戦後は劇団を持っていたが、東京劇場しか劇場がないため巡業をしているうち、関西歌舞伎に誘われてそちらへ移っていたのだ。寿海は、七代目と九代目の團十郎の俳名で、そのため成田屋の屋号を許され、三升と新之助が襲名の口上を述べてくれることになっていた。

だが花道の出端《では》が分からないので幸四郎に聞きたかったが、大阪からは行く暇がないので、代理で大阪にいた藤間勘寿郎の弟子の藤間良輔が教わりにきた。二十三日のことである。栄が、病気だからと言って断ったが、幸四郎は起きてきて、めりはりまで細かく二日にわたって教えた。幸四郎も疲れた様子だったので、三日目は休んだが、二十六日、良輔は夫人に、もう結構ですので帰りますと言ったが、

「聞いて分かるものじゃない。なまじっかなものを教えては寿海君に悪いから」

と言い、寝ていたが起き上がり、家の廊下で下駄をはいて傘をさしてやってみせた。良輔が帰る時には、

「寿美蔵君にくれぐれもよろしく」

と言った。その後、翌月東京劇場で「景清」を出す猿之助が教えを乞いに来て、これも教えてやった。その後で心臓の薬を呑んだが、その晩、軽い発作を起こした。その日、法隆寺金堂壁画が焼失したというニュースがあった。

二十七日、東劇も新橋も千秋楽だった。「春の雪解」で、菊五郎の徳寿と松緑の半七が舞台でそばを食べながら、菊五郎が、

「親父が具合《ぐええ》が悪いってえじゃねえか」

とアドリブを言った。松緑は、

「どうも具合が悪くて、困った」

などと受けた。

支配人の堀倉吉が夕方来て、幸四郎が静かに寝ている様子を見てから新橋へ行き、海老蔵と松緑に伝えた。

夕方、松緑の妻愛子が、心臓病の専門医を連れてきた。

「生かすとも殺すとも、好きなようにして下さい」

と、幸四郎は軽口をたたいた。そこへ、東京劇場を終えた染五郎が来た。見ているうちに容態が変わった。この時、養女もいたというが、それは妙子のことだろうか。午後八時十五分、死去した。

吉右衛門は、

そのまゝにしておけ今日の落椿

と詠んだ。

三月に出た『幕間』の別冊「松本幸四郎追悼号」は、しかし、巻頭に、山口広一、戸板康二、浜村米蔵、三宅三郎の、忌憚なく幸四郎を批判する文章を寄せ、利倉《としくら》幸一がかろうじてそれに反論して幸四郎を擁護した。なかんずく、團十郎が死んだ時に満二歳で、もちろん見ていない山口廣一が、幸四郎のは團十郎の活歴の衣鉢を継いだように見えて実は違っていた、團十郎のほうが良かったと論じているのなどは奇観と言うほかなく、いかにその晩年において幸四郎が批評家から嫌われていたかを如実に示している。

三月二日には澤村宗十郎が七十五歳で死去。四月六日には菊五郎が倒れ、七月十日、六十五歳で死んだ。梅幸、松緑、男女蔵、福助らはのち「菊五郎劇団」と呼ばれる集団を結成した。

その後、三升は十代目團十郎を襲名したいと主張し、松竹側では反対して海老蔵の團十郎襲名を主張して対立し、結局二人とも襲名は見送られた。

九月には東京劇場で染五郎が八代松本幸四郎を襲名、その子金太郎が染五郎を襲名した。歌舞伎座が再建され再開場したのは昭和二十六年（一九五一）一月である。その十月に、谷崎潤一郎現代語訳の『源氏物語』を原作として舟橋《ふなはし》聖一が脚本を書いた『源氏物語』で、海老蔵が光源氏を演じて絶大な人気を博し「海老さま」と呼ばれた。だが海老蔵は結婚していたことを公表し、二十八年、息子の夏雄が初舞台を踏んだ。

團十郎になれなかった市川三升が死んだのは昭和三十一年（一九五六）で、没後十代目團十郎を追贈された。この年、秦豊吉が六十四歳で死去、翌年、市川新之助が死去。三十四年、幸四郎の妻・藤間正子は、松正子《せいこ》を名のって長唄松流の家元となった。なおこれは、父・吉右衛門が、「先代萩」の作者の松貫四の子孫とされていたからで、松本の松をとったのではない。孫の松たか子の藝名もこの祖母からとっている。

海老蔵が十二代團十郎を襲名したのは昭和三十七年、すでに五十三歳になっていたが、市川宗家の権威を守ろうとして、猿之助や歌右衛門と対立し、俳優協会脱退という騒ぎを起こして、わずか三年でがんのため死去した。

同じころ八代幸四郎・染五郎・萬之助一家は東宝へ走り、十一年間松竹を離れていた。その間、歌舞伎座に君臨したのは、六代目歌右衛門であった。萬之助は二代吉右衛門を襲名し、夏雄は海老蔵をへて十二代團十郎となった。松緑は昭和三十八年のNHK大河ドラマ第一作『花の生涯』で主役の井伊直弼を勤めたが、その子辰之助は四十歳で酒害のため死去、その子が父に三代目を追贈して四代松緑となった。藤間流では、勘右衛門を「家元」、勘十郎を「宗家」と呼んで棲み分けられ、現在の松緑が勘右衛門を継いでいる。

八代幸四郎は隠居名の白鸚を名のって染五郎に幸四郎を譲ってほどなく死んだ。その九代目幸四郎は、長年帝劇を中心に『ラ・マンチャの男』の上演を続けている。七代幸四郎の子孫は、大河ドラマ主演回数が多い。松緑、九代幸四郎が二度、十二代團十郎が準主役、今の海老蔵が一度である。時代ものを得意とし、大衆の喜ぶ芝居をした幸四郎の家ならではと言えるだろうか。

染五郎の子は松本金太郎を名のり、十歳になる。どういうものか、二代目の吉右衛門にも娘しかできず、これは尾上菊之助と結婚して男児を産んだが、もう一人産んで菊五郎と吉右衛門にするのだろうか。

市川高麗蔵の名は、坂東秀調の子の慶三が襲名し、その後は猿之助の遠縁に当たる俳優が継いで現在に至っている。藤蔭静枝はのち藤蔭静樹《せいじゅ》を名のり、昭和三十九年に文化功労者となり、八十八歳まで生きた。市川寿海は八十五歳の長命を保ち、藝術院会員、文化功労者になった。

七代幸四郎は「偉大なる平凡人」と言われた。最初に言ったのは劇評家の三宅三郎であろうか。幸四郎の最後の妻栄は、一九九〇年十一月五日、九十二歳で大往生した。

あとがき

七代目幸四郎について書きたいと思ったわけを言え、と言われれば、まず宮尾登美子の『きのね』に触発されたということがあるだろう。これは幸四郎の長男の、十一代目團十郎の妻となった人を描いており、しかし連載当時、十二代目團十郎の理解を得られなかったため、「松川伝十郎」などの仮名づくしになっていた。ここに、父親として七代幸四郎がちらりと登場するが、それはいささか厳しい、悪役めいた父親としてだった。

七代幸四郎は、十一代團十郎、八代幸四郎、二代尾上松緑の三人の父であり、先代中村雀右衛門の岳父である。だから、十二代團十郎、現幸四郎と吉右衛門、今度襲名した雀右衛門と大谷友右衛門の祖父であり、現在の海老蔵、染五郎、松たか子、松緑の曾祖父ということになる。

明治末から昭和戦後にかけて活躍し、「勧進帳」の弁慶を、六千回演じた。当時、市川團十郎はいなかったので、代表的な弁慶役者である。それほどの歌舞伎俳優でありながら、伝記も伝記小説も、研究もほとんどない。

私が歌舞伎を初めて観たのは高校三年生の時だから、すでに三十六年を閲《けみ》する。その間、ブームなどと言われたこともあったが、歌舞伎の見物は高齢化し、藝そのものもゆっくりと衰退しつつある。

いっぽう、当代の松本幸四郎の『ラ・マンチャの男』は、大学時代に観て以来、私のお気に入りのミュージカルで、これまで四回観に行っている。大阪大学に勤めていた時は、ワッサーマンの台本を教科書にして、学生たちに劇中歌を歌わせたりした。松たか子は、大河ドラマ『花の乱』で、娘時代の日野富子を演じて以来のファンである。

七代目幸四郎の時代といえば、六代目菊五郎、初代吉右衛門、十五代目市村羽左衛門、五代目中村歌右衛門、七代目坂東三津五郎などの名優が綺羅星のごとくにいて、それなりに彼らの伝記や小説も書かれている。そんな中で、七代幸四郎だけが空白である。私は、書かれていない人物を書くのが好きなので、幸四郎を描くことにしたわけである。

それなら小説ではなく伝記にしたら、という意見もあるだろう。だが、幸四郎の場合は、伝記にするとやや無味乾燥で、出演した舞台を羅列するだけになりかねない。また私自身、小説にしたいという思いがあった。虚実取り混ぜて書かれているが、参考文献はあげておいたので、おおよそは察しがつくだろうと思う。

本作執筆過程で、幸四郎のオペラ「露営の夢」を研究した東大大学院の伊藤由紀さん、早大演劇博物館副所長の児玉竜一氏などのお世話になった。記して感謝申しあげる。なお作中、徳富蘇峰の熊本弁は、熊本出身の義母に直してもらった。刊行を引き受けてくださった青土社ならびに編集の村上瑠梨子さんへもお礼申し上げる。

参考文献一覧

松本幸四郎（自著）『松のみと里 琴松芸談』井口政治編　法木書店　一九三七年
――『藝談一世一代』益田甫編　右文社　一九四八年→『日本の芸談　第2巻』九芸出版　一九七九年
――「伊香保の女に悩んだ頃」『文藝春秋』一九三三年七月
花房柳外「市川高麗蔵の襲名」『新小説』一九〇三年五月
『幕間　松本幸四郎追悼号』和敬書店　一九四九年三月
尾上松緑『役者の子は役者』日本経済新聞社　一九七六年
――『松緑芸話』講談社　一九八九年→講談社文庫　一九九二年
戸部銀作「現代名優評伝　松本幸四郎」『演劇界』一九四七年
秦豊吉『藝人』鱒書房　一九五三年
木村錦花『近世劇壇史　歌舞伎座篇』中央公論社　一九三三
――『守田勘彌』新大衆社　一九四三年
関根黙庵『明治劇壇五十年史』玄文社　一九一八年
田村成義『藝界通信無銭電話』青蛙房　一九七五年
伊原青々園『團菊以後』正続　相模書房　一九三七→青蛙房　二〇〇九年

三宅周太郎『演劇巡礼』中央公論社　一九三五―四一年
渥見清太郎『六代目菊五郎評伝』冨山房　一九五〇年
川尻清潭『楽屋風呂』中央美術社　一九二六年
秋庭太郎『日本新劇史』理想社　一九五五―五六年
――『東都明治演劇史』中西書房　一九三七年→鳳書房　一九七〇年
利根川裕『十一世市川團十郎』筑摩書房　一九八〇年
大笹吉雄『現代日本演劇史』（「昭和戦後編1」まで）白水社　一九八五―九八年
増井啓二『日本のオペラ　明治から大正まで』東京音楽社　一九八四年
二宮行雄「帝劇今は昔」全三回『演劇界』一九五三年四月～六月
谷崎潤一郎「『十五夜物語』について」『谷崎潤一郎全集　第23巻』中央公論社　一九八一年
後藤隆基「『露営の夢』考　八代目市川高麗蔵が試みた〈日本最初の創作オペラ〉をめぐって」『立教大学日本文学』二〇一〇年一二月
――「『露営の夢』考（承前）　唱歌の歌舞伎化にみる新表現の可能性」『立教大学日本文学』二〇一二年一月
伊藤由紀「オペラと歌舞伎と「叙事唱歌」の距離　北村季晴『露営の夢』」『超域文化科学紀要』二〇一四年一〇月
三宅周太郎「対談・松本幸四郎」『幕間』一九四九年一月
志村有弘「中村吉蔵『道元と時頼』」『国文学解釈と鑑賞』一九九九年十二月
仁村美津夫編『市川海老蔵』歌舞伎座第一書店　一九五三年

波野千代編『吉右衛門日記』演劇出版社　一九五六年
七世市川中車『中車芸話』（一九四三）（『日本人の自伝20』平凡社　一九八一年）
初代中村鴈治郎『鴈治郎自伝』（一九三五）（『日本人の自伝20』平凡社　一九八一年）
二代市川左団次『左団次自伝』（左団次藝談、一九三六）（『日本人の自伝20』平凡社　一九八一年）
市川寿海『寿の字海老』展望社　一九六〇年
中村雀右衛門『女形無限』白水社　一九九八年
岡本綺堂『明治劇談　ランプの下にて』岩波文庫　一九九三年
戸板康二『尾上菊五郎』毎日新聞社　一九七三年
加賀山直三編『八人の歌舞伎役者』青蛙房　一九五九年
大原由紀夫『小林一三の昭和演劇史』演劇出版社　一九八七年
関容子『おもちゃの三味線　白鸚・勘三郎・芥川比呂志』文藝春秋　一九八九年
――『海老蔵そして團十郎』文藝春秋　二〇〇四年→文春文庫　二〇〇七年
宮尾登美子『きのね』朝日新聞社　一九九〇年→新潮文庫（上下巻）一九九三年
宇野信夫『かまわぬ見ます　團十郎のはなし』旺文社文庫　一九八五年
井上精三『川上音二郎の生涯』葦書房　一九八五年
中川右介『悲劇の名門團十郎十二代』文春新書　二〇一一年
――『歌舞伎座物語　明治の名優と興行師たちの奮闘史』ＰＨＰ研究所　二〇一〇年
宇野信夫『歌舞伎役者』青蛙房　一九七三年
『現代俳優名鑑』揚幕社　一九二四年

塩浦彰『荷風と静枝　明治大逆事件の陰画』洋々社　二〇〇七年
藤間静枝「別れた愛人」『婦人公論』一九三〇年四月
田口章子『八代目坂東三津五郎　空前絶後の人』（ミネルヴァ日本評伝選）二〇一三年
村上信彦『大正・根岸の空』青蛙房　一九七七年
山川静夫『歌右衛門の疎開』文藝春秋　一九八〇年→岩波現代文庫　二〇〇三年
――――『歌右衛門の六十年　ひとつの昭和歌舞伎史』岩波新書　一九八六年
杵家会杵家史編纂委員会編『杵家史』杵家会　二〇〇三年
「名優信仰座談会」幸四郎、宗十郎、猿之助、寿美蔵、我当、寿三郎、森律子、松居桃多郎『大法輪』一九三五年七月号
「勧進帳漫話」幸四郎、吉右衛門、寿美蔵、三津五郎、羽左衛門、渋沢秀雄、那波光正、山本久三郎、坪内士行『東宝』一九三九年三月
金沢康隆「奥役とは」『幕間』一九五四年十二月
塩谷賛『幸田露伴』（中）中央公論社　一九六八年→中公文庫　一九七七年
幸田露伴『戯曲　名和長年』白揚社　一九二六年
江見水蔭「史劇名和長年」『演藝倶楽部』一九一三年九月
福地櫻痴「大森彦七」『日本近代文学大系 49（近代戯曲集）』角川書店　一九七四年
菊池寛「玄宗の心持」『菊池寛全集』第一巻　高松市　一九九三年
岡本綺堂「亜米利加の使」『岡本綺堂戯曲選集　第一巻』青蛙房　一九五九年
ポール・クローデル「影と女」『天皇国見聞記』樋口裕一訳　新人物往来社　一九八九年

入江徳郎ほか編集委員『新聞集成昭和史の証言』全二十巻　本邦書籍　一九八三年
三島由紀夫『芝居日記』中央公論社　一九九一年
山本久三郎「帝劇の思い出」『東宝』一九三八年四月―一九四一年七月

小谷野敦（こやの　あつし）
1962年茨城県生まれ。東京大学文学部英文科卒。同大学院比較文学比較文化専攻博士課程修了、学術博士。大阪大学助教授、東大非常勤講師などを経て、作家・比較文学者。2002年に『聖母のいない国』でサントリー学芸賞受賞。著書に『谷崎潤一郎伝』『川端康成伝』（以上、中央公論新社）、『文学賞の光と影』（青土社）、『馬琴綺伝』（河出書房新社）、『江藤淳と大江健三郎』（筑摩書房）など多数。

弁慶役者　七代目幸四郎

2016年7月25日　第1刷印刷
2016年8月10日　第1刷発行

著者——小谷野 敦

発行人——清水一人
発行所——青土社
〒101-0051　東京都千代田区神田神保町1-29　市瀬ビル
［電話］03-3291-9831（編集）　03-3294-7829（営業）
［振替］00190-7-192955

印刷所——ディグ（本文）
方英社（カバー・表紙・扉）
製本——小泉製本

装幀——高麗隆彦

Printed in Japan
ISBN978-4-7917-6941-4　C0093